한민족 대서사시 3
수메르

한민족 대서사시 3

수메르

인류 최초의 도시 혁명

윤정모 장편소설

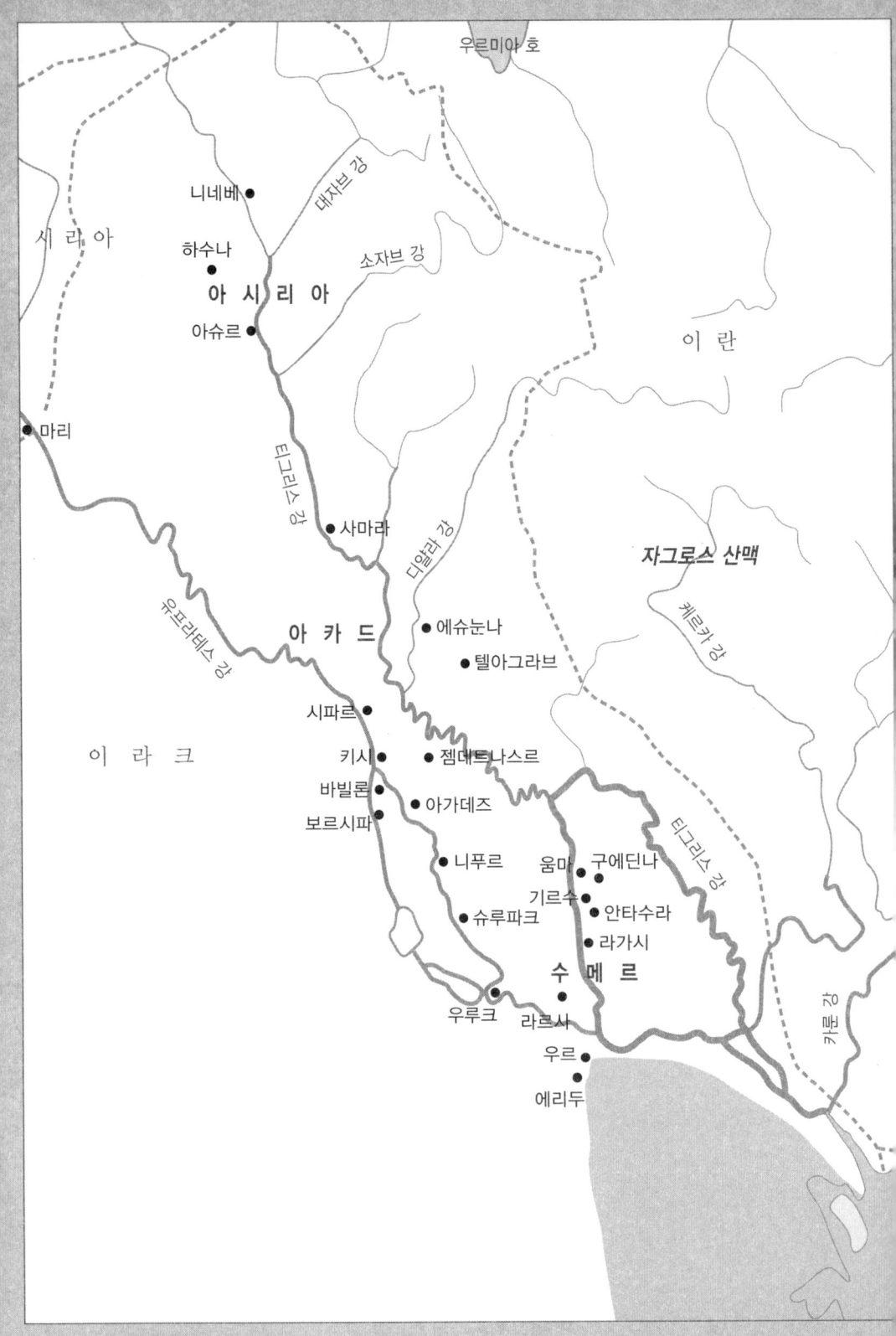

수메르 왕조

엔릴
기원전 2800~

키시 제1왕조

에타나
기원전 2861~2831

발리
기원전 2831~2791

엔-메-누나
기원전 2791~2771

멜렘-키쉬
기원전 2771~2751

바르살-무나
기원전 2751~2731

사무그
기원전 2731~2701

티즈카르
기원전 2701~2671

일쿠
기원전 2671~2651

일타사둠
기원전 2651~2631

엔-메-바라게-시
기원전 2631~2601

아가
기원전 2601~2581

메실림
기원전 2550

키시 제2왕조

슈슈다
기원전 2581~2561

다다식
기원전 2561~2541

마갈갈라
기원전 2541~2511

칼버런
기원전 2511~2491

투게
기원전 2491~2471

멘눈나
기원전 2471~2451

인비-이시타르
기원전 2451~2431

루갈무
기원전 2431~2411

우루크 제1,2왕조

메스기아-가세르
기원전 2722~2692

엔메르카르
기원전 2692~2672

루갈반다
기원전 2672~2652

길가메시
기원전 2652~2602

우르루갈
기원전 2602~2572

우툴-칼라마
기원전 2572~2557

라-바슘
기원전 2557~2548

엔눈-다라-안나
기원전 2548~2540

메쉬간데
기원전 2540~2504

멜렘-안나
기원전 2504~2498

루갈-키툰
기원전 2498~2462

엔시-아쿠-산나
기원전 2462~2402

루갈키니쉬-두두
기원전 2402~2376

루갈키니쉬-시
기원전 2376~2346

라가시 제1왕조

우르-니나오
기원전 2494~2465

아쿠르-갈
기원전 2464~2455

에아나툼
기원전 2454~2425

에아나툼 1세
기원전 2424~2405

엔테메나
기원전 2404~2375

에아나툼 2세
기원전 2374~2365

엔엔타르지
기원전 2364~2359

루갈란다
기원전 2358~2352

우루카기나
기원전 2352~2342

| 차례 |

서장 _009

1장 자객 _015

2장 라가시 _033

3장 움마 _069

4장 루갈란다 _099

5장 신전과 사제 _137

6장 우루카기나의 사람들 _187

7장 시민군 _223

8장 새로운 지도자 _279

| 등장인물 |

우루카기나 인류 최초의 도시 혁명가
노두갈메시 우루크 기사단장
루갈란다 라가시의 시장. 스스로 왕에 올라 폭정을 함
이일 샤라 신전의 대사제
타브루 에두바 동창. 시인. 혁명 동지
두바코 에두바 동창. 수학 선생. 보석상. 혁명 동지
룽가슈 에두바 동창. 시청의 행정 서기. 원거리 상인. 혁명 동지
쌍둥이 형제 어부. 역법 박사의 아들들
세갈라 천신전 비교秘敎 사제
헨케르 우루카기나의 제자
헌투 우루카기나의 장남
교장 우루카기나의 장인
와부부 움마의 군주
하살 총리대신
페라르 우루카기나의 아내
다비나 세갈라의 연인

10월 9일, 오늘은 용자리에서 큰 유성 비가 내리는 날이다. 용이 입으로 유성을 뿜어내는데 수와 방향, 색깔에 예언이 숨어 있으며, 그 해독을 위해 사방에서 별 박사들이 모여들었다.

박사들은 장시간에 걸쳐 각자 연구한 것과 새로 발견한 별에 대한 의견을 나눈 뒤 천문대로 향했다. 길가메시가 도시를 통치하던 시대에 세운 천문대는 우루크 만신전 꼭대기에 있었으며 그것을 증축한 것은 황도 12궁을 결정하던 해였다.

사막에서 온 별 박사가 하늘을 가리켰다.

"이런, 우리가 늦었소이다. 저기를 보시오."

큰 별 하나가 다이아몬드 옷을 입고 북서쪽에서 내려와 있었다. 마차부자리의 주인 별이다. 그 옆의 다섯 별도 자기 존재를 알려왔다.

"황소별이 눈에 불을 켰소. 먼저 축제부터 시작할 모양이오."

"가을의 대사각형 천마별도 콧김을 불면서 축제장으로 들어서고 있구려."

별들은 축제를 좋아했다. 저녁노을이 사라지고 한 시간쯤 후면 특유의 모습으로 축제장으로 나와 밤새껏 놀다가 새벽이슬이 내릴 때쯤 잠자리로 돌아간다. 별 박사들은 그런 사실을 오래전부터 알고 있었다. 환족이 이 땅을 찾아올 때 가져온 것 가운데 하나가 바로 별을 읽는 방법이었다. 그들의 선조들인 검은 머리 사람들은 밤하늘의 별자리를 헤아리며 앞날을 예측하고 미래를 대비했으며 후손들에게 별에 관한 지식을 물려주었다.

"용자리는 아직 시침을 떼고 있소이다."

용자리에서는 일 년에 두 번씩 유성 비가 내린다. 1월 초순과 10월 9일인데 1월에는 꼬리 부분에서 유성 비를 뿌리고 10월에는 입에서 뿜어낸다. 이 현상을 학자들은 이렇게 정리했다.

'시월의 대유성은 일 년을 예언하고 다음 해 1월의 유성 비는 예언에 변동이 있거나 없음을 알려준다.'

용머리에는 아직도 아무 조짐이 없다. 하늘의 등대 북극성*조차도 별들의 축제를 지켜보겠다는 듯 느긋하게 용머리에 앉아 있고 호위병 북두칠성과 백조자리 별들도 조용히 제자리에 서 있을 뿐이다.

"저 아래 남쪽물고기자리를 보시오."

지평선 가까이에 매우 밝은 별 하나가 홀로 앉아 있었다. 명상하는 별인가? 아니다. 그 별에겐 큰 입이 있고 물병자리에서 부어주는 물을 마시고 있어 '물고기 입'이라는 이름도 있다. 그러나 오늘은 물병자리에서 쏟아지는 별빛 폭포가 보이지 않았다.

----

* 당시의 북극성은 투반이었다.

"지평선 쪽에 먼지바람이 있는 모양입니다. 그래서 폭포수별이 숨은 것이지요."

니푸르의 사제이자 별 박사가 지적했다.

그는 오늘 낮에 독특한 발표를 했다. 황도 12궁과 사양 떼에 생년월일을 보태고 맞춘다면 인생과 운명을 좀 더 구체적으로 알 수 있다는 것, 그러니까 점성에 역법을 합쳐 수리를 낸다는 것이었다.

"한데 색깔이 무척 붉습니다."

천리안 박사가 말했다. 그는 눈이 아주 밝아 숨어 있는 별은 물론 색깔까지 구별해내는 초능력자였다.

"색깔이 붉다면 홍수가 온다는 뜻입니까?"

"아니오. 핏빛으로 보입니다."

박사들의 얼굴이 굳어졌다. 용자리가 예시도 하기 전이 아닌가. 극점에서 멀리 떨어진 별자리가 먼저 피 색을 보인다면 그건 무슨 뜻인가? 그때 한 연구생이 소리쳤다.

"저기 보십시오! 새 별 하나가 나타났습니다."

"새 별이라? 어디, 어디에 말인가?"

은하수 건너편이었다. 별 하나가 점점 밝아지면서 달려오고 있었다. 어제까지는 분명히 없던 별이었다. 사막에서 온 별 박사가 픽 웃었다.

"저건 악마별*이오. 사흘에 한 번씩 나타났다 사라지곤 한다오."

"완전히 사라지는 것이 아닙니다. 어두워졌다 밝아졌다 하는데, 이틀은 어둡고 하루는 오늘처럼 저렇게 밝아진답니다. 그러니까 악마별이

---

* 현재 이름은 알골이다.

라기보다 요술별이 더 어울리지요."

슈르파크 박사가 설명을 보탰다. 그는 마차부자리를 찾아낸 사람으로 오각형 별 모양이 늙은 마부가 염소 새끼를 안은 것 같다고 했고 별박사들도 그럴듯하다며 그것을 별자리 이름으로 정한 것이다.

"시작했소이다!"

우루크 사제장이 소리쳤다. 모든 사람들의 눈길이 용자리로 달려갔다. 그들은 경건한 눈빛으로 유성 비를 관찰했다. 별들이 밤하늘에 새겨놓는 찬란한 그림. 검은 머리 사람들의 마음속에 때로는 두려움을, 때로는 환희를 심어주었을 그 유성 비를 뛰는 가슴으로 지켜보았다.

처음에는 몇 개의 불기둥이 아래로 내리꽂히다가 사방으로 산개했고, 불티처럼 영역 밖으로 툭툭 튀어나가기도 했다. 지난해에 비해 매우 역동적이요, 찬란한 유성 비 쇼였다. 박사들은 의미를 쟁이느라 숨이 차고 연구생들은 감동에 마비되어 탄성만 질러댔다.

유성 비 쇼가 끝났다. 천문대 위로 쏟아지던 빛이 서서히 걷히면서 평소와 다름없는 깊고 짙은 어둠이 참관자들의 머리 위로 내려앉았다. 참관자들은 모두 넋이 나간 듯했고 천리안 박사조차도 한참 후에야 정신을 가다듬고 입을 열었다.

"오늘 내가 본 유성 비는 대략 2천쯤입니다."

"오, 그렇게나 많았단 말이오?"

지난해에는 5백 정도였다. 가뭄이 예언되었고 예언대로 보리농사에 피해가 있었다. 박사가 덧붙였다.

"색깔은 연노랑에 맑은 푸른색이었어요."

"정말이오? 그렇다면 그건 새로운 기운이 태동한다는 징조가 아닙니까?"

니푸르 사제 박사가 반문했다.

"그렇습니다. 오늘의 예언도 바로 그 점이 핵심이었습니다."

"하지만 아까 남쪽물고기자리별은 핏빛이라고 하지 않았습니까?"

시파르 박사가 물었다.

"그 별자리가 붉었던 것은 피가 아닌 불길 때문이었습니다. 처음 시작 때 유성이 그쪽으로 쏟아졌던 까닭도 불을 끄기 위해서였고요."

"자자, 박사님들, 여기서 진단해버리시면 기록은 누가 하겠습니까. 어서 회의실로 내려들 가시지요."

사제장이 앞서서 신전으로 내려갔다. 별 박사들은 찬란했던 유성 비에 대한 감동을 꼭 끌어안고 회의실로 내려갔다.

1장
자객

별자리의 뿌리는 수메르에서 찾을 수 있다.
그곳에서 발굴된 점토판이나 비석에
태양, 달, 행성과 더불어 염소, 양, 전갈 모습을 닮은
서양 별자리 초기 모습이 그려져 있다.
— 〈별자리 여행〉 —

1

별 박사들의 의견 정리와 연구생들의 기록이 끝났다. 노두갈메시가 양피지를 걷어 우루카기나 쪽으로 다가왔다. 기록자는 여섯 명이었고 우루카기나의 것은 아직 먹물이 마르지 않았다.

우루카기나가 노두갈메시에게 말했다.

"내가 필경실에 가져다 두겠소. 걷어 온 건 여기 두고 먼저 가시오."

노두갈메시는 이난나 여신전의 기사단장으로 박사들의 호위 임무도 겸하고 있었다.

"그래 주시겠소? 일 끝나면 연회실로 오시오."

노두갈메시는 양피지를 내려놓고 바삐 나갔다. 박사들은 오늘 밤새껏 술을 마실 것이다. 일 년에 한두 번 만나는데 일이 끝났다고 곧장 잠자리로 가면 밤과 낮을 바꾸어 사는 사람들에 대한 모독이 아니냐고 너스레를 떨며 날이 밝을 때까지 부어라 마셔라 할 것이다. 박사들은 만취를 해도 매력적이었다. 취중에도 별 이야기를 했고 그런 와중에도 귀 담아들을 것이 많았다.

우루카기나는 양피지를 살펴보았다. 먹물이 잘 말라 있었다. 자신이 기록한 것은 처녀자리와 천칭자리였다. 그 별자리의 예언은 본래의 의미가 강하게 약동한다고 나왔다. 순결한 기운이 사악한 기운을 평정한다는 것이다. 다른 별자리 기운도 크게 나쁘지 않았다. 새로운 기운은 사자자리부터 시작된다고 했는데 그것이 어느 지역인지는 밝히지 않았다.

'니푸르는 성지라 그런 기운은 해당될 수 없고, 우루크는 이미 천문학의 메카가 되어 있고, 자신의 고향 라가시는 수메르에서도 가장 진보적인 자유의 도시고, 그럼 어디에서 그런 기운이 약동하는가?'

신전 관리자가 횃불을 끄려고 들어와서 우루카기나에게 물었다.

"일이 많이 남았습니까?"

"아니오, 지금 나가는 길이오."

그는 양피지를 말아 들고 회의실을 나갔다. 필경실은 사제관 반대편에 있었다. 필경사들은 이른 아침부터 작업을 시작하니 오늘 가져다 두어야 내일 일을 차질 없이 진행할 것이다.

우루크가 천문학의 중심 도시가 된 뒤부터 비밀의 정원에 점토 비석을 세워 거기에 별자리 기록을 해왔고 그것이 벌써 30개가 넘었다. 오늘의 기록을 위해 이미 새 점토 비석 하나를 습포에 씌워 그 옆에 준비해두고 있었다.

우루카기나는 마음이 급했다. 어서 임무를 끝내고 연회실로 가서 박사들의 이야기를 경청하고 싶었다. 그분들의 이야기는 농담까지도 금잔에 담고 싶을 만큼 귀하지 않은가.

그는 빠른 걸음으로 테라스를 거쳐 중앙 홀로 내려갔다. 원뿔 주랑 사이를 지날 때 사람 그림자가 그의 어깨를 타고 넘어왔다.

'노두갈메시인가?'

그가 등을 돌리는 순간 한 사내가 짧은 비명을 지르며 쓰러졌고, 사내의 손에서 빠져나온 칼이 그의 발 앞으로 미끄러져 왔다. 그는 주춤 물러서며 칼을 내려다보았다. 날카롭고 예리한 단도였다.

"괜찮소?"

노두갈메시가 달려오며 소리쳐 물었다. 우루카기나는 얼른 상황 파악이 되지 않아 괴한과 노두갈메시를 번갈아 보기만 했다.

"이 괴한이 그대를 노리기에 내가 비수를 던졌소."

우루카기나는 타지방에서 별 공부를 하러 온 것뿐이다. 우루크의 귀족도, 신정의 녹을 먹는 사람도 아니니 정적이 꼬일 리도 없었다. 그렇다면 괴한이 노렸던 것은 양피지였을까? 가능성이 아주 없지는 않았다. 이웃 국가 마리, 지중해 연안 국가들까지 우루크의 별과 유성에 대한 연구 결과를 수입해 가고 있으나 적대국에서는 그런 경로조차 없으니 탈취라도 하고 싶었는지도 모른다.

노두갈메시가 경위를 설명했다.

"연회실로 들어갈 때였소. 이 사내가 나를 붙잡고 그대를 물었소. 무심코 행방을 알려주었는데 잠시 후 생각해보니 좀 이상한 거요. 그래서 부리나케 회의장으로 가보았소. 그곳은 이미 불이 꺼져 있기에 이리로 쫓아왔던 것인데 이 사내가 주랑 뒤에 숨어서 그대를 노리고 있었소."

괴한이 칼을 빼 들고 우루카기나를 향해 돌진하는 순간 노두갈메시가 비수를 던졌다는 것이다. 우루카기나가 단정하듯 말했다.

"이 괴한은 양피지를 노렸던 게 분명하오!"

"양피지? 아닐 것이오. 이 사내는 분명 그대 이름을 물었소."

그랬다면 표적은 자신이었다? 그는 자객의 머리를 들어 보았다. 눈길이 흐릿하게 풀려 있는 것이 숨을 거두어가는 중이었다. 그가 다급하게 물었다.

"당신은 누고요?"

자객이 고개를 떨어뜨렸다. 죽은 것이다. 우루카기나는 불빛 쪽으로 괴한의 얼굴을 돌려 자세히 살펴보았다. 처음 보는 얼굴이었다.

"주머니를 뒤져보시오."

속주머니에서 금화 세 개와 은화 다섯 개가 나왔다. 한 면에 독수리가 새겨진 것을 보니 라가시에서 주조한 철전이었다.

'이 자객이 라가시에서 왔다? 그럴 리가 없다!'

그때 신전 안에서 사람들이 두런거리며 나오고 있었다.

2

 붉은 숄을 두른 남자들이 재판실로 돌아왔다. 사제들로 구성된 재판관들이었다. 그들은 착석한 뒤 앞에 누워 있는 시체를 살펴보았다. 등에 단도가 꽂혔고 얼굴은 옆으로 꺾어졌으며 손 앞에는 칼까지 놓여 있었다. 조사관이 처음 모습 그대로 재현해둔 것이었다.
 "시체의 등에 꽂힌 칼을 뽑아 이리로 가져오게."
 조사관은 단도를 접시에 담아 재판장 앞으로 가져갔다. 재판장이 단도를 이리저리 돌려가며 살펴보았다. 손잡이가 긴 세모에다 가운데가 뚫려 있는 것이 메시가※의 단도가 분명했다.
 "노두갈메시 이리 나오시오."
 입구 쪽에 우루카기나와 나란히 앉아 있던 노두갈메시가 벌떡 일어나 재판관들 앞으로 나갔다.
 "당신은 신전 기사단장으로 어제 별 박사들 호위를 맡아 만신전에 있었소. 그렇소?"
 "그러합니다."

"당신이 이 남자를 죽였소?"

"제가 이자를 죽이지 않았다면 한 무고한 연구생이 목숨을 잃었을 것입니다."

"묻는 대로만 대답하시오. 당신이 이 칼을 던졌소?"

"예, 그렇습니다."

"피해자가 노린 것은 별 박사가 아닌 연구생일 뿐이고 그것은 그들 간의 일인데도 신전의 법도를 잘 아는 기사가 감히 칼을 사용했고 또 피를 뿌렸소. 그 행위가 얼마나 불경한 일인지는 아실 테지요?"

신전에서 살인 행위는 신에 대한 모독죄가 되며 그 벌은 화형인 것이 만신전의 특별법이었다. 재판장이 다그쳤다.

"그 법령을 안다면 어떤 벌을 받게 되는지도 알고 있느냔 말이오?"

노두갈메시는 꿀꺽 침을 삼켰다. 그 벌은 사제에게만 적용되는 특별법이었다. 자신은 비록 여신전 소속이지만 만신전에도 관계하고 있으니 재판장은 그 점을 들어 특별법을 적용할 것이다. 계속 정당방위를 주장한다면 재판관들의 심기만 건드릴지도 모른다. 그는 다시 한 번 침을 삼킨 뒤 번쩍 고개를 들었다.

"제가 신전에서 사람을 죽이긴 했습니다만, 그건 제 의도가 아닌 신의 뜻이었습니다. 괴한이 저에게 우루카기나의 행방을 묻게 한 것부터 신의 의지였고, 따라서 저는 신의 뜻을 따른 것뿐입니다."

"신께서 지시하셨다?"

주위가 웅성거렸다. 큰 얼굴에 실핏줄이 거미줄을 친 뚱뚱한 사제가 감히 어디서 신을 파느냐고 부르르 떨기도 했다. 재판장이 큼큼 기침을 해서 분위기를 정돈한 뒤 노두갈메시에게 말했다.

"신의 뜻이라면 어떤 식으로 교시하셨는지 설명해보시오."

노두갈메시는 처음부터 끝까지 상세하게 설명했다. 회의실을 거쳐 신전 앞으로 나갔을 때 주랑 뒤에 숨어 있던 괴한을 발견한 일, 그 괴한이 칼을 빼 들고 우루카기나에게 뒤에서 접근할 때 자기 손이 먼저 단도를 날린 것, 멀리서 던졌음에도 적중한 것 등이 신의 뜻이 아니면 이루어질 수 없는 순간적 일이었다.

참관인 몇몇은 정말 그런 것 같다며 고개를 끄덕였다. 어떤 사람은 존경스러운 눈길을 보내기도 했다. 재판장이 조사관에게 물었다.

"시신의 신분은 확인되었소?"

"유일한 단서는 주머니에 라가시의 돈이 들어 있었다는 것뿐이었습니다."

"한데 라가시에서 온 자객이 어떻게 신전엘 들어왔단 말이오?"

"어젯밤에는 귀족들도 신전 앞뜰에 모여들었다는 것을 아실 것입니다. 별들의 축제를 보기 위해서였지요. 모두 귀족들이라 기찰을 하지 않았는데 그때 끼어든 것 같습니다."

보통 때는 신전 출입이 낮에만 허락되었으나 어제는 귀족들 행차로 밤에도 문을 열었다. 문지기가 아무리 눈이 밝다고 해도 품에 칼을 품은 자까지 가려낼 수는 없었다. 입구에서 신전 안뜰까지는 2백 미터 이상의 거리였다. 추측하자면 괴한은 어느 한 귀족을 선택하고 그와 친분이 있는 척 이야기하며 올라왔을 것이다.

"시신의 소지품을 이리 가져와보시오."

조사관이 시신의 옷 주머니에서 금화와 은화를 꺼내 접시에 담은 뒤 재판장 앞으로 가져갔다. 재판관들이 그 돈을 확인한 뒤 작은 소리로 판결에 대한 의견을 주고받았다. 재판장은 고개를 끄덕이면서 눈초리를 말아 올렸다.

"노두갈메시 그리고 우루카기나, 두 사람 다 앞으로 나오시오."

우루카기나는 자기까지 호명된다는 것은 좀 의외였으나 순순히 앞으로 나갔다. 재판장이 먼저 우루카기나에게 물었다.

"우루카기나, 당신도 라가시 사람이지요?"

"예, 그렇습니다."

재판장은 다시 노두갈메시를 지목했다.

"노두갈메시, 그대의 대응은 신의 뜻임이 인정되었소. 왜냐하면 그대의 선조 길가메시 왕도 이 만신전의 신이기 때문이오. 그리고 우루카기나, 이 모든 불상사는 그대로 인해 비롯된 것이오. 우린 그대에게 추방령을 결정했으니 사흘 내로 우루크를 떠나시오."

노두갈메시가 급하게 나섰다.

"추방령이라니요? 죄는 제가 지었지 않습니까?"

"이유는 이미 말하지 않았소? 그가 여기 있는 한 언제 또 그런 일이 발생할지 모를 일이오. 신전과 신을 보호해야 할 의무가 있는 우리로서는 추방령을 내리지 않을 수 없소."

추방령을 당하면 곧장 이별이다. 노두갈메시는 가슴이 미어져왔다. 재판관 앞에서 항의를 하면 불경죄에 속함에도 그는 이의를 제기했다. 그렇게 해서라도 죄의 끈을 자신에게 돌리고 싶었다.

"우루카기나는 아직 공부가 끝나지 않았습니다. 그럼에도 추방을 한다면 타도시 사람들이 우리 천문 학교를 어떻게 생각하겠습니까? 별 박사님들도 타지방에서 더 많은 사람이 와서 공부하기를 원하십니다.

부디 혜량하시어, 연구가 끝날 때까지만이라도 머물게 해주십시오."

우루카기나가 지그시 그의 손을 잡았다. 그리고 재판관들을 향해 공손히 절을 했다.

"준비되는 대로 떠나겠습니다."

설령 추방령이 내려지지 않았다 해도 그는 당장 돌아가고 싶었다. 자기에게 자객이 붙을 까닭이 없으니 이유와 정체를 알아야 했기 때문이다.

3

 우루크는 길가메시의 아들이 자살한 뒤 왕정에서 다시 신정 체제로 복귀되었고 도시 살림은 엔시(시장)가 맡아왔다. 엔시들은 길가메시가 정착시킨 국제시장의 부흥을 유지하려고 노력했고 그 덕에 교역과 문화 면에서는 여전히 수메르의 모든 도시 중에서 선두였다.
 도선장은 항상 북적거렸다. 아래쪽 내안에는 나룻배, 거룻배, 짐배가 줄줄이 섰고 한 짐배에서 인부들이 갈대 바구니에 담은 포도를 내리고 있었다. 어느 과수원에서 포도 수확을 한 모양이었다. 하역이 끝난 인부들은 선술집으로 몰려가 잔술을 마시며 다음 배를 기다릴 것이다.
 우루카기나는 잡화상 앞을 지나갔다. 울긋불긋한 차일 아래에는 저마다 다른 물건이 펼쳐져 있었다. 우유나 음료, 잔술을 파는 곳, 포목과 채소와 과일, 그리고 장신구 좌판이었다. 자잘한 바다 조개로 엮은 팔찌가 우루카기나의 눈길을 끌었다. 딸아이에게 사다 주려고 돈을 찾는데 노두갈메시가 그의 팔을 이끌었다.
 "지체할 시간이 없소."

두 사람은 빠른 걸음으로 상류 쪽 외안으로 올라갔다. 강바닥을 깊이 파고 둑을 튼튼히 쌓은 외안에는 지중해와 인더스를 왕래하는 교역선 두 척이 정박해 있었고 그중 한 배에서는 인부들이 둘씩 짝을 지어 큼직한 나무 상자를 올리는 중이었다.

노두갈메시가 걸음을 멈추고 우루카기나의 행색을 살폈다. 삭발은 좀 어색했지만 사제복은 그런대로 어울려 보였다.

"내 사촌 형은 지금 경비실에 있을 것이오."

노두갈메시의 사촌 형이 도선장 총감독이었고 선장들은 저마다 감독과 친하기를 원했다. 기착할 때마다 매춘부가 있는 고급 여관은 기본이요, 귀한 물건을 생산하는 공방이나 일등 장인 집으로 직접 안내를 받을 수도 있기 때문이었다. 그들은 편의를 봐준 데 대한 보답으로 다음에 올 때 선물을 가져오는데 노두갈메시의 사촌 형 집에는 선물로 받은 이국 물품이 수두룩했다.

경비실 안에는 상인과 필경사들이 물품 내역을 기록하고 사촌 형은 필경이 끝난 점토판을 검토하고 있었다. 우루카기나와 노두갈메시는 문간에 서서 필경사들의 능란한 손놀림을 바라보았다. 그들은 물품 내역서나 영수증, 운수에 필요한 모든 계약서와 서류를 대필해주면서 상인들로부터 수수료를 받았다. 나무 상자를 싣던 배에서 선장이 선교를 타고 내려왔다. 복부가 항아리 같은 데다 다리마저 짧아 마치 큰 문어가 내려오는 듯했다. 조수가 뛰어가 선장을 데려오는 사이 필경사는 필경을 끝내고 점토판에서 나온 지저깨비를 불어냈다.

선장이 경비실로 들어왔다. 그는 두꺼운 전대를 차고 있었는데 그것이 커다란 복부로 보인 것이었다. 선장이 점토판 내역을 꼼꼼히 읽은 뒤 전대에서 금화와 은화를 꺼내놓자 사촌 형이 그 돈을 상인들에게 나눠주었다. 거래가 끝난 것이다. 선장이 떠나려고 할 때 사촌 형이 팔을 잡았다.

"잠깐, 할 말이 있소이다."

선장의 얼굴에 홍조가 스쳐갔다. 어젯밤에 함께한 매춘부를 떠올린 것이다. 보기 드물게 살결이 곱고 아름다웠다. 귀족들이 이용하는 요릿집의 여자로, 총감독이 아니었으면 만날 수 없는 미인이었다. 그는 첫눈에 반했고 만약 배에 여자를 태울 수만 있다면 천금을 주고라도 사들이고 싶었다. 하지만 그렇게 하면 선원들이 여자 쟁탈전으로 자기까지 죽일지도 몰라 체념하고 말았다.

"그 여자가 무사 안녕을 부탁합디까? 만나거든 전해주시오. 가능한 한 빨리 돌아오겠노라고."

"그렇게 전하겠소. 그리고 나도 부탁이 있는데…."

사촌 형은 선장에게 우루카기나를 소개했다.

"만신전 사제요. 신전에 볼일이 있어 가는 길이라는데 라가시까지 좀 태워줘야겠소이다."

"그러리다."

선장이 수락한 뒤 등을 돌려 배 쪽으로 향했다. 노두갈메시가 우루카기나를 와락 껴안으며 뺨에 키스를 했다. 두 볼이 뜨거웠다.

"지난날 우리가 함께했던 시간을… 나는 결코 과거라는 무덤에 묻지 않을 것이오. 항상 살아 있는 현재에 붙잡아두겠소."

어젯밤 함께 잠자리를 하면서 뜨겁게 타오르던 그 열기가 슬픔 속으로 깊이 가라앉고 있었다.

4

노두갈메시의 모습이 점점 멀어져갔다. 그는 손도 흔들지 않고 배만 바라보고 있었다. 함께했던 과거의 시간을 항상 현재에 붙잡아두겠다던 말, 그건 우루카기나 자신과의 시간만은 아닐 것이다. 노두갈메시는 우루카기나를 만나기 전부터 이미 수백 년 전의 자기 선조와 만나고 있었다. 우루카기나가 그런 사실을 알게 된 건 폐궁에서였다. 그는 핏자국을 닦으며 우울한 눈빛으로 길가메시에 대해 이야기했다.

우루카기나가 이곳에 온 지 얼마 되지 않았을 때 비가 내렸다. 비가 오면 천문대 관측 일은 쉬게 된다. 비는 그다음 날도 계속되었다. 따분해진 우루카기나는 노두갈메시의 말이 떠올랐다.

"나는 시간이 날 때마다 폐궁에 간다오. 수백 년 전 길가메시 왕께서 기거했던 궁전 말이오."

그날 폐궁은 빗속에 웅크리고 있었다. 옛날에는 이난나 여신전에서 붉은빛이 뻗어왔고, 그러면 궁전의 푸른 벽에서 빛이 달려가 무지개다리를 만들었다는 동편의 찬란한 타일은 군데군데 떨어져 나가거나 홈이 파여 마치 죽어 화석이 된 거대한 매머드 같아 보였다.

궁전 안의 홀은 도서관으로 개조되어 있었다. 벽면마다 선반에 고서판이 놓여 있고 한 바닥에는 몇 개의 서판이 흩어져 있는 것이 누군가가 정리를 하다가 중단한 것 같았다. 그는 서판들을 집어 들었다. 길가메시 왕에 관한 것이었다. 학창 시절 왕의 모험담에 매료되었던 것을 떠올릴 때 홀 안쪽에서 어떤 소음이 들려왔다. 집무실에서였다.

노두갈메시가 피 묻은 바닥을 닦고 있었다. 누군가를 이곳에 데려와 살해한 뒤 지금 뒤처리를 하는 중이라면 보지 말아야 할 장면이었다. 우루카기나가 못 본 척 돌아서자 노두갈메시의 말이 그의 등을 잡았다.

"이 피는 최근 것이 아니오."

"최근 것이 아니라면?"

"수백 년 전의 것이오. 짬이 나는 대로 닦아도 늘 그대로라오."

우루카기나는 그가 왜 자기한테 거짓말 혹은 턱도 없는 변명을 하는지 어리둥절했다. 노두갈메시가 물걸레를 치우며 설명했다.

"이 방에서 마지막 왕이 자결을 했소. 길가메시 왕의 아들 우르루갈이오. 사막의 쌍달이라는 야만족이 쳐들어와 망치로 벽을 깨고 있을 때 왕은 무슨 생각을 했을까, 나는 항상 그것이 궁금했다오. 어쩌면 자신이 마지막으로 할 수 있는 일, 그것은 품위 있게 죽는 일이라고, 그런 생각을 했을지도 모르고…."

"한데 지워지지 않는 피를 왜 굳이 지우려는 거요?"

"길가메시 왕께서 이 피를 싫어하시오."

"왕께서 어떻게 그런 말씀을 하시오? 혹시 꿈에서 말이오?"

"아니오. 직접 말씀하셨소. 왕께서는 보름날마다 이곳에 오시는데,

그때 신하를 불러 이 피를 닦으라고 이르시는 걸 들었소. 그래도 피는 지워지지 않아 내가 짬이 날 때마다 이렇게 닦아보는 것이오."

"수백 년 전의 왕께서 실제로 오신다고?"

"왕께서는 신이 되신 후 지금 만신전에 계신다오. 하지만 보름날에 여기 오실 때는 항상 왕의 모습이라오."

"무슨 일로 왜 오시며, 그대는 또 어떻게 볼 수 있단 말이오?"

"내가 왕의 후손이라는 것에도 이유가 있는지 모르겠소만, 아무튼 수년 전이었소. 보름날 밤에 우연히 이 앞을 지나가는데 떠들썩한 소리가 들려오는 거였소. 궁전에서 말이오. 안을 들여다보니 왕이 신하들과 함께 축배를 들고 계셨소. 왕의 생신이었는지 신하들도 모두 화려한 옷을 입고 말이오. 그리고 다음 보름날에 뵈었을 때는 용포 자락을 끌며 오래도록 이 홀을 혼자 거니셨소."

"왕께 말씀도 걸어보았소?"

"아니오. 감동이 내 심정을 지배해 아무 말도 할 수가 없었소."

"나도 그 장면을 볼 수 있소?"

"물론이오. 보름날 밤에 이리로 오시오."

보름날이면 천문대 관측도 쉬었다. 우루카기나는 저녁을 먹고 달이 떠오르기를 기다리는데 궁전에 가고 싶은 의욕이 그만 사라져버렸다. 신령들은 자기 모습을 보이고 싶지 않을 때는 곧장 상대의 머릿속에 들어가 기분을 바꿔버린다고 했는데 우루카기나도 거기에 걸렸는지 갑자기 깊은 외로움만 사무쳐 들었다.

노두갈메시는 폐궁 홀에서 오래도록 기다렸다. 하지만 왕도 우루카기나도 오지 않았다. 달그림자가 위치를 바꿀 때 그는 우루카기나의 집으로 갔다. 우루카기나는 발가벗고 문간에 누워 웅크린 채 잠들어 있었다. 흡사 자궁에서 추방당한 태아처럼 달빛만이 이불처럼 덮여 있었다. 누군가가 체온을 주지 않으면 그대로 굳어버릴 것 같아 노두갈메시는 자기의 옷을 벗어내고 우루카기나 뒤에 누워 가만히 등을 안았다.

우루카기나는 식어가던 자신의 몸이 서서히 더워지는 것을 느꼈다. 그는 자기 가슴을 어루만지고 있는 한 사내의 손을 보았다. 몸의 불씨를 살리고 있는 것은 바로 그 손이었다. 그는 돌아누워 상대의 가슴에 입을 맞추었다. 그러자 사내의 가슴 근육이 부르르 진저리를 쳤다. 그는 탄식했다. 아내의 젖가슴과 노두갈메시의 그것이 어찌 전혀 다르게 느껴지지 않는단 말인가.

2장
라가시

수메르 최초의 역사가들은 모두 라가시에 살았다.
라가시 도시 역사는 기원전 2550년부터 2342년까지이며,
그중 약 백 년간은 정치군사적 역할을 지배적으로 수행했던
수메르의 남부 도시다.
― S.N. 크레이머 ―

1

"이보시오, 사제 양반!"

등 뒤에서 웬 사내가 불렀다. 라가시 말씨였다. 우루카기나는 간이 떨어질 정도로 놀랐지만 자신의 신분은 우루크 사제임을 되새기며 천천히 뒤돌아섰다. 한 살찐 사내가 물품 상자 앞에 앉아 맥주를 마시며 손짓을 했다.

"이리 오시오. 술맛이 기가 막히오."

사내의 몸은 빵빵한 술 포대 같았다. 매우 취해 있었음에도 계속 술을 들이부었다. 우루카기나는 술 항아리를 건네받았으나 마실 생각이 없었다. 사내가 통통한 손으로 등 뒤의 나무 상자를 두드려 보이며 그것이 무엇인지 아느냐고 물었다.

"애석하게도 나에겐 상자를 꿰뚫어볼 수 있는 눈이 없소이다."

"이건 말이오, 은 식기와 다색 채 접시, 상아, 호랑이 가죽 등이오."

이 뚱뚱한 사내는 귀족을 상대하는 거상임에 분명했다.

"그런 귀한 물건은 필시 부자들이나 살 수 있겠지요?"

"이건 파는 게 아니오. 궁전에서 쓸 것이오."

"아, 그렇구려."

"이것뿐이 아니오. 왕실에서 필요한 것을 사들이기 위해 다섯 달이나 이렇게 항해를 하고 있단 말이오. 이제 2, 3일 후면 이 항해도 끝이겠지. 배 위에 있을 때는 지루해 죽을 지경이지만 항구에 내리면 천국이 따로 없었는데….."

'2, 3일 후에 도착할 곳은 라가시다. 그렇다면 사내가 말한 것이 라가시 궁전인가?'

우루카기나가 확인해보았다.

"그 궁전은 라가시에 있소이까?"

"그렇소."

"라가시에 왕이 있다는 말이오?"

"그렇다지 않소. 왕께서 직접 내게 특명을 내려 세상에서 가장 좋은 물건을 사 오라고 하셨단 말이오. 왕께서 직접 말이오. 내가 아나톨리아에서 사들인 카펫, 그건 키시 왕이라 해도 못 가져봤을 것이오. 그리고 페니키아에서는 유리 팔찌를 샀는데 그건 내 누이가 특별히 부탁한 것이고….."

"죄송하오만, 왕의 이름을 알 수 있소이까?"

"루갈란다요. 무적의 움마를 무찌르고, 교활한 이일을 무찌르고 전쟁으로부터 라가시를 구해낸 우리의 영웅, 루갈란다 왕!"

루갈란다는 왕이 아닌 군주, 그것도 전쟁으로 재정이 바닥난 도시의 군주였다. 3년 전 그가 떠나올 때만 해도 야금장들은 아예 문을 닫았고 물자는 품귀 상태였으며 생필품조차 맘대로 살 수가 없었다. 그 사이

신이 도와서 도시가 부흥했다 하더라도 선출된 군주가 어떻게 왕이 될 수 있는가? 라가시 법으로는 절대로 그럴 수 없는 일이었다. 그는 샘솟는 의혹을 지그시 억누르며 뚱뚱한 사내에게 물었다.

"한데 왕실에서 그런 물건이 왜 새삼 필요하답니까?"

"새 단장을 하고 수메르 전체 왕권을 선포하기 위해서라오."

왕권을 선포해? 30년 전에도 그런 적이 있었다. 난세르 시장이 주변국을 정벌하여 영토를 넓힌 후 수메르 왕권을 선포했으나 3년 만에 왕권은 키시로 되돌아갔다. 그런데 또 그런 무모한 도전을 하다니. 어쩌면 상인이 뭔가 착각하고 있는지도 몰랐다. 그가 말했다.

"농담이 심하구려. 수메르 왕권은 키시가 틀어쥐고 있다는 것은 만인이 다 아는 사실인데 어떻게 라가시에서 그런…."

"우루크인들은 그것도 모르오? 지금 키시 왕궁은 형편없이 가난해졌다오. 그래서 금을 받고 왕권을 판다는 것이오."

금을 받고 왕권을 팔아야 할 정도로 키시가 몰락한 줄은 몰랐다. 그게 사실이라 해도 라가시에 무슨 금이 있단 말인가. 도시 보수와 확장 사업도 시민들의 부역으로 이행되었다. 군주제를 용인한 것도 군사력 유지 때문이지 왕권을 사들이라고 그랬던 것은 아니었다. 의회에서 내린 최종 결정도 평화가 정착되면 곧 시장市長 체제로 환원하고 최고 권력은 다시 의회로 넘어간다는 것이었다.

선원이 음식이 든 큰 바구니를 가져오며 말했다.

"저녁 식사 대령입니다!"

훈제 오리 고기와 빵과 꿀에 잰 마른 무화과 등 특별 음식이었다.

"사제, 당신은 내 덕에 매일 이런 고기를 먹을 수 있을 것이오."

뚱보 사내가 고개까지 바짝 디밀고 말했다. 오래된 고기 찌꺼기가 잇새에 남았는지 입 냄새가 지독했다. 그때 뱃머리 쪽에서 키잡이가 외쳤다.

"돛을 내려라!"

돛이 빵빵하게 부풀었고 속력도 빨라졌다. 흐르는 물길을 따라갈 때는 센 바람을 조심해야 한다. 방심하면 바다로 직행하거나 갈대밭에 처박힐 수도 있다. 선원들이 돛 두 개를 내리자 배의 속력이 안정권으로 잡혔다. 기착지는 라가시, 강 합류 지점에 닿으면 티그리스 강으로 거슬러 오를 것이다.

우루카기나는 생각에 잠겼다. 자신이 라가시를 떠나 있던 3년 동안 그곳에 많은 변화가 있었던 게 틀림없었다. 어쩌면 라가시의 그러한 변화와 자객 사이에 연관성이 있을지도 모른다. 그때 옆에서 코 고는 소리가 들려왔다. 오랜 항해 탓에 먹고 마시면서 시간을 보내는 일에 중독되어버린 뚱보 사내가 고기를 뜯다 말고 잠이 들어 있었다. 날이 어두워지는데 이대로 내버려둘 수는 없어 사내를 흔들어 깨웠다. 몸을 흔들수록 오히려 사내의 코 고는 소리는 더 높아졌다.

그때 선원들이 굵은 밧줄로 짠 그물을 들고 왔다.

"사제께선 저리 비키시오."

선원들은 사내 옆에 그물을 펼쳐놓더니 사내를 그 위로 옮겼다. 그들의 손길이 너무 거칠어 바다에 던져버릴지도 모른다는 생각마저 들 정도였다. 뱃사람들은 거칠기 짝이 없는 부류였다. 그물 위에서도 사내는 세상모르고 곯아떨어져 있었다. 선원들이 그물 귀퉁이를 잡고 선실로 향하면서 투덜거렸다.

"하루도 거르지 않고 이 모양이군."

"처먹고 살만 찌운 돼지 같은 작자 때문에 우리가 고생일세. 제 발로 침실에 가면 다리가 부러지기라도 하나?"

"며칠 있으면 이 고생도 끝이야. 그때까지만 참자고."

매일 반복되는 일인 듯했다. 우루카기나는 라가시에 내린 이후에도 사내를 다시 만나게 될 것 같았다. 그러나 정작 그가 다시 만나고 싶은 사람은 바로 노두갈메시였다. 언제고 다시 만날 날이 있겠지….

2

에두바* 졸업반일 때였다. 법률 선생이 교사 지망생들을 모아놓고 뻔한 것을 물었다.

"국조 신 엔릴께서 수메르의 왕권은 어디에 있다고 하셨는가?"

"키시입니다."

"그 밖의 도시는 어떻게 하라 하셨나?"

"신정과 시정을 병립하라 하셨습니다."

법률 선생은 잠시 사이를 두었다가 이렇게 물었다.

"그런데 그 법령을 어기고 왕권에 도전한 사람들이 있었다. 그가 누구인지 알고 있는가?"

교사 지망생들은 서로 얼굴을 보았다. 그에 대해선 들어본 적이 없었다. 우루카기나를 비롯해 아무도 그 질문에 대답하지 못했다.

"그걸 찾아라. 그것이 졸업 숙제다."

....

* 대학 과정과 비슷한 상급 학교.

우루카기나는 친구 셋과 함께 니푸르로 숙제 여행을 떠났다. 니푸르는 신전, 사제관, 신학교, 도서관으로만 이루어진 거대한 수도원이자 수메르인의 정신적인 성지였다. 도서관에는 신학, 문학, 천문학에 관한 서판뿐만 아니라 각 도시의 기록물도 연대별로 정리되어 있었다.

거기서 찾아낸 이름이 길가메시였다. 그는 애초 제사장으로 시작해 군주가 되었고 그것으로도 성에 차지 않아 키시의 왕권에 도전했으며 결국 수메르 전체를 다스리는 왕이 되었다. 학생들은 개선장군처럼 귀가했다. 선생은 의기양양한 학생들을 보고 빙그레 웃었다.

"엄청난 것을 알아낸 표정인데? 그래, 어서 말해보게."

학생들이 동시에 대답했다.

"우루크의 길가메시였습니다!"

"그렇지, 길가메시. 그가 도시 왕조라는 신조어를 창출한 최초의 인물이지."

"도시 왕조라고요?"

"국가를 대표하는 왕이 있는데도 도시의 통치자가 왕권을 선언한다면 그게 바로 도시 왕권이 아닌가. 한 국가에 왕이 둘이었던 나라는 아마 전 세계에서도 수메르뿐이었을 것이네."

우루카기나는 길가메시에게 호감을 느꼈다. 그래서 그를 적극 변호했다.

"그는 영웅이었습니다! 비록 엔릴 신의 규정을 어기긴 했지만 우루크를 부흥시키고 국제적 위상까지 높여 수메르를 빛낸 역대 최고의 인물이었습니다!"

친구들도 우루카기나를 응원했다.

"그의 성품 또한 아주 매혹적이었습니다. 독특한 우정관이나, 여신의 청혼을 물리치신 거나, 영원한 생명을 찾아 모험한 이야기는….”

선생이 학생들의 말을 중지시켰다.

"길가메시는 그 정도로 됐고, 또 누가 있었지?"

"누구라니요? 다른 사람도 있었습니까?"

"그건 못 찾았단 말인가?"

선생의 얼굴에 실망감이 휘덮이자 학생들이 머쓱해서 되물었다.

"저희는 다시 니푸르로 가야 합니까?"

선생은 망설인 끝에 다음과 같이 말했다.

"두 가지 방법이 있네. 쉬운 것과 빠른 것. 니푸르에 가면 쉽게 알아낼 수 있겠지만 길이 멀다는 단점이 있고…."

"저흰 이미 여러 날을 써버렸습니다. 빠른 방법을 원합니다."

"그럼 힌트를 주겠네. 등잔 밑이 어둡다, 그것일세."

빠른 데다 등잔 밑이 어둡다면 그 해답은 라가시에 있다는 뜻이다.

학생들은 시청 도서관으로 달려갔다. 왕권에 도전한 사람이라면 군주나 시장이었을 테고, 그에 대한 기록이라면 시청에 보관되어 있을 것이다.

시청 도서관은 실내가 텅 비어 있는 데다 사서조차 보이지 않았다. 학생들은 언제까지 사서를 기다리고만 있을 수 없어 스스로 서판을 찾아보기로 했다. 명색이 시청 도서관임에도 서판이 제대로 정리가 되어 있지 않았다. 니푸르는 주제별로 바구니에 담아 찾기 쉽도록 꼬리표까지 달아두었는데 이곳은 순서조차도 뒤죽박죽이었다. 학생들은 구역을 나누어 서판 열람을 시작했다.

우루카기나는 초창기 점토판부터 살폈다. 주로 관개수로에 대한 것으로, 티그리스 강물은 성질이 사나워 홍수 때마다 인가를 덮쳤는데 수로로 순화시킨 뒤 그런 피해가 없었다는 내용이 여러 개의 점토판에 똑같이 반복되어 있었다. 그리고 수학과 자연과학, 식물과 동물에 대한 서판으로 이어져 있을 뿐이었다.

"여기 전쟁에 대한 서판이 있어!"

친구 퉁가슈가 안쪽 선반에서 두 개의 점토판을 찾아냈다. 숙적 움마와의 싸움에 대한 내용으로 앞뒤에 빽빽이 기록되어 있었다. 우루카기나가 대표로 그 내용을 읽었다.

"모든 대지의 왕이자 모든 신들의 아버지인 엔릴은 라가시의 수호신 닌기르수에게 움마와 경계선을 긋기를 명령했다. 키시 왕 메실림도 중재자가 되어 경계를 구획하고 도랑을 따라 글이 새겨진 여러 개의 기둥을 세웠다. 그런 후 엔릴의 신전, 닌기르수, 닌후르사그(모성의 여신), 우투의 신전을 지었다.

그러다가 난세르가 엔시이던 시절 움마의 군주가 다시 침략해왔다. 그는 확실한 승리를 위해 외국 왕의 원조를 받았고, 우리 신들의 명령과 메실림 왕과의 약속으로 세워진 경계의 기둥을 뽑아 불을 질렀다. 그들은 신들에게 바친 신전을 파괴하고 라가시의 땅과 농장을 짓밟으며 가나우기와 구에딘나까지 쳐들어왔다.

이때 난세르는 엔릴의 명령을 받아 그를 패배시켰다. 움마의 군주는 도망을 쳤고, 난세르는 맹렬하게 추격해 도주하는 적을 모두 죽였다. 끝까지 도망친 움마 군주의 친위대 60명은 기르눈타 수로에서 전멸시켰다.

난세르는 적병의 시체를 새와 짐승이 뜯어 먹도록 평원에 버려두었고, 다섯 장소에 그들의 해골을 쌓아 올렸다."

친구 타브루가 말했다.
"시청 앞에 세워진 전승비가 바로 이 전쟁에 관한 거야!"

그 전승비의 앞면은 형상이 두드러진 두리새김丸彫을, 뒷면은 기록을 새긴 아주 독특한 조각 기념비였다. 앞면의 전투 장면도 배열을 분류해 비석 윗부분에는 무장한 병사들이 바싹 붙어 전진하고 있고, 아래에는 처단한 적군들의 시체가 독수리에 의해 갈가리 찢긴 채 쌓여 있는 모습이었다.

"계속 읽어봐."
"이게 끝이야."
"그럼 왕권에 도전한 사람이 난세르인가?"
"추측은 해답이 아니야. 어서 더 찾아보자고."

도서관 문을 닫을 때까지 뒤져보았으나 그 이상은 발견되지 않았다.

"선생님, 저희들은 지쳤습니다. 선생님께서 언급하신 분이 실제 존재했는지 아닌지 그것만 알려주십시오. 움마를 대패시켰다는 난세르입니까?"

우루카기나가 대표로 물었다.
"그렇네. 그 사람이네."
"그런데 왜 그것에 관한 기록이 없습니까?"
"그 기록은 니푸르에 있다네. 자네들이 길가메시를 찾았을 때 내가 했던 말을 기억했다면, 그러니까 내가 복수 명칭을 사용했다는 것을 명심했다면 라가시 편까지 살폈을 것이네.”

"라가시에 없는 것이 니푸르에 있다면 필시 어떤 까닭이 있겠군요.”

"있지. 있고말고.”

선생이 이야기를 시작했다.

"라가시가 오래된 도시가 아니란 것은 여러분도 알걸세. 바닷물 역류로 농사를 지을 수 없었던 사람들, 주로 아래쪽에서 이주해 온 주민들이 각각의 부락으로 안주한 것이 2백 년 전일세. 그들은 방언에다 모시는 수호신도 달랐지만 국조 신이 같았고, 따라서 그들이 뽑은 엔시도 처음부터 엔릴 신의 대리인이었다네. 문제의 발단은 엔시의 힘이 아무리 막강해도 신의 대리인 자격을 넘지 못한다는 것, 그 명문화에서 비롯된 것이지.”

난세르는 움마의 군주를 생포해 목숨 값을 흥정했다. 절대로 죽고 싶지 않은 군주는 제 입으로 금은과 보석, 청동 등을 줄줄이 늘어놓았고, 난세르는 해마다 보리 14만 4천 카루(2만 5천2백 리터)를 바치라는 조약까지 첨부한 뒤 문서를 작성했으며 서명란에 자기 이름을 라가시 군주로 명기했다. 적의 신분과 동격으로 보이기 위해서가 아니었다. 라가시로 귀환하는 즉시 자신의 신분을 군주로 선포하겠다는 결심을 했기 때문이었다. 엔시, 즉 시장 체제로는 움마의 잦은 침략에 대응하기 힘들다는 것을 각 마을의 지도자나 제사장들도 이제는 인식하고 있을 터라 주저 없이 승인할 것이다.

난세르는 개선 길에 올랐다. 그는 군사들의 대열 배치에도 신경을 써서 전차 부대가 양옆에서 그를 옹위하고, 궁수와 보병들은 뒤를 따르게 했으며 자신은 우뚝 솟아 보이도록 말을 탔다. 시가지가 가까워졌을 때 그는 다시 한 번 대열을 정비시킨 뒤 천천히 행진해 들어갔다.

환영 인파가 구름처럼 몰려나와 있었다. 더러는 플래카드도 보였다. 난세르는 자신이 군주로 선포되면 시민들에게 환영받을 일을 더 많이 하겠다는 생각을 하며 플래카드의 글귀를 읽었다.

"우리의 엔시 난세르 만만세!"

난세르는 기분이 매우 상했다. 시민들이 외치는 연호조차도 '엔시! 엔시!'였다. 그는 더 참을 수 없어 말에 채찍질을 가해 곧장 저택으로 달려갔고 그날 저녁 원로와 제사장들이 마련한 승전 축하연에도 피곤하다는 핑계로 참석하지 않았다.

그리고 한 달 뒤였다. 난세르는 마차 몇 대와 정예병 백 명을 이끌고 키시로 향했다. 내년이면 엔시 선거가 있는데 그 전에 손을 쓰지 않으면 자신은 평민으로 돌아가고 만다. 그건 싫다고, 자신의 체질에도 맞지 않는다고 마음속 불길이 그를 들볶아댄 것이다.

키시의 성벽은 낮은 데다 성문에는 지붕이나 감시 망루도 없었다. 왕정 도시에 대해 환상을 가지고 있던 난세르는 매우 실망했다. 왕실 운영을 위해 수메르 전역에서 공물을 보내는데도 도시 살림이 이 정도라면 왕은 무능력자라는 낙인만으로도 당연히 물러나야 할 것이다.

문지기가 난세르 일행을 궁전으로 안내했다. 성문과 달리 궁전은 꽤 아름다웠다. 입구를 장식한 대리석 기둥도 마음에 들어 난세르는 일만 잘되면 라가시 궁전에도 대리석 기둥을 세우겠다고 다짐했다.

그는 일행을 궁전 앞에 세워놓고 혼자서 안으로 들어갔다. 왕은 서기관과 이야기를 하다 말고 반갑게 다가와 난세르를 포옹했다.

"그래, 어떻게 그런 쾌거를 올렸는지 이야기 좀 해보시게."

서기관이 나가자 왕이 물었다. 이야기 따위로 시간을 지체하고 싶지 않은 난세르는 간략하게 줄여 말했다.

"라가시 역사상 최대의 전승이었습니다. 획득한 전리품도 많아 그 일부를 가져왔는데 들여올까요?"

키시 왕 투게는 남을 의심하는 성격이 아닌지라 난세르의 제안을 즉시 받아들였다. 난세르는 밖으로 나가 정예병들과 함께 나무 상자 둘을 안으로 들이게 했다. 나무 상자 하나는 큰 뒤주만 했고, 또 하나는 그보다 좀 작은 것이었다. 난세르는 먼저 작은 상자의 못을 빼고 뚜껑을 열어 보였다. 피륙으로 감싸인 금은보화를 보자 왕의 눈이 화등잔만 해졌다. 그렇게 많은 보석일 줄은 상상도 하지 못했다. 왕이 보물을 내려다보며 홍옥과 청금석은 목걸이를 만들어 공주들에게 주고 금은 태자 책봉 때 쓰겠다는 생각을 할 때 한 사내가 뒤에서 다가들어 그의 입에 재갈을 물렸다. 왕은 매우 놀랐지만 이미 소리조차 지를 수가 없었다. 난세르가 왕의 목에 칼을 대고 나직이 속삭였다.

"순순히 응해주면 해치진 않을 것입니다. 자, 책상에 앉으십시오."

왕이 책상 앞에 앉자 난세르가 서판 하나를 내밀었다. 왕권을 넘긴다는 내용이 적혀 있었다. 왕이 고개를 젓자 그는 칼끝을 바짝 디밀었다.

"수메르는 큰 국가입니다. 큰 국가는 라가시같이 능력이 있는 도시에서 왕권을 가져야 합니다. 그래야만 국가 위상도 높일 수 있습니다. 이제부터 나 난세르가 수메르를 통치할 것이니 거기에 서명하십시오!"

왕은 저항을 하기엔 자기 나이가 너무 많다는 것을 깨달았다. 지금 자신이 할 수 있는 일은 가능한 한 죽음을 면해보는 것뿐이었다. 사실 왕권이야 탈취당한다 해도 언젠가는 되돌아오게 되어 있지 않은가. 왕은 옥새를 집어 서판에 눌러주었다.

난세르가 왕의 손에서 옥새를 빼앗았다. 그는 그 옆에 놓인 왕홀까지 챙긴 뒤 부하들에게 눈짓을 보냈다. 군인 둘이 왕을 번쩍 들어 큰 나무 상자에 집어넣었다. 자신들이 준비해 온 빈 상자였다. 왕은 온몸을 흔들며 저항했으나 이미 상자 뚜껑에 못이 박히고 있었다.

"구석으로 밀어두게."

그리고 난세르 일행은 서둘러 궁전을 빠져나갔다.

"라가시로 돌아온 즉시 그는 수메르 전체의 왕임을 선포했지."

선생이 말했다.

"그럼 그 왕권은 얼마 동안 라가시에 있었습니까?"

"고작 3년이었네."

"키시에서 반격을 해왔던 것입니까?"

"아닐세. 엔릴 신이 노하셨던 거네. 도시에 흉년이 들고 가축들이 죽어가자 사제들이 모여 합동 제사를 지냈는데 그때 신께서 왕권을 제자리에 돌려놓지 않으면 도시를 불태울 것이라 하셨다네. 난세르는 그 말을 곧이듣지 않았지. 그러자 왕비가 미쳐서 왕궁에 불을 지르고 다녔어. 그때서야 사제들을 불러 옥새와 왕홀을 내놓았다네. 키시에 돌려주라고 말일세."

그날 집으로 돌아가는 길에 그들은 교사가 되면 역사를 공부하는 모임부터 만들자고 의기투합했다.

3

 라가시가 가까워왔다. 선원들은 일손을 놓고 선착장을 바라보았다. 지금 그들의 머릿속에는 술과 여자 생각만이 회오리칠 것이다. 두 강을 누비고 다니며 장사를 하는 상인들 생각도 별반 다르지 않았다. 라가시가 종점인 우루카기나와 뚱보 사내, 오직 그 둘만이 전혀 다른 문제로 신경을 곤두세우고 있었다. 뚱보 사내가 선장과 함께 우루카기나 앞을 지나가며 고개를 끄덕였다. 선실이 비었으니 지금 행동하라는 신호였다.

 우루카기나는 심호흡을 한 뒤 선실로 내려갔다. 주방을 살펴보아도 남아 있는 선원이 없었다. 그는 안심하고 뚱보 사내의 침소로 들어갔다. 사내가 일러준 장소는 침대 머리 쪽 천장이었다. 두드려보니 반향음이 둔탁했다. 주머니칼로 나무 판을 뜯어내자 돈주머니가 뚝 떨어졌다. 가죽 주머니에 담아 꿰매둔 것으로 사내가 말한 것과 일치했다. 그는 주머니를 자신의 바랑에 넣고 천장을 도로 붙여둔 뒤 갑판으로 올라왔다.

어제 저녁은 선상에서의 마지막 밤이었다. 우루카기나는 사내에게 도시 사정에 대해 물었으나 도대체 아는 것이 없었다. 신전이나 학교에 대해 물어도 '그 건물은 걸어 다니는 짐승이 아니니까 마르고 닳도록 그 자리에 있을 것'이라는 식으로 대답할 뿐이었다. 상대를 의심해서 대답을 회피한 것이 아니었다. 그는 후궁원 내시라 궐 밖의 일에 어두웠고, 사치품 구입이라는 중차대한 임무를 맡게 된 것도 왕이 총애하는 여자가 바로 그의 누이였기 때문이다.

우루카기나는 체념하고 하늘로 관심을 돌렸다. 지난 이틀간은 사내의 말동무를 하느라 개인 시간을 가질 수 없었지만 오늘은 별들을 만나 밤새껏 이야기를 하리라. 그가 호젓한 곳으로 가려고 몸을 일으킬 때 사내가 붙잡았다.

"사제 양반, 부탁 하나 들어줄 수 있소?"

"말씀해보시오."

"선원들은 해적과 별반 다르지 않다는 것이 내 생각이었소. 부족할 때는 빼앗아서라도 가지고, 다 취했을 때는 뱉어버리는 존재들 말이오."

"그래서요?"

"그들은 정말 멍청이들이오. 세상의 모든 사람들이 자기보다 바보라고 생각한단 말이오. 항구에 내려 술집에 가면 선원들이 무슨 이야기를 하는지 아시오? 상인들의 돈을 뺏고 몸은 강이나 바다에 버렸다는 이야기를 무용담처럼 떠들어댄단 말이오."

"당신도 무슨 피해를 입었소이까?"

"그렇소. 어느 날 선원들이 내 짐을 뒤지더란 말이오. 그때 내가 보지 않았다면 그들은 내 돈을 훔치고 나는 강에 던져버렸을 것이오."

"저런, 큰일 날 뻔하셨소."

"그래서 내가 선수를 쳤던 것이오. '지금 나는 한 푼도 지니지 않았다. 왕에게 받은 물품 대금마저 선장에게 맡겨두고 쓴다. 왕은 선장에게 약속하셨다. 임무를 잘 마치고 돌아오면 상여금에 큰 연회를 베풀어주겠노라고. 너희들도 그 연회에 합류할 수 있다. 나를 극진히 모셔주면 말이다. 산해진미에 여자는 물론 은화도 다섯 개씩 주겠다'고 말이오."

"며칠 지나자 이번엔 지루함이 이빨 없는 개처럼 내 목을 물더란 말이오. 그때 뭘 고안했는지 아시오? 선원들 골탕 먹이기. 밥상은 물론 술상까지 내가 원하는 장소로 가져오게 했단 말이오. 고소하지 않소?"

사내는 자기가 살찌기 시작한 것도, 트림과 방귀를 달아놓고 사는 것도 골탕 먹이기 놀이를 시작한 이후부터라고 승리자처럼 뽐내며 덧붙였다.

우루카기나가 물어보았다.

"내가 도울 일이란 무엇이오?"

"아, 그러니까 난 그들을 궁전엔 초청하고 싶지 않다는 것이오."

"그럼 약속한 은화만 주고 궁전 초청은 취소하면 되지 않소. 그 돈만으로도 그들은 흥감해할 것이오."

"문제는 그때 내 돈주머니를 숨겨두었다는 것이오."

"그 돈주머니가 사라졌습니까?"

"아니오, 그런 게 아니오. 난 그들에게 나의 그런 행위를 들키고 싶지 않다는 말이오."

하선할 날이 가까워오자 선원들의 눈길이 한시도 자기에게서 떨어지지 않아 돈을 꺼낼 방법이 없다는 것이었다.

"사제께서 나 대신 그 돈을 꺼내서 하선 후에 돌려준다면 통행세는 내가 책임지겠소."

"통행세라니요?"

"라가시엔 통행세가 있소. 내부인은 1셰켈(60분의 1파운드 무게의 동전), 외부인은 3셰켈이오."

통행세라고? 우루카기나는 고개를 갸웃거렸다.

일꾼들이 선박에 다리를 걸었다. 사내의 물품은 나무 상자가 다섯 개, 방수를 위해 가죽으로 봉한 카펫, 좌상용 조각을 위한 검은 설록암 등이었다. 선원들이 하역을 시작했다. 설록암을 내릴 때는 그물과 밧줄을 함께 사용했는데 그물은 밤마다 사내를 선실로 옮길 때 사용하던 그것이었다.

우루카기나는 배 난간에 서서 시가지 쪽을 바라보았다. 3년 만에 돌아온 도시였다. 도시 곳곳에 자리 잡은 학교와 가옥, 신전, 그리고 군주의 집을 비롯해 병영에도 추억이 남아 있었다. 낯익은 건물들이 눈에 들어오자 오랫동안 잊었던 사람들과 옛일들이 떠올랐다. 하지만 그는 자신의 근본이 스며 있는 도시를 바라보는 마음이 애틋하지만은 않았다. 저 낯익은 도시 어딘가에는 자신에게 적대적이면서도 낯설고 기이한 무언가가 도사리고 있는 것만 같았다. 그는 궁전을 바라보았다. 자객과 관련이 있다고 믿어지는 곳이었다. 하지만 그로서는 이유를 알 수가 없었다.

선착장 아래쪽에 뗏목과 짐배가 도착하는 것이 보였다. 하선한 사람들은 모두 통관문으로 향했다. 문은 두 군데로 하나에는 짐 없는 사람들이, 그 옆에는 짐을 가진 사람들이 서서 통행세를 지불하고 있었다. 우루카기나가 떠날 때는 없던 시설물이었다. 통관문 뒤쪽 큰길에는 기찰들이 살벌한 눈길로 나오는 사람들을 살폈다.

'라가시가 어느 외국의 왕에게 지배당하고 있나?'

뚱보 사내는 분명 왕의 이름이 루갈란다라고 했다. 그는 시장에서 군주가 된 자였다.

"어서 내려요!"

아래 육지에서 사내가 불렀다. 벌써 짐도 다 내려졌고 선장도 거기 서 있었다. 사내는 통관소 쪽으로 앞섰다. 지금 우루크 사제가 가지고 있는 돈은 왕이 준 물품 구입비로 물건을 살 때마다 값을 깎아 따로 모은 것이다. 그 돈을 지닌 채 궁궐로 들어가는 것은 위험할 것 같아 우루크 사제에게 맡겼다가 내일 후궁원으로 가져다 달라고 부탁할 작정이었는데, 생각해보니 그 또한 안전한 방법이 아니었다. 사제들은 정직하다고 하나 외부 사람이 아닌가.

그가 걸음을 멈추자 사제가 알아차리고 바랑에서 돈주머니를 꺼내 주었다. 사내는 그것을 받아 허리띠 안쪽으로 쑤셔 넣고 우루카기나를 통관 사무실로 데려갔다. 어젯밤 과음으로 비몽사몽인 소장이 뚱보 사내를 알아보고 벌떡 몸을 일으켰다. 사내가 소장에게 통과를 지시한 뒤 우루카기나에게 말했다.

"사제 양반, 필요한 일이 있으면 언제라도 궁전으로 오시오."

사내는 자기 이름을 말하지 않았고 우루카기나도 묻지 않은 채 고개만 끄덕였다.

4

우루카기나는 자기 집으로 가는데 낮인지 밤인지를 따질 이유가 없다고 생각했다. 더욱이 자신은 남의 이목을 피하기 위해 변장을 하고 있지 않은가. 하지만 그는 자기 집을 찾을 수가 없었다. 분명히 자기 집으로 이르는 익숙한 길이었음에도 그곳에는 집이 없었다. 그는 현기증을 느꼈다. 집이 사라진 게 아니라 자신이 이전과는 전혀 다른 존재가 되어버린 듯한 기분이었다.

사라진 집터에서 인부들이 연못을 파고 있었다. 자신의 서재와 아이들과 아내의 방, 기도실은 이미 깊숙이 파여 형체도 없었다. 사람이 살아가는 길목에는 예측할 수 없는 일이 복병처럼 도사리고 있다지만 그래도 닥치고 보면 대체로 납득을 하게 되는데 이번 일은 전혀 그렇지가 못했다.

옆집에서 하녀가 맥주 항아리를 들고 나왔고 안주인이 빵 바구니를 껴안고 뒤를 따랐다. 일꾼들이 새참을 먹으려고 일손을 놓고 여인의 주변으로 모여 앉았다. 여인의 얼굴은 낯설었고 여인이 나온 집은 저택으로 변해 있었다. 집 두 채를 사서 하나는 큰 집으로 증축하면서 우루카기나의 집을 허물고 연못을 만드는 중인 것 같았다.

"사제 양반, 이리 와서 좀 드세요."

일꾼들이 그를 불렀다. 그에게 빵을 권하는 여인의 머리는 태산처럼 높았다. 너무 큰 가발을 쓴 것이었다. 문득 아내의 말이 생각났다.

"갑자기 부자가 된 사람들 말이에요, 그 여자들은 귀부인 티를 내려고 먼저 머리 형태를 바꾸는데 너무 높아서 보기가 민망할 정도예요."

그의 아내는 스승의 딸이었다. 그에게 역사가 무엇인지를 알려주었던 바로 그 스승의 문하에서 지낼 때 아내를 보고 그때 이후 얼마나 자주 연서를 보냈던가. 집 앞 우편 기둥에 분홍색 점토 연서를 꽂아둘 때는 얼마나 조마조마했던가. 처녀들은 글씨보다 점토 색깔을 더 마음에 둔다 하여 그는 주로 분홍색을 샀다. 그것은 다른 색보다 두 배나 비쌌지만 전혀 아깝지가 않았다. 어느 날 그는 후에 아내가 된 처녀에게 이런 내용의 편지를 보냈다.

"달이 뜨면 갈대밭으로 나오시오."

갈대밭에서 마음을 졸이며 서성이던 그는 달빛을 받으며 사뿐사뿐 걸어오는 처녀를 보았다. 심장이 두근거렸다. 그 이후로 그들은 갈대밭에서 여러 차례 만났다. 처녀는 술래잡기를 좋아했다. 한번은 너무 깊이 숨다가 갈대 웅덩이에 빠져 발이 삐었다. 그는 처녀를 업고 집까지 데려다주었는데 무슨 까닭인지 그날 이후로 만나주지 않았다. 그는 연서에 새까맣게 타는 마음을 담아 날마다 우편 기둥에 꽂아두었다. 그러던 어느 날 옆에 꽂혀 있는 퉁가슈의 연서를 보았다. 함께 역사 추적을 했고 동아리까지 만든 죽마고우 퉁가슈, 그 역시 아내 페라르에게 구애를 하고 있었다.

우루카기나는 열아홉이라는 자기 나이를 저울 삼아 의리와 사랑의 무게를 달아보았다. 친구가 이성이라면 연인은 본능이었다. 본능과 이성은 무게로 측정되는 것이 아니었다. 그는 스승과의 독대를 결심하고 뿔을 세운 황소처럼 당당하게 연인의 집으로 갔다. 사모님은 서재로 안내했고 거기엔 퉁가슈가 먼저 와 있었다.

"서판만 꽂아놓고 갈 참이었는데 스승께서 들어오라고 하셨다네."

그때는 너나없이 유치할 나이였다. 짧은 순간에도 그는 자신이 퉁가슈보다 우월하다는 것을 증명하고 싶었고 그것만으로 녀석이 물러나지 않는다면 목숨을 담보한 결투를 신청할 생각이었다. 한 처녀를 두 청년이 사랑한다면 어차피 한쪽이 없어져야 해결될 문제였다. 그런데 스승의 제안은 전혀 다른 것이었다.

"라가시 법률에는 부모가 자식 혼사를 결정한다. 자네들 중 누굴 사위로 삼을 것인가는 순전히 내 권한이다. 인정하느냐?"

"예."

"국가 역사에 대한 개요를 써 오라. 그것으로 결정하겠다."

교사가 되기 전이었다. 우루카기나는 니푸르로 가서 고대 서판까지 뒤져가며 개요를 써냈고 그 성과로 그가 선택되었다.

과거를 더듬던 우루카기나는 생각이 퉁가슈에 이르자 불길한 예감이 스쳤다. 퉁가슈는 시청의 행정 서기였다. 그가 아내를 데리고 갔을 것이다. 그의 처가 아이 하나를 남기고 죽었다는 것도 가능성을 높여준다. 어쩌면 자객을 보낸 자도 퉁가슈일지 모른다는 생각이 머리를 스쳤다. 그렇다면 여기 머물러서는 안 된다.

우루카기나는 바삐 그곳을 떠났다. 그러나 그의 발걸음은 휘청거렸다. 혼란스러웠다. 만약 그게 사실이라면 자신은 어디에도 설 곳 없이 배척된 자에 불과했다. 마음속에서 다른 소리도 들려왔다.

'넌 아직 확실한 것을 모르잖아! 학교로 가서 두바크와 타브루를 만나보면 어떨까?'

하지만 그들이라고 학교에 남아 있다는 보장이 없었다.

그는 걸음을 멈추었다. 도심지로 향하는 큰길 앞이었다. 어디로 가야 할지 모를 땐 이 세상 전체가 찾기 어려운 집 주소 같다. 밤에 길을 잃을 땐 하늘을 보면 된다. 그러나 지금은 대낮, 그럼에도 남쪽물고기별이 선명하게 떠올랐다. 그 별을 볼 때마다 자신에게 별 공부를 추천했던 역법 박사가 떠올랐다.

"우루크로 가서 천문학을 배워 와라. 역법과 천문학이 쌍벽을 이룬다면 라가시는 수메르 최고 영지靈知의 도시가 될 것이다."

그 스승에 대한 신뢰가 과연 옳은 것인지 갑자기 의심스러워졌다. 도시 전체가 의혹으로 출렁거리는데 누굴 확신할 수 있단 말인가. 그의 머리에 두 사람의 영상이 달려왔다. 절대 불변의 관계, 부모님이었다.

5

 부모님 집은 구시가지 쪽이었다. 집안 형편은 어떤지, 자기 존재가 아직도 그들에게 해와 달 같은지 거리를 맴돌며 자반처럼 생각을 뒤집어대다가 해가 서녘으로 넘어갈 즈음에야 집 앞에 섰다.

 어머니는 곡괭이로 정원을 파고 있었다. 손수 가꾸던 꽃은 죽거나 쓰러졌고 흙이 그 위를 덮은 것을 보니 연못을 파는 중이었다. 연못을 파고 물고기를 기른다면 훌륭한 양식이 될 것이라고 물자가 귀할 때 아버지가 하시던 말씀이 생각났다. 그는 안으로 들어가며 말했다.

 "어머니께서 별일을 다 하십니다. 곡괭이 이리 주십시오."

 어머니가 허리를 펴고 그를 보았다. 얼굴은 반가움에서 놀라움, 그리고 두려움으로 빠르게 교차되었다.

 "우루카기나는 집에 오지 않았어요. 집이 싫다고 떠난 놈이랍니다. 역마가 낀 놈이니 저 세상 문턱에서나 헤매고 있겠지요. 그럼요, 집에 온다면 감시관님께 알려드리지요."

 어머니는 아들을 떠밀면서 그런 말을 했다. 언제 기찰이 올지 모르니

어서 떠나라는 뜻이었다. 그는 떠밀려 나오며 되물었다.

"내 집은 왜 사라지고 없어요? 아내와 아이들은 어디로 갔어요? 대체 언제부터 이렇게 되었어요?"

어머니는 눈물을 줄줄 흘리며 고개를 젓더니 안으로 들어가버렸다.

해가 지고 있을 때 우루카기나는 역법 박사 집 앞에 이르렀다. 박사의 집 마당은 마른 갈대로 덮여 있었다. 그것을 밟지 않고는 집 안으로 들어갈 수가 없었다. 아무도 들어오지 말라는 신호 같아서 그는 몸을 돌렸다.

어두워진 뒤 그는 다시 박사의 집으로 갔다. 불빛이 보이지 않았다. 그는 갈대를 밟고 들어가서 박사를 불렀다. 대답이 없었다. 박사의 서재는 뒤쪽이니 거기 계실지도 몰랐다. 우루카기나는 현관문을 열고 안으로 들어섰다. 뭔가 발에 걸리는가 싶은 순간 몽둥이가 그의 머리를 쳤다.

우루카기나가 역법 박사를 처음 만난 곳은 전쟁 직후 천신 신전에서였다. 전쟁이 끝났을 때 각계 원로들이 모여 시민 강령을 만들었다. 강령에서는 시민과 지도자들의 책임과 의무를 이렇게 규정했다. 군주는 시민들의 경제를, 신전은 정신을, 학교는 지식과 행정을, 농부와 어민 그리고 목축업자는 생산 증대를 담당하여 최선을 다해 일 년 이내로 도시 살림을 원상 복귀시켜야 한다는 것이었다. 그러나 많은 사람들이 맡은 임무를 다할 수가 없었다. 가축은 전쟁 때 대다수가 도축되어 번식이 어려웠으며 보리 수확 역시 때를 기다려야 했다. 교사들은 국고가 바닥난 탓에 월급조차 지급되지 않았다.

우루카기나의 사정은 더 나빴다. 학생들이 태반이나 줄어 교사들이 감축되는 바람에 일자리마저 잃었다. 빈 시간이 홍수처럼 밀려왔고 그는 익사하지 않으려고 발버둥 치다가 최후의 안식처를 찾듯 천신전을 드나들기 시작했다. 그에게는 자신을 지탱시켜줄 확고한 신념이 필요했다. 천신은 수메르 최초의 신으로 〈천부경〉을 내려주신 분이다. 그는 스스로가 부끄러웠다. 이처럼 어려운 상황에 처해서야 천신을 찾는 자신이 기회주의적인 것 같아서였다. 그러나 천신전은 그를 아늑하게 품어주었다. 그곳에 가면 마치 신의 품에 안긴 듯 평화로웠다. 그는 비로소 자신이 검은 머리 사람임을 실감했다. 그동안 잊었던 조상들의 영광과 고뇌가 한꺼번에 밀려오기도 했다. 그가 비교 담당 사제에게 사사를 원하자 사제가 말했다.

"자네가 카발라*를 연구하겠다고? 그보다 역법을 해보게."

〈천부경〉, 즉 카발라는 주로 사제들이 연구했고 역법은 민간 학자들이 연구했다. 우루카기나가 사제가 아니기에 그런 제안을 한 것이었다. 마침 역법학자들이 신전에 모여 라가시 시민들의 공동 운명과 개인 운명을 풀이하는 중이었다. 사제가 그를 역법학자들 앞으로 데려다주었다. 그때 박사가 우루카기나를 맡아 자질 시험으로 그의 운명부터 풀어보았는데 역마와 굴곡이 있지만 타인에게 빛을 주는 홍익의 운명을 가졌다고 했다.

"자넨 굳이 역법을 공부할 필요는 없네만, 그래도 배우고 싶다면 내

---

* Kabblah. 수메르의 카발라는 〈천부경〉에서 나왔다.

일 저녁부터 우리 집으로 오게."

누군가가 따귀를 때렸다. 눈을 떠보니 우루카기나의 몸은 묶여 있고 한 사내가 칼을 들이대고 분노에 떨며 다그쳤다.

"당신이지? 당신이 아버지를 살해했지?"

"대체 무슨 소리를 하는 거요?"

"바른대로 말해! 왜, 무슨 일로 살해했어? 왜?"

속에서 분노가 용암처럼 끓는지 입김이 살이 델 정도로 뜨거웠다. 우루카기나는 버럭 소리를 질렀다.

"대체 이 무슨 짓들이오! 스승을 찾아온 사람한테 이러는 법도 있소?"

뒤에 서 있던 사내가 등불을 들고 와 우루카기나의 얼굴을 비춰 보았다. 그들은 박사의 쌍둥이 아들로 효자들이었다. 자신과 만난 적이 있음에도 그를 범인으로 단정한다면 아직 살해범이 누군지조차 모르고 있다는 뜻이다.

"당신이 제자라면 어째서 아버님이 돌아가신 것도 모른단 말이오?"

우루카기나가 어디서부터 말해야 좋을지 몰라 미적거리자 쌍둥이가 다시 칼을 들이댔다.

"바른대로 말하시오. 당신이 아버지 서재에서 찾는 게 뭐요?"

"난 그저 인사를 드리러 온 것뿐이오. 한데 박사님께서 변을 당하셨다니 언제 그리 되셨는지 그것부터 알려주시오."

"당신이 범인이 아니라면 그 증거를 대보시오."

"나는 우루크에 별자리 공부를 하러 갔다가 오늘 돌아왔소. 교역선이 매일 들어오는 게 아니라면 선착장 사람들이 그걸 입증해줄 거요."

쌍둥이 형제는 어부였다. 둘은 배 한 척으로 생계를 이어왔는데 오늘은 큰 배가 들어오는 바람에 일찍 들어왔다. 그런 날은 고기잡이가 시원찮았기 때문이었다. 형 쪽이 그를 풀어주며 말했다.

"아버님은 한 달 전에 돌아가셨습니다. 그날은 고기를 많이 잡아 아버님께 드리려고 왔습니다. 불이 꺼져 있더군요. 가끔 초저녁잠을 주무시기도 해서 그러려니 하고 집 안으로 들어왔는데 서재에서 신음 소리가 들렸습니다. 아버님께서 쓰러져 피를 흘리고 계셨지요."

그날 역법 박사는 점토판 세 개에다 누군가의 운명을 기록했다. 그리고 그것을 헝겊으로 싸고 있을 때 자객의 기척이 들려왔다. 박사는 점토판을 가슴에 숨겼고 자객은 등을 깊이 찌른 뒤 달아났다. 다행히 그의 아들들이 그가 죽기 전에 도착했다. 박사는 아무 말도 하지 못한 채 입술을 떨다가 아들이 그의 가슴에서 점토판을 꺼내 들자 숨을 거두었다.

"처음엔 아버님이 살해된 이유가 그 서판에 있다는 것을 알지 못했어요. 다만 가슴에 품고 계셨기에 중요하다는 것을 알고는 일단 숨겨두었지요. 그리고 장례를 치르고 돌아왔더니 책장의 서판이 마구 흐트러져 있었어요. 그 뒤에도 두 차례나 더 그런 일이 있었는데 그때는 서판을 무더기로 집어 갔더군요. 그들을 잡아보려고 마당에 갈대를 깔고 발소리를 기다려보는 것입니다. 그들이 누구인지 신원이나 알아내려고 말입니다."

"그 서판에는 무슨 내용이 있었습니까?"

형제는 망설였다. 만약을 위해서도 그 비밀만은 발설하지 않는 것이 좋을 것 같았다.

"읽어볼 틈이 없었습니다."

"짐작할 만한 일은 없었소?"

"돌아가시기 열흘 전 아버지께서 군주의 부름을 받은 적이 있습니다."

"군주가 왜요?"

"자신의 운명을 봐달라고 했다더군요. 그곳에 다녀오셔서는 매우 언짢아하셨습니다만, 자세히 묻지는 않았습니다."

"군주가 혹시 그 사이 왕이 되지는 않았습니까? 배에서 만난 어떤 남자는 그가 왕이 되었다고 했는데…."

"맞습니다. 자기 맘대로 그렇게 칭하고 있지요."

"그동안 라가시가 다른 나라가 된 것 같소이다."

"다른 나라는 그래도 사람이 지배할 테지요? 여긴 마왕이 지배하는 지옥의 도시가 되었답니다. 어디서 그렇게 많은 종류의 세금을 생각해 내는지 나중에는 방귀 세금까지 받을 거라고들 합니다."

우루카기나는 뚱보 사내가 하던 말을 떠올렸다. 왕실 단장을 위해 많은 돈을 주고 물건을 사들인다는 것, 그리고 키시로부터 금을 주고 수메르 전체 왕권을 사겠다고 했는데 그것이 다 세금으로 거둔 돈이라는 것. 형제가 덧붙였다.

"요즘은 상을 당하면 죽은 자에게 화부터 낸답니다. 설령 부모라도 말이지요."

"부모가 돌아가셨는데 화를 내요?"

"묘지 세 때문이지요. 땅에 묻으려면 얼마를 지불해야 하는지 아십니까? 놀라지 마십시오. 우리 아버지의 묘지 터를 얻을 때 매장 허락서를 받기 위해 맥주 일곱 주전자, 빵 4백20개, 보리 두 말을 냈고, 그 일에 종사하는 빈대 같은 인간들에게는 양털로 짠 옷 한 벌, 침대 한 개,

의자 한 개를 바쳐야 했답니다. 이런 실정이니 없는 사람이야 가족이라 해도 죽으면 화가 나는 거지요."

우루카기나는 연못을 파던 어머니를 떠올렸다. 물고기를 기르기 위해서였다면 그런 일은 아버지가 했어야 마땅하다. 그러니까 아버지는 돌아가셨고 어머니는 거기에 바칠 돈이 없어서 정원에다 무덤을 파고 있었던 것이다!

그는 쌍둥이 형제에게 우루크에 왔던 자객 이야기를 들려준 뒤 금화 하나를 내밀었다.

"자객이 지니고 있던 돈이오. 스승에게 드리는 것이라 생각하시고 받아주시오. 그리고 나에겐 잔돈을 좀 주었으면 좋겠소."

"지금 우리에겐 30셰켈밖에 없습니다. 어디 계시는지 알면 내일 넉넉히 가져다 드리지요."

"실은 있을 곳도 없다오."

"마땅한 곳이 있습니다. 우리가 잡은 생선을 대는 여인숙인데 허름하지만 관료들이 드나들지 않아 안전합니다. 오늘 저녁에 가서서 저희들 이야기를 하면 숙박하실 수 있을 것입니다."

"그렇게 하리다."

우루카기나는 동전을 챙겨 들고 몸을 일으켰다.

6

 집 안은 캄캄했으나 뭔가 움직이는 것이 느껴졌다. 땅에 끌리는 소리도 공기 파장으로 들려왔다. 우루카기나는 주위를 살핀 뒤 안으로 들어갔다. 예상이 옳았다. 어머니가 아버지 시신을 끌고 현관문을 넘어오다가 그의 기척에 동작을 멈추었다.
 "어머니."
 "알고 있다."
 어머니가 그의 입을 막으며 속삭였다. 우루카기나는 어머니의 손을 꼭 잡아준 뒤 아버지의 시신을 들쳐 업었다. 정원의 구덩이는 얕지도 깊지도 않았다. 풍습대로 관 항아리를 사용했다면 더 많이 파야 했을 것이다. 그는 아버지를 반듯하게 눕히고 흙을 덮으며 속으로 말했다.
 '아버지, 구덩이를 조금 더 파야 아버지께서도 편하시겠지만 지금 저에겐 그런 시간조차도 허락되지 않았답니다. 언젠가는 멋진 무덤을 만들어드릴게요. 불편하시더라도 그때까지 참고 계세요.'
 시신을 다 덮었을 때 어머니가 아들의 손을 잡았다. 그 정도면 되었다, 나머지는 내일 날이 밝으면 자신이 하겠다는 뜻이었다.

"들어가자."

그는 어머니 손에 은화 두 개와 동전 열 개를 쥐여드리며 대답했다.

"다음 날 다시 올게요. 더 늦으면 여인숙 문을 닫을지도 몰라요."

여인숙 걱정은 없었다. 티그리스 강을 오르내리는 범선이 새벽에 도착하는 일도 많아 항시 문을 열어둔다고 했지만 오늘은 그만 좀 쉬고 싶었다. 어머니가 그의 팔을 잡아채고 빠르게 속삭였다.

"네 아내는 '가난한 엄마의 정원'에 있다."

"거기가 어딥니까?"

"그건 나도 모른다만, 남편 없는 여자와 자식들을 수용하는 곳이라더라."

"아이들도 함께요?"

"아이들은 네 외삼촌 집에 데려다두었다."

외삼촌 집은 라가시에서 40여 킬로미터 떨어진 기르수에 있었다.

강변로에는 숙박업소가 밀집해 있었다. 초입은 요릿집과 고급 여관, 창녀촌이고 쌍둥이 형제가 일러준 여인숙은 아주 후미진 곳으로 횃불이 없었다면 눈에 띄지도 않을 것 같았다. 현관으로 들어가자 주인이 말했다.

"쌍둥이가 왔다 갔어요. 방은 내일 비니까 오늘은 마방에서 주무시구려."

마방은 가축우리 옆의 큰 방으로 지방에서 온 사람들이 공동으로 숙박하는 곳이다. 다섯 명의 남자들이 머리 방향을 제멋대로 둔 채 코를 골고, 잠들지 못한 한 사내는 벽에 기대앉아 땅이 꺼져라 한숨을 쉬어 댔다. 우루카기나는 빈자리를 찾아 등을 뉘었다. 몸이 천 근으로 늘어지는데 정신은 점점 더 맑아졌고 그 맑은 정신이 수많은 물음을 낚아 올렸다.

'내가 누워 있는 이곳이 정말 라가시인가? 오늘 겪은 일이 모두 현실인가?'

세상에는 저승과 이승 말고도 두 개의 세계가 더 있다고 했다. 꿈의 세계와 사람의 생각을 현실로 복사하는 세계. 자신이 놓인 곳이 두려움과 공포가 복사된 곳인지 라가시의 현재인지 알고 싶어 우루카기나는 벌떡 몸을 일으켜 여태도 한숨을 쉬고 있는 사내에게 물었다.

"당신은 뭐가 괴로워 계속 한숨이오?"

사내가 옆에 놓아둔 큰 뭉치를 가리켰다. 검은 양털이었다. 자신은 목부로 검은 양과 흰 양이 있는데 세금으로 부과된 것이 검은 양털이었다. 어제 그는 열 마리의 양털을 깎아 오늘 세금을 바치려고 시청으로 왔는데 그 속에 흰 털이 섞여 있다 해서 관리는 5세켈의 은화를 요구했고 집이 먼 그는 그것을 물지 못해 여인숙 잠을 잔다고 했다.

세금, 현실이다! 라가시는 세금이라는 괴물에 짓눌리고 있다. 우루카기나는 사내를 가까이로 불러 5세켈짜리 은화를 내밀었다.

"이것으로 세금을 물고 나중에 갚으시오."

놀란 사내가 더듬거리며 물었다.

"금방은 갚지 못해요. 나중에라도 갚고 싶은데 어디로 가져가면 될까요?"

"여인숙 주인에게 맡겨두시오."

사내가 자기 자리로 돌아가자 우루카기나는 벌렁 누웠다.

'내일 일어나면 먼저 아내부터 찾아보리라.'

꿈의 신이 찾아와 우루카기나를 내려다보았다.

"너는 꿈을 꿀 테지만 기억하지 못할 것이다. 설령 기억한다 해도 그 속에서 중요한 암시는 찾아내지 못한다. 너를 둘러싼 잠의 벽이 너무 두꺼워 내가 침투할 수가 없기 때문이다. 우루카기나, 너는 내일 정오에 깨어나고 그때 체포될 것이다."

우루카기나에게 아무것도 예언해줄 수 없는 꿈의 신은 안타까운 듯 말을 이었다.

"우리는 라가시를 믿었다. 싱싱하게 살아 있는 참된 인간 정신을 믿었다. 움마와의 싸움에서, 이일까지 물리쳤을 때 의회와 원로들은 인간으로서 할 수 있는 가장 숭고한 생각을 해냈다. 전 시민이 합심해서 도시를 재건한다! 군주에서 천민까지 모두 그 일에 종사한다! 얼마나 아름다운 선포이더냐. 라가시는 우리를 흡족하게 했다. 그리하여 우리 신들도 안심하고 천상의 정원에서 휴식을 취할 수 있었다. 그런데 오만한 한 인간이, 군주였던 한 인간이 제 스스로 왕이 되었다. 그 결심을 부추긴 건 악마가 아닌 그 자신이었다. 그자는 더 이상 우리 신들을 경배하지도 않을뿐더러 신민들을 돌보지도 않는다. 신민들은 두려움 때문에 우리를 찾지 못한다. 그자는 우리 신들의 심장을, 지성소에 둔 우리의 근본을 모두 수거해 암흑에 처넣어버렸다. 그리하여 우리는 힘을 잃었다. 신민들이 우러르지 않는 신이란 얼마나 볼품없는 존재이더냐. 그자는 알지 못한다. 신민의 마음속에서 신을 빼앗아 암흑에 처넣은 순간 라가시의 운명 역시 똑같이 저 깊은 암흑 속으로 추락한다는 사실을.

우루카기나, 그대는 내가 보호해야 할 자. 그대의 꿈속으로 들어가 어서 일어나라고, 여기서 피하라고 일깨워주고 싶건만 나는 그대의 잠의 벽을 뚫을 수가 없구나!"

우루카기나가 코를 골기 시작했다.

"이제 나는 루갈란다의 꿈으로 갈 것이다. 가서 꿈의 병정들에게 말할 것이다. 개들처럼 서로 싸우지 말고 합심해서 그의 머리를 눌러라. 밝은 기운이 도래했음을 위협적으로 알려라."

3장
움마

이일이라는 이름의 새로운 적은 움마의 신전 제사장이었다.
그는 아주 교활한 자로 움마 군주가 라가시와 싸워 패배하도록
기다렸다가 라가시를 재침공함과 동시에 움마의 군주가 되었다.

— S.N. 크레이머 —

1

움마 군주 와부부는 이상한 꿈을 꾸었다. 자신이 어린이가 되어 궁전 기둥 뒤에 숨어 있었다. 말을 타고 달려온 전령이 아버지에게 양피지를 내밀자 아버지가 궁신들에게 명령했다.

"궁전의 녹을 먹는 자, 귀족, 부자들은 개인이 지닌 보석을 모두 가져오시오!"

다음 순간은 할아버지가 자기 아버지에게 당부하고 있었다.

"아들아, 그 조약은 반드시 파기해야 한다. 애비가 당한 수치보다 더 끔찍한 것은 조약 서판에 명기된 기한이 50년이라는 것이다. 아들아, 군력을 키워라. 방법은 전쟁밖에 없다."

와부부는 번쩍 눈을 떴다. 짧은 낮잠에서 그런 꿈을 꾼 것이었다. 그는 궁전 서기를 불렀다.

"라가시에 조공을 바쳐온 것이 얼마나 되었나?"

"30년째입니다."

그는 문서 보관실로 달려가 사서에게 지시했다.

"라가시에서 온 가장 최근의 서판을 찾아주게."
사서가 찾은 것은 2년 전 것이었다.

"조공을 받아보지 못한 것이 여러 해다. 한 달 내로 청금석 한 상자, 홍옥수 한 상자, 보리 백 자루를 보내라. 당장 이행치 않을 경우 금이 가산될 것이다."

와부부는 치를 떨었다. 조공은 악마의 발톱처럼 움마의 살 속에 박혀 피를 빨아왔다! 할아버지를 화병으로 돌아가시게 한 치욕의 조약, 그 이행으로 허리가 휘어 군력은 생념도 낼 수 없었던 아버지.
그는 친위대장을 불러 라가시의 군력에 대해 물었다.
"지금은 별 힘이 없다고 들었습니다."
"전쟁을 일으킨다면 승산은?"
"우리 군사는 5백에 불과합니다만, 거의 정예병입니다. 병영을 넓히고 용병을 모집해 훈련시킨다면 간단히 물리칠 수 있습니다."
"청년들도 징집해서 숫자를 늘리고, 강도 높은 훈련으로 일등 전투병을 만드는 것도 가능한가?"
"석 달만 기한을 주십시오."
"좋네. 단 그동안은 비밀을 지켜야 하네."
군주는 마차를 대동해 움마의 수호신 샤라 신전으로 향했다. 대사제를 만나기 위해서였다.

샤라 신전의 대사제 이일도 낮에 꿈을 꾸었다. 하늘을 나는 독수리

다리를 두 남자가 붙잡고 있었다. 오른쪽은 자신이었으나 왼쪽은 누군지 알 수가 없었다. 이일은 지성소로 들어가 성궤를 열었다. 은 쟁반에 받쳐진 큰 홍옥수, 그것은 수호신 샤라의 심장이었다.

이일은 불을 밝히고 그 앞에 꿇어앉았다.

"보통 꿈은 저 스스로 해몽할 수 있습니다. 하지만 독수리 꿈은 제가 알 수 없으니 해몽해주십시오."

빛의 각도를 읽으려고 어깨를 구부릴 때 문 밖에서 사제가 알려왔다.

"군주께서 오셨습니다."

이일은 급히 성궤를 닫고 밖으로 나갔다. 군주는 신단 저쪽에 서서 허공을 응시했다. 혼자서는 감당할 수 없는 어떤 생각이 얼굴 안에서 팽창하고 있음을 이일은 쉽게 알아차렸다.

"어서 오십시오, 각하."

"신탁을 받고 싶으니 제의를 준비하시오."

"제물은 직접 고르시겠습니까?"

"그럽시다."

이일은 군주를 모시고 제물 우리로 갔다. 제물실에는 깨끗하게 씻긴 어린 양들이 항상 준비되어 있었다. 군주가 그중 한 마리를 지목하자 담당자가 뜰채로 물고기를 건지듯 양을 잡아 올리고는 두 발을 묶어 신단으로 향했다.

솀족의 제의는 수메르보다 간단했다. 그들은 신단 바닥에 아무것도 깔지 않았다. 타일 바닥을 잘 닦고 묶은 양을 내려놓은 뒤 제주가 원하는 내용에 따라 제사장이 주문을 외고 양의 목을 따서 신탁을 받았다.

"난 전쟁을 할 참이오. 라가시와 말이오. 조공 독촉이 오기 전, 석 달이나 넉 달 후에 칠 생각인데 신의 뜻을 알아봐주시오."

대사제 이일에게는 몇 가지 독특한 목소리가 있었다. 묻거나 간청하거나 아뢸 때의 목소리가 다 달랐고, 특히 간청할 때는 하도 절절해 어떤 신이라도 도저히 거절할 수 없을 정도였다.

오늘은 절절한 목소리가 요구되었다. 그의 주문과 기도에 신이 감동받는 순간 이일은 양의 목을 쩔렀다. 피가 흘렀다. 석 달 후? 좋지가 않았다. 이일은 다시 한 번 목을 쩔렀다. 다섯 달, 여덟 달, 일 년…. 모두 좋지 않았다. 군주는 신에게 의사를 물으려고 온 것이 아니라 정해진 마음을 신고하러 온 것이다. 이일은 피의 흐름을 조작해서라도 군주가 원하는 대답을 들려주고 싶었다.

"예언이 시원치 않소?"

군주가 물었다. 그때 군주의 입김이 매우 뜨겁게 느껴졌다. 왼쪽 귀에서였다. 아, 독수리! 독수리의 다른 쪽 발을 잡고 있던 상대는 군주였다! 이일이 말했다.

"석 달이나 넉 달 후, 다 괜찮습니다."

군주는 그 신탁을 안고 신전을 떠났다. 군주의 마차가 멀어지자 이일은 신전 기사장을 불렀다.

"젊은 신도들을 징집해서 군사 훈련을 시작하라. 숫자는 많을수록 좋으며 그들 모두에게 월급을 지급할 것이다. 내일부터 당장 착수하라."

기사단장은 구불구불한 핏줄이 일자로 곤두서는 것을 느꼈다. 이제야 자기 기량을 맘껏 펴볼 날이 온 것이다.

2

라가시 시장 루갈란다는 별나게 여자를 밝혔다. 자신이 생각하기엔 여자를 밝히는 것이 아니고 힘이 넘쳐나기 때문이라 시장에게 후궁이 세 명만 허락된다는 것이 늘 불만이었다.

낮잠 시간이었다. 시장은 언제나처럼 후궁원으로 갔다. 어린 후궁이 물을 데워놓고 기다리고 있었다. 그는 옷을 벗으며 후궁의 손을 보았다. 작은 손이 부드럽게 자신의 온몸을 마사지할 것이다. 그리고 잠이 들면 천국이 따로 없다. 그는 욕탕으로 들어갔다. 후궁이 아로마 기름을 그의 몸에 바르고 마사지를 시작하자 전신이 기분 좋은 향기로 취해갔다. 그는 이 즐거움을 놓치고 싶지 않아 낮 시간의 업무를 제한했다.

"시장님, 급하게 뵙자는 분이 있습니다."

주렴 밖에서 집사장이 알렸다. 낮잠 시간에 찾아온 미련퉁이는 누구란 말인가. 시장이 버럭 소리를 질렀다.

"대체 누군가?"

"군장입니다."

군장이라면 급한 일이다. 그렇지 않고서야 재촉할 까닭이 없다. 시장은 옷을 입고 휴게실로 나갔다. 군장이 심각한 얼굴로 서성이다가 시장을 보자마자 급하게 보고했다.

"움마에서 전쟁 준비를 하고 있습니다!"

전쟁이라면 큰일이 아닌가. 나른한 몸이 한순간에 화들짝 깨어났다.

"자세히 말해보게."

"제가 수집한 정보에 의하면 얼마 전부터 움마에서 징집령이 내려졌고, 용병까지 대대적으로 모집해 밤낮으로 훈련을 시킨다고 합니다. 이건 전쟁 준비입니다. 그들의 전쟁 상대가 어디겠습니까? 라가시입니다. 우리도 시급히 대책을 세워야 합니다."

루갈란다는 초조해하는 군장을 보는데 어떤 생각이 번쩍하며 스치고 지나갔다. 이 사실을 알게 되면 다른 사람들 역시 군장처럼 초조해 할 게 분명했다. 시장 임기는 내년으로 끝이었다. 다시 선거를 치러야 했다. 저들의 두려움을 이용한다면 어쩌면 좋은 성과를 거둘 수도 있을 것이다.

"비상 회의를 소집하겠네. 내일 오전 의회로 출석하게."

마음 같아서는 당장 출전을 명령하고 싶었다. 그러나 자신은 허수아비 시장이었다. 도시의 주요 사안은, 특히 전쟁 문제는 하원과 원로들, 신전의 사제장들까지 모여서 결정을 내리고 자신은 그 결정을 시민들에게 앵무새처럼 전달할 뿐이었다.

시청은 라가시에서 가장 큰 3층 건물로 몇 년 전에 새로 지은 것이었다. 1층은 각 부서의 사무실, 문서 관리실, 2층은 앞쪽이 시장 집무실,

뒤쪽이 하원들의 업무실이고 3층은 회의실과 원로 개개인의 방을 두어 시민들은 하원을 일러 낮은 집의 사람들, 상원, 즉 원로들은 높은 집 어른들이라고 불렀다.

3층 회의실에는 시의원 거의 모두가 참석해 있었다. 사제로는 대지의 여신 신전장이 와병 중이라 불참했지만 그 밖에 닌기르수(라가시 수호신), 천신전, 꿈의 신전, 우투, 니나(물의 여신) 신전의 사제장들도 출석했다. 루갈란다는 인원을 확인한 뒤 대기실에 있는 군장을 불러들였다.

군장은 움마의 정황을 상세히 보고한 뒤 마지막을 강조했다.

"군사의 증가에다 밤낮없이 훈련을 한다는 것은 전쟁이 임박했다는 뜻입니다."

전쟁이 임박했다는데도 원로들은 별로 동요하지 않았다. 그 나라가 전쟁을 일으킨 것이 한두 번이냐, 난세르 시절에는 외국 군대까지 동원했지만 간단히 물리쳤고 수십 년간 조공까지 받아왔으니 크게 우려할 일은 아니라는 것이었다.

군장이 역설했다.

"문제는 지금 우리 군력으로는 그들을 막아낼 수가 없다는 것입니다. 우리는 군력을 축소해왔지만 그들은 강화해왔습니다. 요즘은 또 밤낮으로 무기를 만들고 있다는데 이래도 수수방관하고 있어야 합니까? 제가 군장으로 있는 한 국토가 외국 군대에 짓밟히는 것을 절대로 용납할 수 없으니 어서 결정을 내려주십시오!"

하원들도 나서서 '전쟁이 싫다고 날아오는 화살까지 그대로 맞을 수는 없지 않느냐'고 결기를 세우자 비로소 의원들이 각자 의견을 내놓았고 원로원장이 그것을 수렴해 군장에게 물었다.

"군장, 우리 군력은 지금 어느 정도인가?"

시장이 그 말을 받았다.

"군력이란 전쟁을 거치면서 커지는 법입니다. 우린 오랫동안 전쟁을 하지 않아 실제 전투력은 거의 없는 것으로 봐야 합니다."

원로원장이 시장에게 말했다.

"그렇다면 시장의 대응책은 무엇인지 그 의견부터 들어봅시다."

루갈란다는 자기 운명을 바꿀 시간이 바로 지금이라고 판단했다. 그는 의원들과 사제들을 바라보며 선거 때 그들이 자기를 만장일치로 선출해주지 않았다는 것을 상기했다. 특히 사제들이 그랬다고 했다. 도시의 지도자를 뽑는데 사제들이 왜 끼어드는가. 특히 닌기르수 신전의 대사제가 도시의 최고 권력자라는 것은 시장에 대한 모독이니 그 제도부터 고쳐야 한다.

"타국과 이웃하고 있는 도시 국가는 항상 군사력이 우선해야 합니다. 그러나 우린 언제부턴가 군사력에 신경을 쓰지 않았습니다. 적국이 예의 주시하는 것은 상대국의 군사력입니다. 움마는 라가시의 이런 사정을 꿰뚫어보고 있었고, 그래서 조약에 명기된 조공조차 바치지 않았던 것입니다."

원로 연장자가 끼어들었다.

"그랬지. 조공 기한이 50년이었어."

시장이 계속했다.

"본인이 살펴본 바에 의하면 라가시가 군주제일 때 움마는 조공을 잘 바쳤습니다. 그러나 시장 체제로 돌아가면서 그 조약은 묵살당했습니다. 그들은 시장 체제의 한계를 잘 알고 있었던 것이지요. 군주에겐 영토가 먼저라 군사력은 필수적이지만 시장에겐 시민이 우선이라 군력은 신경 쓰지 않는다는 것….”

대사제가 원로원장에게 말했다.

“시장 체제로도 군력을 키우고 확대할 수 있습니다.”

시장의 의도를 알아챈 것이었다. 다른 원로들도 대사제 편을 들어 어서 전투 준비에 대한 이야기나 하라고 했다. 시장은 의회의 보루가 자기 생각보다 훨씬 더 강하다는 것을 깨달았다. 이제 자신이 선택할 수 있는 카드는 두 개였다. 하나는 의회를 따르는 것이고 또 하나는 모험을 선택하는 것이었다.

'의회를 따른다면 원로들은 나를 이용해먹은 뒤 곧 뱉어버릴 것이다. 뱉어지는 권력, 생각만 해도 끔찍하다.'

시장은 그 옛날 난세르와 똑같은 결정으로 마음을 굳혔다.

“물론 당장은 군력 증강에 최선을 다할 것입니다. 그러나 본인은 당당한 군주로 움마를 제압하고 싶습니다. 적은 기와 힘으로 먼저 제압해야 한다고 했습니다. 군주로 승격해주십시오. 그렇지 않곤 싸우지 않겠습니다. 질 것을 뻔히 알고도 무모한 일을 벌일 수는 없는 일이지요.”

시장은 그 말을 남기고 회의실을 나가버렸다.

원로들은 한참 동안 아무도 입을 열지 못했다. 시장의 행동이 매우 괘씸하다 해도 임기가 끝날 때까지는 바꿀 수도 없었다. 한 원로가 고심 끝에 말했다.

“도리가 없습니다. 그를 군주로 승격시키는 수밖에요.”

“시장이 군주가 되면 어떤 일이 일어날지 잘 아시지 않습니까? 난세르를 겪고도 그런 말씀을 하십니까?”

"방법이 없지 않습니까. 군장마저 시장과 한통속이 되었다면 의회의 권한은 이미 공중분해된 것으로 봐야 합니다."

원로원장이 결론을 내렸다.

"전쟁에 이긴다면 그때 군주직을 승인하겠다고 해봅시다. 그 방법도 마다고 한다면 하원들이 시민군을 모으도록 합시다."

원로들의 결정을 전해 들은 시장은 만족하지 않았지만 더는 거절할 구실도 없어 그쯤에서 받아들였다.

3

 도시 전체가 군수 공장 같았다. 대장간에서는 창과 칼, 표창 등이 쉼 없이 만들어졌고 목공소는 전차와 창대를 만드느라 수많은 인력이 투입되었으며 군사들은 연병장에서 진종일 훈련을 했다. 장교들은 만들어진 창과 검, 방패 따위의 품질을 검사했고 시의원들은 군량 비축을 위한 세금을 징수했다.
 출정일이 정해졌다. 움마에서 군사 움직임이 파악된 다음 날이었다.
 이른 아침이었다. 시청 앞에 모든 군사들이 도열했다. 전차 부대가 선두였고 창과 표창, 궁수 부대, 보병들이 길게 줄을 지었다. 연도 변에는 몰려나온 시민들이 군인보다 더 격앙된 얼굴로 자기 아들이나 남편, 연인을 찾아 두리번거렸다. 보병 쪽이 좀 더 부산스러웠다. 어머니나 누나, 연인들이 마음 놓고 상대의 이름을 부르는가 하면 어린 병사들은 훈련 덕인지 아니면 수줍어서인지 입을 꾹 다물고 고개를 돌려버렸다.
 백마를 탄 시장, 루갈란다가 행렬 앞으로 나왔다. 그는 힘의 허세에 사로잡힌 사람이라 엄청나게 몰려나온 시민들을 보자 기억에 남을 연설을 하고 싶어 안달이 났다.

"수십 년 전 난세르 왕께서 움마를 격파하고 조공을 바치기로 한 서약을 받아냈다! 그러나 그들은 그 약속을 어겼다! 나 루갈란다는 그것을 되찾기 위해 지금 출전한다! 이제 곧 그들의 시체가 산더미처럼 쌓일 것이고 나는 그 시체들을 독수리에게 줄 것이다!"

원로들은 그의 연설에 당황했다. 그는 시장으로 출전하는 것이고 자신들 또한 그것을 바탕으로 군사 일을 추진해왔다. 군영 확장 때도 의원들은 시민 협조에 의존했다.

"라가시 시민들은 평화를 사랑한다. 그런데 움마가 그것을 뺏으려고 전쟁 준비를 하고 있다. 우리 시민들은 라가시를 지켜야 할 의무가 있다. 젊은이는 군에 지원하고 연장자는 돈이나 노동력으로 협조하라!"

시민들은 자발적으로 쇠붙이나 노동력을 헌납했고 아녀자들까지도 팔찌와 반지 등을 바쳤으며 그 덕에 군비를 충당할 수 있었다. 그런데 시장은 그에 대한 언급은 한마디도 하지 않았다.

루갈란다가 출정을 알리자 북소리가 울렸다. 시민들은 열광적인 박수로 배웅을 했다. 원로원장은 군인들의 장한 행렬을 보면서도 마음이 착잡했다. 라가시는 민의로 시장을 선출한 최초의 도시였음에도 의회의 권리를 여러 차례 빼앗겼다. 승리하면 라가시를 건지는 대신 의회의 희생이 따를 것이다. 비록 의회의 권한을 지켜주어야 한다는 조건이 있었지만 그것 또한 두고 봐야 알 일이다.

라가시 군대는 구에딘나 경계 지점에서 야영을 했다. 날이 밝아오자 루갈란다는 막사 밖으로 나가 들녘을 바라보았다. 넓은 농토가 버려져 있었다. 그 땅은 난세르 시대에 뺏은 것으로 본래는 움마의 영토였다. 수로의 물도 그쪽에서 왔는데 바닥이 말라 있었다. 농사를 짓지 않은 지가 오래인 모양이었다. 도심의 빈민들을 이주시켜 수로를 연결하고 농사를 짓게 한다면 더 많은 경작세를 받을 수 있을 것이다. 어떤 상황에 부딪혀도 이익부터 생각하는 것이 루갈란다였다.

루갈란다는 떠오르는 해를 바라보며 이발사를 불렀다. 여름 해는 급속히 뜨거워지므로 수염부터 밀어버리는 게 좋을 것이다.

그때였다. 천지를 진동시키며 적들이 몰려왔다. 말발굽 소리, 전차 소리, 적군이 지르는 괴성까지 철퇴처럼 공기를 찢었다. 움마군들이 정면이 아닌 후방에서 몰려왔다. 그것은 전혀 예상하지 못한 일이었다. 병사들은 놀라 무기를 드는 것도 잊고 우왕좌왕했다. 어느 병사는 토하기도 했다. 화가 난 군장이 그들에게 불비 같은 노성을 뿜어냈다.

"무기를 들어라! 본분을 망각하는 놈은 내가 먼저 죽일 것이다!"

장교들은 사병과 달랐다. 그들은 적의 냄새를 맡는 순간 당장 무장을 하고 전차에 말을 묶거나 방패와 창 혹은 활을 쳐들었다.

적들은 전차를 앞세우고 달려왔다. 그 무리가 완전 해일 같았다. 궁수들이 전차병을 향해 활을 쏘자 적의 전차가 두 편대로 갈라졌고 군사들도 양편으로 나뉘어 라가시 진영을 에워쌀 참이었다. 군장의 명령 소리가 공기를 찢었다.

"전차! 두 편대로! 창기병은 허리를 끊어라!"

움마의 작전은 군사들이 무장을 하기 전에 공격해서 포위전으로 승부를 보겠다는 것이었고 라가시 군장은 그런 전술은 별로 우려할 만한 것이 아니라고 판단했다. 우선 군사 수가 거의 같아 보였다. 월등히 많지 않다면 포위의 울타리는 느슨할 수밖에 없고 창기병들이 집중 공략한다면 쉽게 끊어낼 수 있다.

그러나 움마가 우세했다. 아군 전차가 쫓겨 개울에 처박히고 수많은 보병들이 화살에 쓰러져갔다. 창기병들 또한 움마의 용병들에게 무참히 학살당하고 있었다. 용병들은 천성이 잔인한 야만인들이었다. 그들은 목 날리기를 좋아하고 그 목을 창끝으로 꿰고 다니는 족속이었다.

야만인들이 죽은 자의 목에 탐닉하고 있을 때 아군들은 전차 공격에 주력했다. 궁수 부대가 맹렬하게 활을 쏘아 전사와 말을 주저앉혔다. 포위 벽도 금방 무너졌고 곳곳에서 접전이 붙어 방패와 무기가 허공에 난무하며 시체가 쌓여갔다.

해가 뜨거워지자 움마가 휴전을 선언하고 후퇴하기 시작했다. 불볕 더위는 피하는 것이 쌍방 모두에 유리했음에도 약이 오른 라가시 장교들이 그들을 추격했다.

"정지하라!"

군장은 명령을 내린 후 전사자와 부상자, 전차 잔해 등을 돌아보았다. 수많은 사상자가 곳곳에 누워 있었다.

움마에서 전투 개시를 알려왔다. 해의 열기가 한풀 꺾였을 때였다. 군장은 짧고 강렬한 연설을 했다.

"이번이 마지막 전투다. 죽을힘을 다해 싸워라. 승리하면 모두에게 포상이 있을 것이다!"

그리고 군장이 표창 부대를 지목했다. 그들은 오늘 전과를 올리지 못했다.

"표창은 수메르의 전통 무기다. 선조들은 표창 하나로 수많은 전투에서 승리했다. 전차병을 쓰러뜨리기엔 화살보다 표창이 유리하다. 이번엔 표창 부대가 앞서라. 전차가 괴멸하면 반은 이긴 거다!"

표창 부대가 대열을 갖추고 전진했다. 창기병, 궁수들이 양옆에서 보조를 맞추었다. 움마도 전술을 바꾸었는지 전차병들이 방패를 쳐들고 천천히 다가왔다.

표창병 대장이 전술을 알렸다.

"표적은 말과 나귀다!"

표창병들이 일제히 표창을 날렸다. 대성공이었다. 여러 말이 전차와 함께 전복되었고 한 대의 전차는 이쪽을 향해 미친 듯이 달려왔다. 표창이 말의 코에 꽂힌 것이다. 당황한 전차병이 자기 말을 찔러 주저앉히는 사이 쌍방의 군사들은 벌써 치열한 접전으로 돌입했다.

군장은 적의 용병들이 아군을 도륙 내는 것을 보았다. 방패를 들면 적의 창이 아래를 꿰뚫었고 방패를 내리면 머리가 날아갔다. 창기병은 화살에 죽고 궁수는 창에 맞아 쓰러졌으며 피를 뒤집어쓰고 푸푸거리는 보병도 있었다. 전차병들이 누구를 상대해야 좋을지 몰라 우왕좌왕하자 군장이 외쳤다.

"전차, 저 용병들을 요절내라!"

전차들이 용병들을 공격하자 적의 전차도 똑같은 수법으로 아군을 짓밟았다. 이번에는 표창도 그들을 막지 못했다. 자기 앞의 적이 더 급했던 것이다. 루갈란다는 살육전을 보면서 시청 앞 비석을 떠올렸다. 그 시절의 전쟁에서는 군주가 앞장서서 지휘를 했다. 군주란 당연히 그래야 했다. 그는 치열한 전투를 지켜보면서 자기는 아직 시장이라서 다행이라는 생각마저 들었다. 화살은 병사와 군주를 가리지 않는다. 저 살육전 속에서는 군주의 생존도 장담할 수 없지 않은가. 그때 승리의 함성이 들려왔다. 적이 달아나기 시작한 것이다. 시장은 안도의 한숨을 내쉬었다.

움마군은 온 들녘에 주검을 남겨놓고 멀어져갔고 핏빛 노을이 대지의 죽음을 뒤덮어갔다.

4

　제사장 이일은 움마의 패전 소식을 접하자마자 기사장에게 군사 집결을 지시하고 자신은 밀실로 들어갔다. 문과 벽과 침대뿐인 그 캄캄한 방은 그가 꿈을 고치거나 완성하고 싶을 때 이용하는 장소였다.
　이일은 문을 걸고 침대에 누웠다. 암흑이 잠을 이끌고 왔다. 그가 꿈을 고치는 방법을 터득한 것은 양치기 아버지를 따라다닐 때였다. 자신이 매일같이 겪는 일은 양 냄새와 해와 달과 별, 목초, 아버지의 잔소리 등이었는데 잠들면 찾아오는 꿈은 현실과는 완전히 다른 것으로, 아주 어릴 때 제물 양을 바치러 가서 딱 한 번 보았던 신전과 제사장 모습이었다. 항상 똑같은 장면이요, 똑같은 결말이었다.
　제사장의 옷은 참으로 아름다워 어깨 숄은 천사의 날개 같았고 긴 자락은 경건함으로 찰랑거렸다. 어린 소년이 넋을 잃고 그 모습을 바라보면 어김없이 험상궂은 문지기가 나타나 소년의 덜미를 잡고 밖으로 던져버리는 것이었다.
　열한 살 때였다. 꿈에서 깨어보니 아직도 별이 총총한 밤이었다. 다시 잠을 자야 했는데 그러면 똑같은 꿈이 찾아올 것이며 그건 별로 재미가 없을 테니 내용을 한번 고쳐보자는 생각을 했다. 한 달쯤 노력하자 꿈이 마침내 자신이 원하는 결말을 보여주었다. 그때 그는 아버지를 떠나 신전으로 들어갔다.

잠이 눈꺼풀 위로 내려앉자 그는 재빨리 전날의 꿈을 폈다. 독수리가 하늘로 날아오르고 자신은 독수리의 한쪽 발을 붙잡고 있었다. 그는 다른 쪽을 잡고 있는 군주를 보았다. 고쳐야 할 부분은 거기서부터였다. 독수리의 상징은 권력이고 패배한 군주와는 그 권력을 나눌 이유가 없었다. 이일은 다리를 길게 뻗어 군주를 차냈다. 세 번의 발길질에 군주는 비명을 지르며 떨어져 내렸다.

이일은 붉은 돌산 텔 뒤에서 잠복해 있었다. 돌산은 신령해서 해마다 제사를 지내는 곳이었다. 패잔병들은 그 길로 돌아올 것이고 운명이 다한 군주는 그곳을 통과해서는 안 되었다.

기사단장이 평원 저쪽을 가리켰다. 말 두 마리가 힘없이 걸어오고 있었다. 군주와 군장의 말이 분명했다.

"두 사람은 말을 탄 채 자는 것 같습니다. 우리가 맞을까요?"

"내가 해결하겠네."

이일은 흑마의 고삐를 잡고 천천히 다가갔다. 군주의 말 뒤로 군사들이 줄면서 걸어왔다. 군장이 잠에서 깨어나 이일을 보고 인사를 했다. 마중을 나온 줄 알고 있었다. 그때까지도 군주는 잠에 취해 고개조차 들지 않았다. 이일은 군주의 말을 끌고 저만치 가서 그의 목을 잡아챘다. 그는 꿈의 마지막 장면을 상기했다. 그가 군주에게 해줄 수 있는 최후의 예의, 그것은 단숨에 절명시키는 것이었다.
 그는 뒤돌아가서 군장에게 말했다.
 "신이 말씀하셨네. 패한 군주는 텔을 넘지 않아야 한다고. 우린 지금 전투장으로 가네. 다시 합류해서 설욕을 씻도록 하게."

5

 군장은 전쟁터를 돌아보았다. 전사자가 너무도 많았다.
 "적군 전사자가 더 많습니다."
 부관이 위안의 말을 했음에도 군장의 얼굴은 밝아지지 않았다. 그는 너무 고지식한 것이 탈이긴 해도 생각이 깊은 사람이었다. 움마의 전쟁 준비를 모르고 지났다면 무고한 시민이 더 많이 희생되었을 것이란 생각을 하자 조금 마음이 풀렸다. 그는 적군의 전차 위에 목에 표창이 꽂힌 채 누워 있는 시체를 보고 아내의 결혼 선물을 떠올렸다. 아내는 결혼 예물로 받은 적동 팔찌도 이번 전쟁에 바친다면서 승전하면 더 좋은 걸 해달라고 했다. 그는 부관에게 명령했다.
 "적들의 무기를 모두 수거하라. 시체까지 일일이 확인해서 표창도 남김없이 거두라. 그리고 승리의 전보는 보냈는가?"
 "지금 명령을 기다리고 있습니다."
 "이리 불러오라."
 전령이 득달같이 달려왔다.

"먼저 기르수에 들러, 성주에게 마차를 보내 무기를 수거하라고 전하라. 내일 해 뜨기 전까지 와야 하며, 올 땐 빵을 실어 오는 것도 잊지 말라고 하라. 그럼 당장 출발하라."

전령이 말을 타고 떠나자 군장은 다시 전사자들을 내려다보았다. 모두 잘 싸운 병사들이었으며 그들의 목숨이 라가시를 구했다. 단지 몇 푼의 보상비만이 그들의 목숨 값으로 지불될 것이다. 진정 피 값에 알맞은 보상은 무엇인가?

"우리 전사자들은 모두 정갈한 대지로 옮겨라. 그리고 명단을 작성하라. 그들의 포상금은 가족이 받을 것이다."

명단 작성이 끝나면 정성껏 묻어주라고 이른 뒤 군장이 덧붙였다.

"앞으로 이곳에는 승전 기념으로 큰 비석을 세울 것이고 군사들의 묘지로 단장되어 자손만대 그들의 명예가 지켜질 것이다."

군장은 부상자들 쪽으로 갔다. 그들은 고통이 심할 텐데도 입을 꾹 다물고 있었다. 치료사들의 손길이 딸려 출혈이 심한 부상병부터 먼저 돌봐야 했기 때문이었다. 군장은 죽어가는 부상자를 보았다. 중대장이었다. 그는 입술을 떨며 무슨 말인가 하려고 애를 썼다.

"걱정 말게. 그대 가족은 시에서 책임질 걸세. 내가 보장하겠네."

중대장이 숨을 거두었다. 그때 등 뒤에서 루갈란다가 재촉했다.

"언제까지 이러고 있을 건가? 어서 귀환 명령을 내리게!"

"오늘 밤은 여기서 지내야 합니다."

루갈란다는 어이가 없었다. 여자 없이 며칠을 지냈는데 또 하루를 더 참아야 한단 말인가.

"무슨 소린가? 적이 또 몰려올지도 모르는데 여기서 밤을 지내?"

"적은 항복하고 떠났습니다. 다시 오지 않습니다. 그리고 우린 부상자 치료도 아직 끝나지 않았습니다."

"부상자는 귀환해서 치료해도 되네. 그리고 사상자는 이미 죽었는데 묻어준다고 다를 게 뭐가 있는가. 어서 철수하세. 지금 시에서는 눈이 빠지게 기다리고 있을 걸세."

"전령을 보냈습니다. 의회에서는 환영객을 동원해서 우리를 맞을 것입니다. 여기 일을 마무리하고 내일 아침에 떠나도 늦지 않습니다."

"무슨 소린가! 난 우리의 승리를 알리고 싶어 잠시도 참을 수가 없네. 떠나세. 군장이 굳이 머물겠다면 나라도 먼저 떠나겠네."

"정 그렇다면 먼저 떠나십시오. 저는 이곳을 다 정리한 뒤 내일 떠나겠습니다."

'군장 없이 홀로 도시로 들어간다? 그래도 환영객들이 나올 것인가?'

그때 좋은 생각이 떠올랐다. 기르수 성에서 하룻밤 쉬고 있으면 군장이 철수해 올 것이다. 그때 합류해서 귀환한다면 승리의 공은 자신의 몫이 된다.

"기르수 성에서 기다리겠네. 내일 그곳으로 오게."

그는 호위병을 대동하고 떠났다. 그의 머릿속에는 장밋빛 미래가 활짝 열려 있었다. 군주가 되는 것은 물론 후궁도 원하는 만큼 거느릴 수 있다. 궁전도 새로 짓고 후궁원도 멋지게 장식할 것이다. 아이는 50명이고 백 명이고 생기는 대로 낳아 후손의 맥을 든든히 하리라.

6

 라가시 시의원들은 정신이 없었다. 승전 소식을 듣고 군주 취임식에 대한 의논을 하고 있을 때 전령이 달려와 움마의 재공격을 알렸다. 제사장 이일이 잘 훈련된 군사를 지휘한다는 것이었다.
 "이일이라면 나도 좀 아는데, 그자가 언제 군사까지 거느렸답디까?"
 천신전 노사제가 물었다.
 "자기 군주가 패했으니 다른 나라에서 연합군을 얻은 것이겠지요."
 "그자는 오래전부터 신전 기사단을 육성하고 있었습니다. 그들을 이끌고 나온 것이겠지요."
 원로원장이 그들의 대화를 중단시켰다.
 "지금은 그런 일을 따질 때가 아니오. 벌써 구에딘나를 빼앗겼다고 하니 머잖아 도심까지 쳐들어올 것이오. 어서 대책부터 세웁시다."
 "대책이란 군인을 투입해 사태를 막아야 하는데, 라가시에 싸울 만한 청년들이 남아 있던가요?"
 이 비관적인 발언에 하원 의원이 말했다.

"시민들이 있지 않습니까? 농민, 어민, 상인, 전문직까지도 동원한다면 숫자는 제법 될 것입니다."

"그럼 무기는 어떻게 합니까?"

"만들 시간도 재료도 없으니 각자가 들고 나오게 해야지요. 괭이나 부엌칼이라도 말입니다. 농민들은 낫을 지참하면 될 것이고…."

"저쪽은 잘 훈련된 군사라는데 우린 부엌칼을 든다고요?"

"시간이 없지 않습니까? 맨몸으로라도 막아야 할 판이니 빨리 긴급령부터 내리십시오."

시의원들은 시민군 동원이라는 긴급령을 발동했다. 이는 역사상 유례없던 일이었으며 그렇게 모아진 숫자는 천 명이 넘었다.

시청의 행정 서기 퉁가슈에겐 긴급 통보자의 임무가 주어졌다. 그가 연락해야 할 곳은 장인匠人들이 사는 지대와 학교였다. 그는 먼저 학교로 갔다. 역사 모임을 함께 했던 동창 넷 중 셋이나 교사로 남았는데 그들은 모두 수업 중이었다. 퉁가슈는 교장에게 통보문을 알렸다.

"40세까지의 남성은 모두 참전하라는 동원령입니다. 시간이 촉박하니 해당자들에게 어서 이 사실을 알려주십시오."

그리고 출발 시간과 무기에 대한 얘기까지 전한 뒤 그는 다음 장소를 향해 떠났다.

교장은 40세 미만의 선생들을 더듬어보았다. 일곱 명이었다. 그중엔 사위 우루카기나와 애제자 타브루, 두바크도 있었고 그들은 39세였다. 일 년 늦게 태어난 죄로 전쟁터로 나가게 생겼다. 교장은 법률 평교사에서 진급한 사람이었다. 젊은 시절부터 역사에 관심이 있었고 제자들에게 역사의식을 일깨워주었으며 그가 교감이 되었을 땐 먼저 역사 과목부터 신설했다. 마침 라가시가 시장 체제로 돌아왔을 때였는데 그가 시의원에 제출했던 역사 복원서의 요지는 '역사는 시민 의식을 형성하는 데 좋은 반면교사가 된다. 그럼에도 지배자의 발자취는 쉽게 왜곡되거나 지워지는 취약점이 있다. 역사의식은 올바른 기록과 더불어 잘 보존해야만 시민 의식을 함양시킬 수 있다'는 것이었다. 의원들은 그의 제안을 통과시켰고 그는 사위에게 그 과목을 맡겼다.

'역사상 한 전쟁에 두 번이나 징집령을 내린 적이 없었는데…'

그는 불길한 생각에 선뜻 동원령을 알리지 못했다.

해당 교사들은 어이없다는 표정이었다. 동원까지야 당연하다 해도 무기는 본인이 지참하라, 칼이 없으면 연장이라도 들고 나오라는 데에는 웃음이 나올 판이었다. 어디에서도 부엌칼로 전투를 했다는 말은 들어본 적이 없지 않은가. 젊은 교사가 말했다.

"저의 제자가 대장장이 아들입니다. 그의 부친에게 부탁해보면 어떨까요?"

"그렇게라도 해야겠소. 어서 그 학생을 불러오시오."

그 아이가 가져온 대답은 남아 있는 쇠붙이가 없어서 창이나 칼을 만들 수 없다는 것이었다.

학생이 덧붙였다.

"그러나 쇠를 가져오면 만들 수 있대요."

교사들은 쇠붙이를 찾으려고 각자 자기 집으로 돌아갔다.

시민군은 이틀째 행군하고 있었다. 그들의 모습은 가관이었다. 입은 옷도 제멋대로인 데다 손에 든 무기 또한 괭이, 곡괭이 낫, 가지가지였고 그럼에도 얼굴 표정만은 모두가 결연했다.

선생들은 긴 창에다 나무 방패까지 들어 모습은 그럴듯했지만 행군에는 가장 먼저 지쳐갔다. 쉬지 않고 걷는다는 것은 그들에게 익숙한 일이 아니었다.

메소포타미아의 해는 빨리 달아올라 10시쯤부터 벌써 40도가 가까워졌고 정오부터는 완전 불볕더위였다. 갈증으로 입이 타들어갔으나 그 흔한 수로와 강은 어디로 사라졌는지 눈앞에 어른거리는 것은 햇살에 녹아내리는 공기뿐이었다. 그때 앞쪽에서 소리쳤다.

"저기 수로가 보인다!"

모두가 미친 듯이 뛰어갔다. 평원에 늘어선 것은 수로의 둑이 아니었다. 버려진 전차와 시체들이었다. 적과 아군의 시체가 뒤엉켜 있는가 하면 적의 궁수들은 빈 화살 통을 안고 죽어 있었다.

시민군 대장은 주변을 면밀히 살폈다. 정황으로 봐서 적에게 밀려오다가 여기서 접전을 벌인 것이다. 그런데 적의 시체가 더 많았다. 궁수들이 빈 화살 통을 안고 죽었다면 활을 쏘면서 쫓아오다가 화살이 떨어졌을 때 이쪽에서 반격한 것으로 봐야 했다.

'이곳에서는 우리가 이겼다. 그렇다. 우리는 다시 적을 쫓고 있는 것이다!'

저쪽에서 소대장이 소리쳤다.

"여기 말똥이 있습니다. 방향이 북쪽입니다!"

대장이 명령을 내렸다.

"계속 행진하라!"

타브루가 주저앉았다. 슬픔과 기쁨에 대한 감정을 연구하는 문학도로 공부할 시간을 벌겠다고 주로 숙직실에서 자는 친구였다. 두바크가 부축하려고 그의 어깨를 끌어 올렸다.

"난 여기에 두고 자네들끼리 가게."

우루카기나가 그의 얼굴을 살펴보았다. 입에 허연 버캐가 낀 것이 탈수중이 심했다.

"잠깐 기다려."

그가 물을 얻으려고 장교들 쪽으로 달려갈 때 사람들이 아우성을 쳤다. 앞을 보니 거대한 벽이 곤두서서 이쪽을 향해 빠르게 달려오고 있었다. 모래 폭풍이었다. 그는 급히 되돌아가 두 친구를 감싸 안았다.

이일은 타고난 능력보다 머리가 훨씬 더 좋았다. 자신에게 부정적이거나 한계 같은 것도 머리를 쓰면 건너뛸 수 있는 사다리가 보였다. 그는 또 뒤를 살피는 습관이 발달해 꺼진 불도 다시 확인하는 성격이었다.

엊그제 전투에서는 구에딘나를 탈환했고 어제는 기르수를 눈앞에 두고 되밀리고 말았다. 전략적 착오였다. 신전 기사들은 일반 군과 달라 밀고 당기는 전술에 약했다. 그들은 돌격에는 능란했으나 적이 반격을 해왔을 때는 대응 방법이 서툴렀다.

"힘을 저울질해가며 쓰란 말이다!"

이일은 기사단장에게 엄중히 경고한 뒤 정찰병을 보내 적들의 뒤를 살피게 했다. 자신이 군주의 뒤를 이어 출격했듯이 라가시에도 그런 사제가 없으란 법이 없었다. 더욱이 라가시의 신전은 움마보다 세 개가 더 많았다. 천신전의 사제장은 신기루나 벼락을 불러오는 도술도 가졌다고 했다.

해가 공기를 녹여 유리벽을 만들고 있을 때 먼지를 일으키고 달려오는 말이 보였다. 정찰병이었다. 정찰병은 말에서 뛰어내리며 급하게 보고했다.

"적들의 지원병이 벌 떼처럼 몰려오고 있습니다!"

정찰병은 시민군들이 몰려오는 것을 멀리서 확인하고 곧장 되돌아오는 길이었다. 기사단장이 정찰병에게 물었다.

"어디쯤인가?"

"한 시간쯤 후면 적들은 본대와 합류할 것입니다."

지원병이 도착하면 적들은 휴식 시간도 파기하고 전투 신호를 보낼 것이다. 기사단장이 이일에게 말했다.

"지금 전투 개시를 알려야 합니다. 적들이 응해오면 달아나는 척하면서 본대를 멀리까지 유인해 가야 합니다. 그래야 지원병과의 합류를 막을 수 있고 또 역습을 해도 승산이 있습니다."

그때 장교들이 공포의 소리를 내질렀다.

"저길 보십시오!"

뒤쪽에서 모래 폭풍이 거대한 벽을 세우고 밀려왔다. 마치 머리를 치켜든 코브라 같았다. 이일은 사제였다. 자연현상을 신의 계시로 읽는 것에 익숙한 그는 얼른 방향을 따져보았다. 북쪽에서 동남 방향, 니푸르 쪽이었다. 해일처럼 밀려오는 모래 폭풍은 자기 백성을 도우려고 니푸르에서 엔릴이 보낸 것이다! 앞에는 후원병들이 있고 뒤에는 엔릴의 질풍노도가 있다. 도저히 이길 승산이 없었다.

'움마부터 건져야 한다!'

이일은 기사단장을 젖히고 스스로 명령을 내렸다.

"백기를 꽂아두라! 그리고 우리는 후퇴한다! 당장 출발하라!"

이일이 말에 오르자 그의 검이 말은 모래 폭풍을 향해 질주해갔다. 긴 동굴 같은 폭풍의 벽을 벗어나자 세상은 다시 밝고 잠잠해졌다.

4장
루갈란다

라가시에 공포된 포고문에는
부자는 가난한 사람의 정원에서 나무를 가져갈 수 있고,
어장의 물고기와 양을 가져갈 수 있다고 했다.
이런 지배 제도를 강화하기 위해 병사와 비밀경찰을 두었다.
— 크리스 하먼, 〈민중의 세계사〉 —

1

 루갈란다는 잠에서 깨어났으나 기분이 상쾌하지 않았다. 어젯밤 연회는 더없이 즐거웠고, 교역선 선장도 흥에 취해 자기는 처녀 불알도 구할 수 있으니 분부만 내려달라고 호언장담했다. 연주와 가수의 노래도 흡족했고 술도 적당히 마셨는데 눈을 뜬 지금 무엇엔가 짓눌리듯 머리가 무거웠다. 그는 침대에서 일어나 카펫 바닥에 발을 내렸다. 내시가 말했다.
 "한겨울에는 양털로 발을 감싸듯 포근하고, 여름에는 또 찬물에 발을 담근 듯 시원하다고 했습니다."
 선장도 덧붙였다.
 "아나톨리아 사람들의 솜씨는 신이 내려주신 거랍니다."
 그처럼 귀한 물건이 금화 다섯 개라면 공짜가 아닌가. 그런데도 기분이 나아지지 않았다. 궁신이 문밖에서 아뢰었다.
 "전하, 선장께서 작별 인사를 드리겠다고 합니다."
 '전하? 조금만 기다려라. 머잖아 명칭이 바뀔 것이다. 라가시 시민들은 황금 알을 낳고 귀족과 부자들이 그 알을 걷어다 바치지. 요즘은 수확이 좀 줄었지만 몇 달 후면 금괴가 찬다고 했다. 금괴가 키시에 닿는 날부터 너희들은 나를 폐하*라고 불러야 한다. 실수해서 전하라고 부르는 놈은 당장 불알을 까서 후궁원의 내시로 보내리라!'

루갈란다는 도로 침대에 누으며 말했다.

"난 아직 기침하지 않았네. 그냥 떠나라고 하게."

관자놀이가 부풀어 오르고 뒤통수는 쇳덩이처럼 베개를 누르는 듯했다.

'꿈을 꾸었어, 밤새껏. 한데 왜 하나도 기억이 안 나지?'

'악어는 너무 큰 걸 삼키면 그 즉시 토해낸다던가?'

그는 이마를 툭툭 쳤다. 머릿속에서 튀어나온 기억은 원로들이었다.

'미련한 원로들이 나를 삼켰으나 곧 토해내고 말았지. 그럼 그럼, 나는 그렇게 부활했어!'

전쟁에서 이기고 돌아왔는데도 의원들은 군주로의 승격을 취소해버렸다. 적을 물리친 것은 시장이 아닌 시민군이라는 것이 그 이유였다.

'입만 살아 있는 것들! 저희들이 내뱉는 말이 칼인 줄 아는 바보들!'

그가 벌컥 화를 냈다.

"시민군이 전투를 했습니까? 이일을 항복시킨 것은 때마침 불어온 모래 폭풍이었습니다!"

"그 광풍은 니푸르에서 엔릴 신께서 보내주신 모래 병정이었소. 우리 시민들을 보호하려고 그러셨던 것이오!"

---

* 대체로 점령국이 있는 왕국의 왕을 폐하라고 부른다.

대사제장이 말하자 의원들도 그 말을 강하게 옹호했다. 그때 루갈란다는 군부대 통솔권이 아직은 자신에게 있다는 것을 상기했다. 마음 같아서는 당장 군사를 풀어 의회를 제압하고 싶었으나 그건 너무 성급한 일이다. 그는 갈급하게 묘수를 찾다가 개선 때 열광하던 시민들이 떠올랐다. 부서진 마차와 지친 병사들을 이끌고 돌아오는데도 전 시민들이 몰려나와 루갈란다 자신의 이름을 연호했다.

'시민군에게 빼앗긴 내 공로는 시민들로부터 회수한다? 우매한 시민들은 한 가지밖에 보지 못한다. 당장 그걸 이용하는 거다!'

그가 선포하듯이 말했다.

"선거를 합시다!"

의원들은 대놓고 웃었다. 투표한다고 해서 의원들이 자기를 지지해 줄 줄 아는가? 루갈란다가 큰 소리로 말했다.

"시민들에게 묻자는 겁니다!"

"시민들에게? 어떤 방법으로 말입니까?"

"투표를 하자는 겁니다. 도성 안의 시민들만…."

의원들은 시민들이 투표를 한다는 전대미문의 그 행사에 모두 현혹되고 말았다. 시민들이 직접 통치자를 선출한다, 얼마나 멋진 발상인가. 여태까지는 사회 지도층이 모여 통치자를 뽑았던 것이 가장 선구적인 관례였다. 도시 발전을 위해 힘쓴 시민들, 장인들, 그들에게도 투표권을 준다면 라가시 시민이라는 것이 얼마나 자랑스러울 것인가. 인구 중 8할이 소문에 좌지우지되는 농민과 목부임에도 그들의 표심을 짐작하지 못한 의원들은 자진해서 선거 날짜까지 잡아주었다.

투표 지대는 열두 개 마을이었고 유세는 변두리부터 시작했다. 루갈란다는 유세에 모든 친척을 동원했고 언변이 뛰어난 처남이 마을을 돌며 순회 연설을 했다.

"여러분도 알다시피 시장에게는 군력을 확장할 권한이 없어요. 무슨 일이든 의원들의 허락을 기다려야 하고 그러는 사이 전쟁은 터져버립니다. 그러나 시장이 군주가 되면 군력부터 키워 도시와 시민을 우선적으로 보호할 것입니다. 이번 전쟁에서 여러분의 농토와 가축을 지킬 수 있었던 것도 순전히 시장 덕입니다. 시장께서 움마의 침략 음모를 미리 알고 의회에 보고했으나 의원들이 귀담아듣지도 않았어요. 다급해진 시장께서 거듭거듭 호소하자 마지못해 군사 준비를 허락했단 말입니다. 그때 만약 재촉하지 않았다면 여러분의 농토와 가축은 적에게 모두 짓밟히고 말았을 것입니다. 군주제를 해서 여러분의 재산을 안전하게 지킬 것인가, 아니면 의회의 중구난방에 휘둘릴 것인가, 그 선택은 이제 여러분이 해야 합니다!"

처남이 연설을 끝내고 마을을 떠나면 동생과 삼촌들이 주민들을 일대일로 대면해 풍요를 약속했고, 투표는 이튿날 실시했다. 결과는 찬성표가 압도적이었다.

도심지가 남아 있었다. 거기서의 공약은 원하는 사람에게 구에딘나의 기름진 땅을 무상으로 준다는 것이었다. 방치된 토지가 워낙 넓으니 그 약속만은 충분히 지킬 수 있었다.

마지막 투표 하루 전날이었다. 내일이면 세상이 자기 것이 된다고 가슴을 부풀리고 있을 때 기절초풍할 보고를 들었다. 시청 앞에 의회의 인장이 찍힌 선포문이 붙어 있었던 것이다. 의원들이 발표한 시민법이었다.

"라가시 시민들은 전쟁으로 인해 많은 피해를 입었다. 장터는 문을 닫았고 시민 살림은 극도로 피폐해졌다. 의회는 이에 대한 대책으로 3개 항의 시민법을 개정, 공포한다.

1. 시민과 새로 선출된 군주는 합심해서 먼저 도시 부흥에 전념한다.
2. 경제가 회복되고 평화가 정착되면 군주제는 다시 엔시 체제로 환원된다.
3. 모든 의결권은 항상 의회에 있고 그것은 불변이다.

— 상·하원, 사제단 일동"

루갈란다는 입아귀가 터지도록 웃고 싶었다. 투표에서 이기니 겁먹은 의원들이 견제한답시고 그런 꼼수를 부린 것이다.

'경제가 회복되고 평화가 정착되면 미쳤다고 물러나? 당신들 생각이 그렇다면 나에게도 비장의 무기가 있다! 세상을 얼어붙게 하는 정변. 의회와 학교, 공공장소는 문을 닫고 원로들과 지식인들은 체포한다!'

그는 즉시 군장을 불러들였다. 명령을 내리기 전에 속내를 진단해보려고 사소한 불만부터 털어놓았다.

"군장, 선포문을 보았겠지? 나는 시민들이 선출한 군주일세. 한데 의원들이 시민법 운운하고 있지 않나? 이게 말이 되는가? 나는 그 법령을 거역해야 하네. 무슨 방법이 없겠나?"

"제 생각에는 의회를 따르시는 게 좋을 것 같습니다, 시장님."

군주더러 시장이라니. 면상을 후려치고 싶었지만 그는 애써 참았다.

"알겠네. 나가보게."

그는 다음으로 삼촌을 불러들였다. 삼촌은 자기 인생을 영광으로 이끈 가장 확실한 동지요, 지략가였다.

"당장 기습 정변을 일으키겠다고? 그건 위험한 일이네."

"군인이 장악하는데 뭐가 위험합니까?"

"군장이 자네의 불만을 알고 있잖은가?"

"군장이야 갈아치우면 되지요."

"지금쯤 의원들 귀에 들어갔을 수도 있네. 그러니까 일단은 의원들의 선포를 받아들이는 척하게."

"그러면 계속 간섭을 받아야 합니다. 군주를 갖고 놀 사람들이 의원들뿐입니까? 정신적인 지도자네 어쩌네 하는 사제장들, 그들 또한 군주 위에서 군림할 작자들입니다. 이제 한순간도 그들의 행태를 참을 수 없단 말입니다!"

"내 말은 거사에는 준비 기간이 필요하다는 거야. 준비가 완벽할 때, 그때 의원들이 까무러칠 발표를 하는 거지. 군주는 의회를 해산한다! 도시의 모든 공공재산은 군주의 권한에 속한다!"

"그거 정말 마음에 드는데요? 좋습니다. 지금부터 시작입니다."

그가 은밀히 준비를 하는 사이 의원들은 신나게 시민운동을 펼쳐갔다. 전쟁터에서 걷어 온 무기를 녹여 수출품을 만들게 하고, 교역선 입항도 장려했으며, 방치되었던 원석에서는 동과 은을 생산하고, 장터의 활성화를 위해 장인들을 독려하는 한편 아녀자들에게 길쌈까지 권장하고 다녔다.

"살수장 공사와 수로 정돈 작업도 부역으로 끝나고 시 재정도 만회되고 있으니 시민들의 힘이 정말 무섭지 않습니까?"

원로들은 그런 보고에 만족했다. 하지만 그들의 입가에 떠올랐던 미소가 걷히기도 전에 루갈란다의 포고령이 곳곳에 나붙었다.

"나 루갈란다는 오늘부터 라가시의 왕임을 선포하노라!"

루갈란다는 침대에서 벌떡 일어났다. 그는 맨발로 카펫 위를 거닐며 엿물 같은 웃음을 흘렸다.

'처음 목적은 기습 정변으로 의회를 해산시키고 그 권한을 탈취하는 것이었어. 그런데 삼촌의 조언을 들으면서 마치 신이 계시하듯 군주보다는 왕이라는 생각이 떠올랐지.'

그는 걸음을 멈추었다. 꿈에 긴급령을 내리던 일이 되살아났다. 과거에 자기가 했던 것과 똑같은 장면이었다.

"의회를 해산하라!"

새로 임명한 군장은 명령 즉시 군대를 풀어 의회를 점령했다. 예상대로 의원들의 반발이 심했고 그는 명령의 수위를 높였다.

"그들의 자유와 지위를 박탈하고 격리 수용하라!"

노예와 사병들을 동원해 수브 루갈스*를 짓고 불평분자들과 함께 격리시켜버렸다. 거기서도 말썽을 부리는 자는 살수장에 집어넣고 물고문을 했다.

"신전을 접수하라! 신전 소속의 땅과 가축, 부속의 모든 것은 지금부터 왕의 소유다!"

---

* Shub Lugals. 자유와 지위가 축소된 집단.

라가시에서 가장 큰 땅을 가진 곳은 신전들이었다. 시내 중심지에 지구라트로 올린 수호신 닌기르수의 신전에는 토지보다 보물이 많았다. 금과 은 식기, 루비, 청금석, 적동 꽃병 등등, 그것은 후궁원 확장에 쓰고도 남았다. 그리고 엄청난 넓이의 기름진 땅을 가진 천신전과 우투 신전의 경작지, 특히 최상의 양파와 오이를 생산하는 대지의 여신전의 농토는 시장 시절부터 탐이 났었다.

거의 모두를 빼앗았는데도 처남의 보고에 의하면 사제는 물론 신전 관리들이 소유한 개인 당나귀와 황소도 많다, 경작지도 많아 창고마다 곡식이 가득하다는 것이었다. 그는 그들의 개인 재산까지 압수해 친지들에게 하사한 뒤 다시 조사를 시켰다.

"이제 그들이 구걸을 다니더냐?"

"아니옵니다."

"뭐라고? 모두 빼앗았는데도 굶지 않는다면 신도들이 재물을 바치고 있더냐?"

"아니옵니다. 오래전에 그들이 소작을 준 농민, 급여로 땅을 받은 신전 행정가나 공예가들이 자기들의 소출을 바치고 있었습니다."

"그 땅도 전부 몰수하라!"

그의 목적은 사제들을 이 세상에서 가장 초라한 존재로 만드는 것이었다. 원로들에겐 사람을 모으거나 규합하는 데 큰 영향력이 없지만 사제들은 언제 어디서나 많은 사람을 모을 능력이 있다. 그들에게서 존엄성이 사라지지 않는 한 무지한 시민들이 언제 또 그들에게 붙을지 알 수 없었다. 그런 싹은 미리 잘라야 한다. 애초 자기를 선택해준 시민들은 죽을 때까지 왕만 섬기고 받들며 봉사해야 한다.

'요즘은 대사제까지도 구걸하러 다닌다고? 이제 내 발에 입을 맞추고 자기도 이 왕의 신하라고 한다면 땅 일부는 돌려준다고 할까?'

그럴 사제도 없겠지만 땅을 되돌려줄 수도 없었다. 이미 그 땅은 부자나 귀족들에게 팔아넘겼기 때문이다. 키시에 보낼 금화 세 궤짝을 채우자면 라가시 시민들은 좀 더 부지런히 황금 알을 낳아야 한다. 시종이 커튼 밖에서 아뢰었다.

"전하, 왕비마마께서 조반 준비가 끝나셨다고 하십니다. 기침하시겠습니까?"

"옷을 가져오라."

시종들은 즉각 왕의 의상을 대령했다. 첫 번째 시종이 카우나케스*를 입히자 다음 시종이 술이 달린 재킷을 입히고 신발까지 신겨준 뒤 왕관을 씌워주었다. 중앙은 독수리 머리에 눈알 대신으로 박힌 루비, 양옆으로는 넓게 펼친 날개형의 금관. 처음 왕관을 쓰던 날의 감각을 그는 지금도 잊을 수가 없다. 식당으로 들어서자 왕비가 일어나 그를 맞았다. 왕비가 입은 의상에서 꿈의 한 자락이 슬쩍 보이다가 사라졌다.

---

* 6단으로 술을 붙인 치마.

2

 벌금을 바치고 어서 집에 가고 싶은 목부는 숙박객들 중 가장 먼저 눈을 떴다. 밤새껏 코를 골고 이빨을 갈던 사람들도 이 새벽에는 조용했다. 목부는 옷자락을 여미며 자기에게 선심을 베푼 낯선 사내를 보았다. 그 역시 곤하게 자고 있었다. 어깨 숄이 붉은 것으로 보아 다른 도시의 사제 같아 보였다. 목부는 양털 뭉치를 둘러메고 그 남자에게 나직이 고했다.
 "선량하신 분, 안녕히 계십시오. 베풀어주신 은혜 잊지 않겠습니다."

 이른 아침의 거리는 비어 있었다. 시청까지는 강변로, 번화가, 닌기르수 신전을 지나야 했다. 조여 묶은 양털의 무게가 어깨를 짓눌렀다. 어제부터 먹지 못한 배는 금방이라도 접힐 것 같았다.
 '예전에, 세상에 자유가 살아 있을 때, 양털을 메고 장터로 가면 물고기도 사고 연장도 사고 아이들 과자도 살 수 있었지. 그러나 그 자유는 감옥에 갇히고 우리는 바보처럼 양털을 바치고, 그것도 모자라 벌금까

지 웃돈으로 주고 있다네.'

그는 자신의 처지가 그래도 다른 사람보다 낫다는 것을 잘 알고 있었다. 한 가축업자는 호구 담당자에게 양 다섯 마리를 빼앗겼다. 밀린 세금도 없는데 멋대로 가져가버렸다. 기찰대에 신고했으나 그들은 들은 척도 하지 않았다. 분하고 억울해서 참을 수 없었던 그는 시청에 가서 신고를 했다. 전에 거기 의회가 있을 때는 억울함을 들어주는 담당자가 있었고 그들은 모두 친절했다. 그러나 그런 천사들은 더 이상 존재하지 않았다. 저마다 악마가 된 관리들이 그를 군인들에게 넘겼고 그는 흠씬 얻어맞고 쫓겨났다.

친절하던 관리들은 거의 수용소로 갔다던가 하고, 반항자는 광산으로 보낸다고도 했다. 친절과 웃음으로 꽃피던 도시는 사라지고 낯선 공포가 지배했다. 전혀 익숙해질 수 없는 이 공포, 공기마저도 매워서 숨쉬기도 힘들었다.

신전 앞이었다. 3층으로 된 높다란 신전, 수천의 색채 벽돌로 지은 그 신전에 목부는 한때 양유를 공급했다. 이른 아침마다 신선한 양유를 싣고 배를 타고 와 신전에 가면 사제들은 신단 앞에 꿇어앉아 조례 기도를 하고 있었다. 음악가, 가수, 신전 노예와 길쌈을 짓고 음식을 만드는 여인들, 도예와 보석 세공사까지 있던 크나큰 신전이었으나 양과 우유만은 외부에서 공급받았다.

목부는 신전 앞에 꿇어앉았다.

'신이시여, 라가시 시민들을 살리고 보호하시는 수호신이시여! 신의 자식인 이곳 사제들이 구걸을 한다고 합니다. 늙고 병든 사제에겐 수습

사제들이 빵을 얻어다 공양을 한다고 합니다.'

사람의 기척에 그는 급히 몸을 일으켜 짐을 들었다. 무슨 연유인지 닌기르수 신전에서는 기도하는 것도 금했다. 시청 문은 아직 열려 있지 않았음에도 벌써 많은 사람들이 줄을 서 있었다. 도자기 수레를 손수 끌고 온 사람, 양을 끌고 오거나 치즈와 버터를 지고 온 사람, 모두가 세금이나 벌금을 물기 위해 이른 아침부터 몰려와 있었다. 목부는 재킷을 벗어 그 위에 양털 뭉치를 놓고 건물 위를 올려다보았다.

'루갈란다가 발광하기 전까지 시의원들이 저기에 있었다. 상원, 하원 모두 모여 시민들의 살림을 살았어. 아름다운 법령도 저기서 나왔지. 도둑과 남의 물건을 뺏는 자는 엄벌에 처한다, 고아와 과부들은 그 마을 지주들이 돌봐야 한다….'

마침내 문이 열리고 창을 든 문지기가 차례로 들여보냈다. 목부는 어제 그 담당자 앞으로 가서 양털 뭉치와 함께 5셰켈짜리 은화를 내밀었다. 담당이 알아보고 눈을 세모꼴로 치켜세웠다.

"당신 강 건너 산다고 했는데?"

"예, 그렇습니다. 어제 너무 늦어서 집에 가지 못했습니다. 여인숙 마방에서 하룻밤 신세를 지고 왔지요."

"그럼 어제도 돈을 가지고 있었는데 범칙금을 내지 않았다는 말이군."

"그럴 리가요. 여인숙 마방에서 어떤 사제를 만났는데 그분이 내 딱한 사정을 듣고 돈을 꿔줬답니다."

"사제가 은화를?"

"예, 아주 친절한 분이었습니다. 내 신분도 잘 알지 못하면서 돈을 선뜻 빌려주셨으니 필경 마음속에 천사가 사는 분일 것입니다."

"사제가 무슨 돈이 있으며, 또 왜 여인숙에 있었지?"
"멀리서 오신 분 같았습니다."
"됐소. 당신은 임무 끝났으니 나가보시오."
목부는 서기가 세금 필납이라고 쓰는 것을 확인하고 몸을 일으켰다.

3

 여인숙 주인은 독방 손님이 나가자 마방으로 가서 우루카기나를 깨웠다. 점심때였다.
 "사제님, 일어나십시오. 방이 비었습니다."
 우루카기나는 벌떡 일어났다. 숙박객들이 모두 나가고 혼자 남아 있었다.
 "이런, 늦잠을 잤군요. 지금 몇 시쯤 되었소?"
 "정오쯤 되었습니다. 술청에 나가서 식사부터 하시고 방에 드시지요."
 그때 현관 쪽에서 남자들이 들어와 큰 소리로 묻는 소리가 들려왔다.
 "투숙객 중 외지에서 온 사제가 있소?"
 주인이 우루카기나에게 말했다.
 "어서 피하십시오. 마구간 뒤로 가면 헛간이 있습니다."
 기찰대의 발소리가 문 앞으로 다가오고 있었다. 이미 피할 수가 없는 상황이었다. 우루카기나는 주인에게 바랑을 건네주며 부탁했다.
 "이걸 쌍둥이 형제께 전해주시오."

주인이 담요 더미 속에 바랑을 숨기자마자 기찰대가 들이닥쳤다. 주인은 태연하게 인사를 했다.

"어이구, 이 시간에 웬일이십니까?"

기찰대는 주인을 밀쳐내고 우루카기나에게 물었다.

"당신이 목부에게 은화를 주었소?"

원인이 그것 때문이었다면 별문제가 아닐 것이다. 우루카기나는 안심하고 그렇다고 대답했다.

"당신 어디서 온 사람이오?"

기찰대의 날카로운 눈빛을 피하지 않으면서 우루카기나는 태연한 목소리로 대답했다.

"우루크 만신전 사제, 노두갈메시오."

"우루크에서 왔다면 통관 기록이 있을 테지? 갑시다."

기찰꾼들이 우루카기나의 등을 밀었다. 통관 문이 보일 때까지 우루카기나는 자기가 들어온 과정을 밝혀야 할지 말아야 할지 결정을 내리지 못했다. 기록이야 당연히 없다 해도 소장을 만나면 증언해줄 터이지만 그 말을 하는 게 좋은지 나쁜지조차 판단이 서지 않았다.

곳곳에서 기찰꾼들이 행인을 검문했다. 라가시는 암흑에 덮였고 예전의 인간 세상은 모두 파괴되었으며 빛의 질서도 사라져버렸다.

고급 요릿집 앞을 지날 때 우루카기나는 동냥을 하고 있는 한 사제를 보았다. 요릿집 일꾼으로부터 바랑에 빵을 받아 돌아서는 사제가 우루카기나를 보고 걸음을 멈추었다. 천신전 비교秘教 담당 세갈라, 자신을 역법 박사에게 소개시켜준 그 사제였다. 우루카기나는 묶인 손을 조금 들어 보였고 사제는 모른 척하며 옆집으로 옮겨가버렸다.

통관 담당은 당연히 우루카기나를 기억하지 못했다. 통관소 사무실 앞으로 지나갔으나 소장도 보이지 않았다. 기찰들은 헛걸음을 시켰다고 따귀를 갈겨대며 우루카기나를 끌고 가서 감옥에 처넣어버렸다.

감옥은 라가시 시민들을 태운 난파선이었다. 배의 키잡이는 '불의'라는 추악한 이름으로, 선한 시민들을 싣고 태양도 없는 암흑 세상에 제물을 바치러 가는 길이었다. 강제로 태워진 승객들은 물세를 내지 못한 농민, 정해진 숫자만큼 양이나 염소 새끼를 증산하지 못한 목부, 죽은 자를 신고하지 않고 몰래 버린 사람, 인두세人頭稅 미납자들이었다. 우루카기나가 앉을 자리를 찾아 두리번거릴 때 저만치서 한 수감자가 물어 왔다.

"사제는 무슨 일로 잡혀 왔소?"

"통관세를 내지 않아서 그런 것 같소이다."

"벌금을 가지고 올 사람이 있습니까?"

"없소이다."

사내가 우루카기나에게 재판관처럼 판결을 내렸다.

"당신은 벽돌 공장행이오!"

사내는 들어오는 사람마다 죄목을 물은 뒤 형량을 매겼고, 그것은 대체로 맞아떨어졌다. 죄인들은 계속해서 들고났다. 사흘 내로 가족이 와서 벌금을 내주면 방면되었고 그렇지 못하면 어마어마한 죄목을 안고 수용소로 보내졌다. 털북숭이 남자가 들어왔다. 그는 누가 묻기도 전에 스스로 죄목을 밝혔는데 마치 일장 연설을 하듯 뒷짐을 지고 장내를 돌아보며 말했다. 그는 전에 하원이었고, 의회에서 마을로 돌아가면 주민들에게 그런 식으로 안건을 전달했던 것이다.

"나는 하원 의원이었소. 높다란 의회 건물을 내 집처럼 드나들었다고는 하나 그건 어디까지나 마을을 대표했던 일이었소. 한데 말이오, 별안간 나에게 과거의 벼슬 값을 내라는 것이오."

가까이 있던 남자가 물었다.

"과거의 벼슬 값? 처음 들어보는데 새로 생긴 세금 법이오?"

구형을 하던 남자가 저만치서 물었다.

"벼슬 값이 얼마라고 합디까?"

"얼마라고 말하지 않았소. 그저 집을 내놓으라는 것이었소. 당장 집을 비워주고 움마와 접경지인 구에딘나로 이주하라는 것인데 생각해보시오, 내가 왜 도시를 떠나 지방으로 간단 말입니까? 절대로 그럴 수 없다고 뻗댔더니 기찰꾼들이 날 이렇게 잡아들인 것이오."

그 하원 의원은 부자나 귀족의 농간에 걸려들었다. 그들은 왕으로부터 수탈권을 사들인 자들로 탐나는 것은 무엇이나 헐값에 뺏을 수가 있었다. 희고 긴 수염을 단 노인이 하원에게 말했다.

"젊은이는 그래도 나보다 낫소이다."

노인은 포도밭과 양조장을 가지고 있었다. 자신이 생산한 포도주는 질이 좋아 고급 요릿집에서도 주문이 들어왔다. 그런데 작년에 군 장교가 은화 열 개를 주면서 포도밭과 양조장 모두를 달라고 했다. 노인은 장교에게 알아듣도록 설명을 했다. 포도밭은 조상으로부터 물려받은 것이라 아들 외에는 그 누구에게도 줄 수가 없는 것이라고.

"며칠 전이었소. 이른 아침에 포도밭을 나가보았더니 내 장남의 시체가 포도나무에 묶여 있었소. 누가 내 아들을 죽여 그렇게 해놓은 것이오. 충격으로 몸이 굳어 있는데 느닷없이 군인들이 나타나 나를 체포하는 것이었소. 내가 아들을 죽인 범인이라고 말이오."

장교는 포도밭을 가질 수 없자 아들을 죽이고 그 누명을 노인에게 씌운 뒤 포도밭과 양조장을 압수했다. 노인이 아주 지친 목소리로 말했다.

"내일 나를 공개 처형한다오. 큰문광장에서 말이오."

감방 사람들은 한숨만 쉬었다. 마음이 여린 남자는 울기도 했다. 그때 모의 형량을 때리던 남자가 사람들을 타넘고 와서 노인에게 말했다.

"노인장, 잘사는 친척이 있겠지요? 빨리 연락해서 금화 세 개를 가져오라고 해요. 그럼 처형을 면할 수가 있어요."

기찰대는 모의 구형자 같은 거간꾼을 들여보내 형량 장사를 했다. 일단 감옥에 들어오면 자기들 소관이었다. 특히 노인 같은 경우는 거금을 챙기고 멀리 떨어진 수용소로 보내버리면 고발자도 어찌하지 못했다. 라가시의 관청 구조는 그런 식의 상부상조에 걸려 모두 썩어가고 있었다. 우루카기나는 소리치고 싶었다.

'여기가 사람 사는 세상 맞습니까? 지금 우리가 있는 이곳이 현실 맞습니까?'

그는 심장이 뛰어 더 참을 수가 없었다. 입에서도 정돈되지 않은 말이 터지도록 부풀어 올랐다.

'여기서 탈출합시다. 우린 숫자가 많아요. 밖의 감시자들은 열 명도 되지 않아요. 그들을 해치우고 우리는….'

그는 벌떡 일어났다. 사람들이 사제가 한 말씀 하려는 모양이라고 기대에 차서 바라보았으나 그의 입은 그만 딱 붙어버렸다. 한 젊은 남자가 고개를 돌리는 것을 보았기 때문이다. 자기가 가르쳤던 제자였다. 그가 제자를 향해 입을 열었다.

"내가 여기 잡혀 온 까닭은 라가시의 현재 법을 몰랐던 탓이었소. 나는 새로 생긴 법에 대해 알고 싶으니 젊은이가 가르쳐줄 수 있겠소?"

"그러겠습니다."

헨케르가 일어났다. 그는 처음부터 자기 스승을 알아보았다. 삭발에 낯선 사제복을 입고 있어 지켜보기만 했는데 스승은 라가시의 현황에 매우 충격을 받은 모습이었다. 전쟁 후 학교를 그만두었다는 소문과 통관세를 내지 못해 잡혀 왔다고 했으니 타지에서 돌아온 것이 분명했다.

"라가시의 세금에는 시세가 있으니 이참에 확인해보는 것도 좋겠습니다."

제자가 문답 형식으로 대화를 이끌어가겠다고 밝히자 수감자들은 좋은 생각이라며 박수까지 쳤다. 우루카기나는 최악의 상황에서도 시민의식이 살아 있다는 것에 감동을 받았다. 사실 궁극의 희망은 시민들의 살아 있는 의식이며, 그런 희망이 절망 속에서는 종종 더 빛이 나는 법이다. 그는 난파선을 탔다는 자기 생각을 고쳤다. 시민들은 지금 난파선을 탄 것이 아니라 희망을 찾아 험난한 여행을 하고 있는 것이다. 제자가 주위 사람들에게 물었다.

"이혼을 하려면 그 세금은 얼마입니까?"

여러 사람이 함께 대답했다.

"왕에게 은화 5셰켈, 해당 관리에게 동화 1셰켈을 바쳐야 합니다!"

우루카기나 옆자리 남자가 벌떡 일어나 그 말을 정정했다.

"지금은 왕에게 은화 한 개, 관리에게는 3셰켈을 줘야 합니다."

"그새 2셰켈이나 올랐군!"

"다음은 향수 제조업자의 말을 들어보지요."

몸집이 큰 한 남자가 일어나 자기 이야기를 했다.

"이 젊은이가 소개했듯이 나는 향수 제조업자입니다. 정유, 방향유, 침출액, 유향, 머릿기름까지 취급하지 않는 게 없지요."

"돈 많이 벌었겠는데 왜 여기 잡혀 왔소?"

"먼저 세금이 얼마인지 그것부터 말하지요. 왕에게 은화 5세켈, 해당 관리에게 1세켈, 그리고 궁전 집사에게도 2세켈을 바쳐왔습니다. 한 달에 한 번씩 말입니다."

"그럼 그 세금도 올랐습니까?"

"아니오."

"그런데 왜 잡혀 왔소?"

"후궁원 여자들이 내 향수를 몽땅 가져가버렸어요. 돈도 내지 않고 말입니다. 원료를 사지 못해 물건을 만들지 못하는데 세금은 어떻게 냅니까? 나에겐 부양할 가족이 있습니다. 앞으로 어떻게 될지 정말 걱정입니다."

이번에도 모의 구형자가 나섰다.

"당신은 몸이 튼튼하다는 것이 약점이오. 십중팔구 광산으로 보내질 것이오. 그러나 지금이라도 부인이 돈을 구해 오면 방면될 수 있소."

향수업자는 절망해서 그대로 주저앉아버렸다. 제자도 갑자기 침울해져 자리에 앉았다. 필경사 일을 했던 그가 불경기로 가족들의 인두세를 내지 못해 잡혀 왔지만 젊고 튼튼하다는 것이 더 큰 문제였다. 요즘 따라 광산으로 보내는 사람이 부적 많고 그 인력이 필요해 일부러 죄를 만든다는 소문도 떠돌고 있었다.

4

 왕궁의 겉모습은 흡사 도성 같았다. 높은 궁문 위에는 크고 넓은 두 개의 사각 탑과 그 탑을 이은 지붕이 있고, 그 뒤에도 똑같은 성문이 쌍둥이처럼 서 있었다. 궁문 앞에는 사람 얼굴에 날개를 단 천마의 흰 석고상이, 궁문 양옆으로 이어진 궁 벽에는 전차를 타고 칼을 휘두르는 루갈란다의 모습이 구운 벽돌 위에 채색 유약을 발라 벽 전체에 부조되어 있었다.
 위수병 대장은 말을 타고 나와 궁 벽을 끼고 뒤쪽으로 돌아갔다. 후면은 아직 공사 중이었다. 어서 공사를 끝내 왕과 총리대신 하살을 기쁘게 해주고 싶은데 유약 전문가가 앓아누웠다는 보고였다. 작업장에 도착하자 감독이 달려와 그의 말고삐를 잡아주며 보고했다.
 "천막으로 가보시면 깜짝 놀라실 것입니다."
 기술자가 머리까지 동여매고 부조 벽돌에 유약을 칠하고 있었다. 어제 저녁부터 일을 시작했다는데 도색이 끝난 벽돌이 자욱하게 널려 있었다.

"저 벽돌은 곧 가마로 실어 갈 것입니다. 그리고 오후에 또 한 가마를 구워낼 것입니다."

감독이 설명하는데도 기술자는 돌아보지도 않고 자기 일만 했다.

"항아리의 유약은 회색인데 불에 구우면 맑은 청색이 된다는 것이 마술 같지 않습니까?"

감독이 칭찬을 하는데도 기술자는 고개조차 들지 않았다. 위수병 대장의 배 속에서 화가 용트림 치며 손이 벌써 칼에 가 있었다. 전쟁 때 그는 중대장이었다. 부하가 성질을 돋우어 찔러 죽였다 하여 감옥에 처넣어졌는데 총리대신 하살이 구해주었다. 그때 그는 맹세했다.

'이제부터 내 몸은 내 것이 아니다. 성질까지도 오직 한 사람, 하살을 위해 사용해야 한다.'

위수병 대장은 공사를 빨리 끝내는 쪽으로 생각을 가다듬고 감독에게 지시했다.

"저 장인에게 꿀과 우유를 지급하라."

그는 천막에서 나와 공사 현장을 바라보았다. 일꾼들은 네 부류로 나뉘어 각자 맡은 일을 하고 있었다. 양쪽 옆에서 속 벽돌을 쌓는 사람, 부조 벽돌을 순서대로 늘어놓는 사람, 그것을 짝 맞추어 쌓아 올리거나 가운데 빈틈에 역청을 채워 넣는 사람, 그 누구도 게으름을 피우지 않으니 한 달 내로 완공될 것이다.

위병소의 한 방에 비밀 기찰대원들이 모여 있었다. 그들의 임무는 정보 수집에서 위험인물 제거까지 다양했고 명령은 위수병 대장으로부터 받았으며 이름조차 번호로 대신했다. 위수병 대장이 들어왔다. 요원들이 동시에 일어나 인사를 했다. 대장은 자리에 앉으며 임원들을 돌아보았다. 1번과 7번 자리가 비었고 가장 멀리 보낸 2번은 벌써 돌아와 있었다. 그가 군장을 암살하라는 지령을 받고 떠난 것이 보름 전이었다.

"2번 보고하라."

군장은 정변 때 강등되어 광산으로 유배되었다. 그의 부하들도 함께였는데 얼마 전부터 반란의 기색이 포착된다는 보고가 들어왔다. 광산에는 군인뿐만 아니라 힘센 장정도 많았다. 그들을 무력화시키려고 먼 곳에 격리시켰던 것인데 군장이 선동자일 수도 있어 제거 지령을 내렸던 것이다.

2번이 벌떡 일어나 보고했다.

"군장은 문둥병으로 죽었습니다!"

"무슨 소린가?"

"증세가 아주 심해 감독이 격리시켰는데 한 달 전에 죽었다고 했습니다."

"시체는 확인했나?"

"예, 거적으로 덮어두었습니다."

문둥병이 들어 그렇게 죽었다면 그에게 우호적이었던 부류들도 자연스럽게 떨어져 나갔을 것이다. 자기들이 제거하는 것보다 훨씬 효과적이며, 그런 일을 일러 손 안 대고 코 푼다고 하는 것이다.

"3번 보고하라!"

"교장은 아무하고도 어울리지 않고 오직 연구에만 몰두하더니 마침내 그을음이 나지 않는 등유를 분류해냈습니다."

지식인들은 주로 역청소로 보내 정유 연구를 하도록 했다. 현재 분류할 수 있는 것이 휘발유, 석유, 경유, 콜타르 등이다. 왕비께서 등잔에 그을음이 나 새 옷이 더럽혀진다고 투정하신다기에 교장에게 맑게 타는 기름을 정류하라고 별 기대도 않고 지시했는데 정말로 그런 기름을 걸러냈다는 것이다. 교장이 정제한 기름으로 수입을 올리고 있다는 것은 대장도 알고 있었다. 그가 지시했다.

"계속 감시하라. 단, 본인이 눈치채지 못하게 말이다."

이제 도금술사만 도착하면 된다. 하살 총리대신께서 키시에 금화 세 궤짝을 가져가야 하는데 시내에 금이 동났고 광산에서도 금은 채광되지 않는다고 걱정해서 그는 4번을 우르로 보냈다. 우르에는 동전과 동식기, 술잔까지도 금을 얇게 도금해 순금처럼 만들어내는 기술자가 있다고 했다. 백 개의 순금화로 천 개를 만들어낸다니, 그야말로 연금술사가 아닌가. 총리대신을 위해 목숨까지도 바치고 싶은 위수병 대장은 그 생각만 하면 먼저 가슴부터 뛰었다.

"우루크 쪽은?"

"그들은 아직 돌아오지 않았습니다."

"실패하는 일은 없겠지?"

"그들의 칼 솜씨는 누구도 따를 자가 없습니다. 절대 실패할 리 없으니 좀 더 기다려보시지요."

비밀 기찰대를 조직한 동기는 총리대신 하살의 권고였다. 사실 왕이나 대신에게는 적이 많았다. 특히 지식인들은 가시 같은 존재였다. 모두 수용소로 보내거나 연금하는 것만으로는 안심할 수 없다고 언급한 뒤 총리대신이 물었다.

"자네도 전하에 대한 비방 방이 붙었던 것을 기억하겠지?"

"예, 기억합니다."

그 비방 글은 정말 끔찍했다.

"그 범인들이 학교에서 쫓겨난 선생들이라는 거야. 그들의 우두머리는 우루카기나라고 하니, 살펴보도록 하게."

총리대신이 우루카기나를 우려하는 것은 괴벽보를 붙였기 때문이 아니었다. 선생들이 방을 붙이던 당시 그는 라가시에 있지도 않았다. 전하가 역법 박사들을 불러 왕의 운명을 요청했는데 그중 한 역법 박사가 운명은 보지도 않고 라가시를 이끌어갈 사람은 지금 바깥에 있다고 했다는 것이다. 조사해본 결과 역법 박사의 애제자 한 명이 우루크로 공부하러 갔고 그가 바로 우루카기나였다.

'전하의 만수무강을 위해서도 그는 반드시 제거해야 한다.'

5

밤이 깊어갈 때 감시자가 우루카기나를 불러냈다. 불길한 생각이 엄습했다. 저만치 누워 있던 제자도 불안한지 벌떡 일어났다. 보석금을 가져올 사람이 없다는 것을 분명히 말했음에도 불러낸다면 자기 신분이 밝혀졌을 확률이 컸다.

"어서 나와!"

감시자가 데려간 곳은 면회실이었다. 뜻밖에도 여인숙 주인이 거기 있었다. 두려움으로 돋아나던 소름이 시나브로 가라앉았다.

"옷부터 갈아입으시오."

여인숙 주인이 보자기를 풀었다. 남자들이 입는 투그와 가발, 그리고 운두가 짧은 모자가 들어 있었다. 보석금을 내고 탈출시켜줄 계획임을 알아차렸다.

"여기서 나가면 저는 어디로 가게 됩니까?"

"수용소로 갑니다."

"수용소라고요?"

"놀라지 마십시오. 감시자로 갑니다. 현재로선 그 신분이 가장 안전합니다."

"한데 가발은 왜 써야 합니까?"

"혹시 아는 사람이 있어도 이상히 여기지 말아야 하니까요. 쌍둥이 형제들이 결정한 일입니다. 이 모자는 감시자들이 쓰는 것이고요."

"뇌물은 얼마나 주었습니까?"

"은화 다섯 개, 많지 않았어요. 그들이 알기론 당신은 우루크 사제니까요."

"그럼 반드시 구해야 할 사람이 있습니다. 과수원을 뺏긴 노인과 나의 제자입니다. 특히 노인은 내일 처형된다고 합니다. 금화 세 개면 목숨을 살 수 있다고 합니다."

"금화 세 개면 아주 큰 돈입니다."

"내 바랑에 두 개가 남아 있을 것입니다. 손을 좀 써주세요."

"가서 의논해보지요."

밖에서 감시자가 재촉했다.

"서두르시오. 마차가 떠날 채비를 하고 있어요."

밤에 이동하는 것이 눈속임이 용이해 여인숙 주인이 마차 비용까지 지불했던 것이다.

"어서 옷을 갈아입으시오."

우루카기나가 가발까지 쓰고 나자 여인숙 주인이 말했다.

"투그 안주머니에 비상금을 넣어두었습니다. 안전하면 연락드릴 테니 그때까지 외출도 삼가십시오."

"알겠소."

우루카기나는 옷을 갈아입고 면회실을 나섰다.

수용소는 벽돌을 만드는 곳이었다. 수용자의 거처는 똑같은 모양의 갈대 지붕으로 30여 채 일렬로 지어졌고 점토를 캐는 현장만 좀 떨어져 있을 뿐 벽돌을 찍어 말리거나 구워내는 가마는 집 앞에 있었다.

아침 식사가 끝나자마자 수용자들은 각자 자기 일자리로 갔다. 흙을 채취하는 사람, 벽돌을 찍는 사람, 가마로 운반하는 사람들이 바삐 움직였다. 여름에는 벽돌을 햇빛에만 말려도 초벌구이 효과를 얻을 수 있지만 지금은 밤 기온이 급강하하는 데다 곧 우기가 겹칠 것이므로 생산하는 대로 가마로 들어갔다.

"게으른 자는 사정없이 때려라!"

십장이 채찍을 휘두르며 말했다. 채찍은 양가죽을 꼬아 만든 것으로 힘껏 때리면 살갗이 묻어 나왔다. 젊은 감시자가 우루카기나에게 일할 장소를 지목해주었다.

"오늘은 저기, 저 가마 앞을 담당하시오."

가마에는 보통 하루 전에 불을 올리고 이튿날 벽돌을 들어내 집합장으로 옮겼다. 가마 앞에서는 수용자들이 벽돌을 꺼내거나 나란히 쌓았고 한 사내가 그 벽돌을 수레에 실어 집합장으로 끌고 가는 중이었다. 키가 작고 허약한 그는 친구 타브루였다. 전쟁터로 갈 때도 가장 먼저 지치던 친구가 힘든 벽돌 공장에 와 있었다. 우루카기나는 허공에 대고 채찍질을 하면서 그의 뒤를 따라갔다. 타브루는 채찍 소리에 당황했는지 자칫 넘어질 듯이 허둥거렸다. 우루카기나는 채찍을 휘두르면서 말했다.

"널 때리려는 채찍이 아니다."

타브루가 멈추었다.

"돌아보지 말고 대답해라. 네 숙소는 몇 호냐? 오늘 밤에 내가 가도 괜찮겠나?"

타브루가 수레를 끌며 말했다.

"넌 별 공부하러 갔는데 여긴 또 웬일이냐?"

"만나서 얘기하자. 어디로 가면 되나?"

우루카기나는 계속 채찍을 휘두르며 말했다.

"그 채찍 좀 멈출 수 없나?"

"감시자 동료들이 날 지켜보고 있다. 어서 말해라. 어디로 가면 되나?"

"작업장 위쪽에 갈대밭이 있다. 밤 10시경에 거기서 보자."

우루카기나는 약속 시간을 받아낸 뒤 가마 앞으로 되돌아갔다.

6

다비나는 방 가장자리로 돌며 수많은 불 종지에 일일이 불을 붙이고 침대에는 장미 침출액을 뿌렸다. 마지막으로 유향을 피운 뒤 칠현금을 타기 시작했다. 잔잔하면서도 애잔한 이 리듬은 사제들이 좋아했다. 연인 세갈라는 다비나의 다리를 베고 누워 이 곡을 들었다. 달콤했던 그와의 추억이 아슴아슴 피어났다.

'그이의 추억을 안고 왕을 맞을 수는 없어.'

다비나는 빠르고 가파른 곡으로 바꾸었다. 루갈란다의 군사들이 천신전에 쳐들어왔을 때가 떠올랐다. 그들은 재물을 털고, 성물을 압수하고, 사제들을 가두고, 신전 식구들을 한자리에 집합시켰다. 신전 관리와 경비인, 목수와 세공사, 도공들은 풀어주고 음악가와 가수는 요릿집에 넘겼으며 노예들은 갈대를 베거나 점토판을 만드는 곳으로 보냈다.

다비나는 동료 언니와 함께 요릿집에서 일 년쯤 일했다. 왕궁의 대신들이 거의 날마다 와서 유흥을 즐겼는데 그때 함께 온 내시가 다비나를 발탁해 후궁원으로 데려왔다. 루갈란다는 변태성욕자였다. 첫날 연주도 그가 성교를 하는 방에서 이루어졌다.

"너는 연주로 나를 흥분시켜야 한다."

다비나는 관능적인 곡을 연주했고 단지 그것이 새롭다는 이유만으로 흥분한 왕은 절정이 빨리 오지 않는다고, 그것을 오게 하라고 소리쳤다. 다비나는 어떤 음률이 절정을 돕는지 알 수 없어 울면서 연주를 했고 루갈란다는 다비나의 울음을 보고 절정의 고지로 치달았다. 그다음부터 가끔씩 루갈란다는 단둘만의 정사를 원했다. 그때 그가 말했다.

"절정의 순간을 두 배로 늘려라. 큰 저택과 농토와 보물을 주겠다."

그건 어느 누구도 할 수 없는 일이었다. 하지만 루갈란다는 다비나의 울음에서도 절정에 이른 남자였다. 다비나는 절정을 늘이는 것이 아니라 사정을 늦추게 했고 그는 올 듯 말 듯한 그 고지를 잡으려고 안타깝게 울부짖다가 한참 후에야 절정에 몸을 떨었다. 그때 다비나는 손에 칼만 있다면 이 남자를 죽일 수도 있겠다는 생각을 했다. 신들이 도운다면 자신 또한 무사히 빠져나가 사제들에게 알릴 수도 있을 것이다.

'폭군이 죽었어요. 제가 죽였답니다. 이제 평화가 오나요?'

영혼이 통했던 것일까, 동료 언니가 찾아와 세갈라 사제의 지시를 전해주었다.

"지성소 성물을 어디에 버렸는지 알아보도록 하라."

왕의 기척이 들려왔다. 다비나는 환몽의 가락을 뜯기 시작했다.

"오늘은 피곤하구나. 악기는 거기 두고 이리 와서 내 옷을 벗겨라."

다비나는 천천히 왕의 옷을 벗기며 생각했다.

'당신은 언젠가 다시 이 옷을 입지 못하게 되리라.'

시종이 밖에서 급하게 아뢰었다.

"전하, 키시에서 사절단이 왔다고 어서 어전으로 납시랍니다."
"키시에서?"
루갈란다가 벌떡 일어나자 다비나는 그에게 옷을 입혀주었다.

키시에서 요구한 금화 세 상자 중 아직 한 상자를 채우지 못했다. 우르에서 도금인만 오면 그 정도야 금방 해결할 수 있고, 옥새를 갖게 될 날도 머지않았다. 처음 왕권을 선포하던 날부터 루갈란다는 키시의 옥새가 궁금했다. 운두에 오룡伍龍이 새겨져 있다고도 했고, 꼭지는 소머리 형상이라는 사람도 있었다. 사실이 무엇이든 오룡과 소머리 두 가지 모두 수메르의 상징이었다. 그들이 머나먼 곳에서 이주해 온 사람이라는 증거이기도 했다. 환족의 후예임을 증명하면서 동시에 수메르가 검은 머리 사람들의 나라임을 확인시켜주는 증표가 바로 키시의 옥새였다. 엔릴 신께서 직접 하사하셨다는 것도 반드시 갖고 싶은 이유 중 하나였다. 신들의 왕 엔릴, 수메르의 최고신. 당신의 단독 신전은 니푸르 외에 어느 도시에도 허락하지 않으신 분이었고, 그래서 그는 라가시의 잡다한 신전을 몰수하는 데에도 전혀 꺼려지지가 않았다. 수메르 전체의 왕이 되면 니푸르 성소도 라가시 소속이 될 것이다.

루갈란다는 어전으로 들어섰다. 이야기를 나누던 왕비와 키시 사절단이 그를 맞아 자리에서 일어났다. 통짜 투그에 앞을 튼 재킷이 눈에 익었다. 자신의 운명을 분석하라고 불러들인 한 역법사 옷이 그러했다. 그 역법사를 불러들인 까닭은 그 즈음 시내 곳곳에 괴문서가 나붙었기 때문이었다.

"네가 왕이라니, 루갈란다, 네 운명이 널 단죄하리라!"

운명이라고 했겠다. 그는 도시의 모든 역법사를 불러들여 자신이 왕의 운명을 타고났다는 것을 증명토록 했다. 생년월일을 바꾸더라도 반드시 찾으라고 적잖은 은화까지 지불했는데도 딱 한 사람, 그자는 고개만 저었다.

'사절단 옷에서 그를 보다니….'

루갈란다는 이마를 찡그리며 왕비를 보았다. 왕비가 걸친 필라*, 화려한 왕비의 의상에서 지난날의 꿈이 생생하게 떠올랐다.

'왕비는 바로 저 옷을 입고 두 개의 해를 빙빙 돌렸다.'

루갈란다는 키시 사절단을 영접하면서 총리대신을 불러야겠다는 생각을 했다.

---

* 한쪽 어깨가 노출된 귀부인들이 입는 긴 드레스.

7

 위수병 대장은 총리대신으로부터 해몽가를 데려오라는 지시를 받고 비밀 요원들과 왕실 서기부터 불러들였다. 왕이 이상한 꿈을 꾸었는데 운명 풀이를 거절하던 그 역법 박사도 본 듯하다고 해서 미리 확인해보기 위해서였다. 그는 먼저 서기에게 물었다.
 "역법 박사 집에서 수거해 온 서판은 판독이 끝났다고 했지?"
 "마지막으로 가져온 서판에서도 우려할 만한 대목은 없었습니다."
 "그럼 대체로 어떤 내용이었나?"
 "카발라와 역학, 괘에 관한 것뿐이었습니다."
 "됐네. 그만 나가보게."
 대장은 서기를 내보내고 요원들을 돌아보며 오늘의 주요 사항을 말했다.
 "지난밤 내가 이상한 꿈을 꾸었다. 해몽은 어디 가서 해야 하나?"
 "꿈이라면 꿈의 신전 사제가 가장 전문가이지요."
 "그 신전은 폐쇄해버리지 않았나?"

"아, 해몽을 잘하는 점쟁이가 있습니다. 그가 전에 꿈의 신전 사제였다고도 합니다. 그를 데려올까요?"

"사제가 점쟁이가 되었다고?"

'자존심도 없는 것! 다른 사제들은 동냥을 하면서도 신전을 지킨다고 들었는데 아예 점쟁이 지대로 들어갔다고?'

"용하다는 소문이 파다합니다."

"그를 데려오게."

막 회의를 끝내려는 찰나에 문이 열리고 우루크로 간 7번이 들어왔다. 혼자였다. 그는 나귀가 뱀에 물려 앓는 바람에 며칠 늦었다고 그 사정부터 알렸다. 대장이 "1번은?" 하고 물었다. 동료들도 질긴 눈길로 그를 주시했다.

"저도 알 수가 없습니다. 저는 성안으로 들어가지 않고 여인숙에서 기다렸습니다. 사흘이 지나도 나오지 않기에 성안으로 들어가 수소문해보았습니다. 그러나 아무도 아는 사람이 없었습니다."

"우루카기나, 그자는 어떻게 되었느냔 말이다!"

"사제들도 그의 이름을 아는 자가 없었습니다."

"그는 천문학 공부를 한다지 않았느냐?"

"예. 하지만 온 적이 없다고 했습니다."

대장의 언성이 점점 더 높아졌다.

"그럼 하늘로 솟았다더냐?"

5번이 조심스럽게 나섰다.

"이렇게 추측해볼 수 있습니다. 1번이 암살하려던 순간에 우루카기나가 알아차리고 반격했고, 격투 끝에 둘 다 죽었을 수도 있습니다. 만신전에서는 불상사를 감추려고 두 시신을 몰래 처리하고 비밀에 부치는 것일지도 모릅니다."

7번이 나섰다.

"들어오면서 통관소에 확인을 했는데 외부에서 온 사람은 키시에서 온 사절단뿐이라고 했습니다."

우루카기나의 존재와 그 무게가 날이 갈수록 커졌다. 그의 장인이 왕정을 인정할 수 없다고 연판장을 돌렸다는 것도 새로 알아낸 사실이었다. 그가 라가시로 돌아오는 일은 절대로 없어야 한다.

대장이 5번을 지목했다.

"5번, 7번과 함께 다시 가게. 생사를 확인하고 살아 있으면 그 즉시 제거하게. 무슨 수를 써서라도 없애야 하네."

5번과 7번이 자리에서 일어났다. 우루크까지는 육로로 70km, 수로로는 170km다. 튼튼한 나귀만 있다면 육로가 훨씬 빠르고, 일이 잘 풀리면 닷새 만에 돌아올 수도 있다.

5장
신전과 사제

신전에는 사제, 신전 관리인, 경비병, 목수, 세공사 도공이 있었고
고위 성직자들은 영적인 일이나 현세 구도자 역할을 담당했다.
— S.N. 크레이머 —

1

천신전의 지성소에는 〈천부경〉이 새겨진 타원형의 푸른 돌이 모셔져 있었다. 그러나 정변 때 군사들이 〈천부경〉을 탈취해 가버렸고 그 자리에는 청동 받침대만 남아 있었다. 비교 담당 세갈라가 영지靈知나무를 그린 둥근 점토 덩이를 그 자리에 올린 후 꿇어앉았다.

"천신님, 비어 있는 성물 자리가 허전하다 해서 제가 이것을 그 대용으로 올리는 것이 아닙니다. 만약 그럴 생각이었다면 〈천부경〉을 그대로 필경하여 올렸을 것입니다. 환족을 이끌고 이곳으로 와 수메르를 일으킨 엔릴 신께서 〈천부경〉을 우리 후손들에게 남겨준 이유, 한순간도 홍익인간의 이념을 잊지 말라는 뜻을 잘 압니다. 하지만 지금부터 저희들은 새로운 일을 해야 하고 그 이념을 영지나무로 그렸습니다. 영지나무에 인수人數 자리를 크게 그린 것이 그 뜻이옵니다. 신이시여, 저희들의 소망을 미쁘게 여기시와 부디 빛과 힘을 주소서."

오늘은 사제단의 비밀 회합이 있는 날이다. 세갈라는 그 회합에서 자신의 의도를 밝힐 생각이다. 그는 눈을 감고 자신이 할 말의 첫 구절을 떠올려보았다.

'라가시가 처음부터 민주 도시로 시작한 까닭은 〈천부경〉에 있었다. 한 사제가 작은 참성단을 짓고 〈천부경〉 경전을 성물로 올리면서 도시는 제세이화, 홍익인간 사상이 널리 퍼졌고 급기야는 도시의 이념으로 채택된 것이었다…'

그는 절을 하고 일어났다.

지성소에서 내려오면 신단이다. 신단 양옆으로는 긴 복도가 이어졌고, 오른쪽에는 사제들의 거처지가, 왼쪽에는 종사자들의 방과 공방 등이 나누어져 있었다.

세갈라는 비어 있는 공방들을 지나 약제실 문을 열었다. 온 얼굴에 붕대를 감은 한 남자가 누워 있고 치료사가 조심스럽게 붕대를 풀어냈다. 아주까리 뿌리를 짓이겨 규석을 섞은 연고로 근 열흘간 치료를 했더니 몇 개의 흉터만 남았을 뿐 대체로 말끔해져 있었다. 세갈라가 말했다.

"치료술이 대단하오."

환자가 세갈라를 보고 벌떡 몸을 일으켰다. 광산에서 탈출해 온 군장이었다. 세갈라가 그의 어깨를 잡아준 뒤 치료사에게 물었다.

"이제 치료는 완전히 끝난 거요?"

"당분간 햇볕은 피해야 합니다."

군장은 탈출을 위해 날마다 얼굴을 긁었다. 상처에서 진물이 흐를 때쯤 마침 낙석으로 죽은 사람이 있었다. 부하 동료들이 그 시체를 멀찍이 옮겨 거적을 덮어두었고 군장은 그날 탈출을 했다.

세갈라가 웃으며 말했다.

"어차피 나갈 일도 없잖소?"

군장은 날마다 루갈란다의 행태를 곱씹었다. 이일과의 교전을 치르고 돌아갈 때까지 그는 기르수 성에서 여자를 끼고 있었고, 개선 길에는 마치 자기가 전두지휘를 한 듯이 칼까지 뽑아 보이며 시민들의 환호성을 이끌어냈다. 그때 이미 야심을 품고 있었던 그가 자신을 불러 이상한 소리를 지껄일 때 즉시 조치를 취하지 못한 것이 군장은 자기 손등을 찍고 싶을 만큼 한스러웠다.

'내가 라가시를 이 꼴로 만들었다! 내 우둔함이 원흉이었다!'

군장이 세갈라에게 물었다.

"오늘 회합에 저도 참석해야 합니까?"

"아니오, 회의가 아주 길어질 것이오. 결과는 나중에 알려드릴 테니 그냥 쉬고 계시오."

일곱 개의 큰 신전과 군소 신전의 사제와 사제장들, 쌍둥이 형제, 민간인 몇몇이 참석해 있었다. 세갈라는 넓은 천이 걸린 벽판 옆에 서서 강론을 시작했다.

"〈천부경〉은 하늘이 내려주신 우리 민족의 경전입니다. 이 〈신비경〉은 무한의 의미를 가지고 있고 십수十數와 함께 변화무쌍합니다. 천신전 노사제께서 제창하신 카발라는 영원을 두고 흐르는 변화를 당대에 보기 위한 지름길로 정립된 것입니다만, 원리는 〈천부경〉의 십수에서 비롯되었고 이 십수를 천수天數, 인수人數, 지수地數로 나눈 것이며 근본 또한 조화와 균형과 질서입니다."

세갈라가 벽판의 그림을 가리켰다. 카발라의 도형 영지나무였다.

"여기 천수, 인수, 지수가 있습니다. 천수가 오른쪽이고 지수가 왼쪽이며 인수가 정 가운데입니다. 가운데 인수는 인간이고, 그 속성은 지수로부터 영향을 받아 천수에 그 기운을 전하는 것입니다. 중요한 것은 두 영향의 균형이고, 어느 한쪽이든 균형이 깨진다면 인수는 즉시 혼돈에 빠지고 맙니다. 현재 우리의 처지가 그렇다고 볼 수 있습니다."

노사제장이 설명을 요약했다.

"그러니까 '음기 하나가 제멋대로 넘쳐서 쓰임을 변화시킨다면 근본이 위험해진다' 바로 이 대목에 지금 우리가 빠져 있다 그 말이지요?"

"예, 그렇습니다. 변하지 않는 것이 신이고 넘치거나 변하는 것이 인수, 지수 주변이라면 지금 주변의 힘, 특히 지수가 악과 음기로 인수를 위협하고 있다는 것입니다. 다시 말해서 〈천부경〉의 근본인 조화와 균형과 질서는 물론 카발라의 핵심인 쌍방 영향의 질서마저 깡그리 깨져 버렸다는 것입니다."

닌기르수 신전 대사제가 반문했다.

"내가 이해하기로 카발라의 핵심 도형은 영지나무이고 수행자는 나무에 오름으로써 자기 존재의 차원을 진화시키고 속계를 초월하여 신비의 지식을 얻는 것인데 그게 아니란 말이오?"

다시 노사제장이 나섰다.

"세갈라가 기본 설명을 건너뛰었는데 내가 좀 보태겠습니다. 〈천부경〉에는 만 가지 뜻이 숨어 있고 그 의미조차 항상 변화해서 일면 〈신비경〉으로 지칭한다는 것은 모두가 알고 있는 사실입니다. 나는 이 변화무쌍의 원리를 사람이 한 세대만 존재하는 것이 아니라 무한으로 이어져 있다는 것, 시대마다 현상은 물론 해석과 진리도 다를 수 있다는 것, 당대 사람들은 자기 시대에 맞는 뜻과 진리를 찾아내 새로이 정립하라는 의미로 파악했던 것입니다. 카발라도 그 선상에서 나온 것이지요. 대사제님이 지적하셨듯이 카발라의 핵심적 도형은 영지나무가 맞습니다. 한데 세갈라가 근래에 찾아낸 핵심은 기존과 다르다는 것, 우듬지가 아닌 중앙과 하부라고 하니 한번 들어보도록 합시다."

사제들이 계속하라는 신호로 세갈라를 쳐다보며 고개를 끄덕였다.

"카발라를 공부하는 사람들은 모두 영지나무의 우듬지, 즉 인수의 꼭지를 지향하고 있습니다. 저 또한 그것만을 추구해왔고 그 길만이 완벽한 영지를 얻는 방법이라 믿었습니다. 한데 루갈란다가 왕정을 선포했을 때, 핵심은 다른 것일 수도 있다는 생각을 했습니다. 그때부터 영지나무 전체를 재검토했고, 여기서 발견한 것이 우듬지는 중간과 하부가 연결되어 한 원 속에 내재한다는 것이었습니다. 다시 말해서 모든 것은 상황의 영향을 받는다는 것입니다. 물론 속계를 아주 초월한 경지라면 모르겠습니다만, 저의 영지나무 뿌리는 아직 이 시대에 뿌리박혀 있어 이 영향에서 벗어날 수가 없었는지도 모르겠습니다."

세갈라는 카발라를 전수받고 이끄는 비교 사제였다. 그의 궁극적 목적은 자기 존재의 극대화, 속계를 초월하여 신비의 지식을 얻어 신선이 되는 것이었다. 그가 영계의 마지막 고지, 우듬지에 올랐을 때 라가시가 심하게 유린을 당했고 그때 그는 개인에서 도시로 위치를 바꾼 뒤 먼저 인수부터 진단해보았다. 지수와 천수로 뻗어나간 신경의 순환이 역류하고 있었는데 그것은 모두의 죽음을 의미했다. 혼자의 득도보다 더 급한 것이 역류를 막는 일이었다.

"제가 인수를 강조하고 중앙과 하부를 끌어오는 까닭은 라가시에 있습니다. 그렇습니다. 라가시의 현실은 지수가 독충에 물려 수족이 마비된 상태입니다. 빨리 조치를 취하지 않으면 전부를 잃고 맙니다. 사제님들, 이제 우리가 힘을 모아야 할 때입니다. 모두가 한마음이 되어 이 난세를 타파하자고 이 자리를 주선한 것입니다. 부디 고견들을 말씀하시어 이 자리를 빛내주시길 바랍니다."

우투 신전장이 나섰다.

"참된 진리가 조롱거리조차 되지 못하는 이 허망한 시대에 신전이나 사제들이 과연 어떤 일을 할 수 있단 말이오?"

대지의 여신전 사제장이 그 말을 받았다.

"그렇다고 우리가 언제까지나 동냥만 하면서 살 수는 없지 않습니까. 또 신께 구걸한 빵이나 바치고 있는데, 그것으로 인간 세상의 안녕을 주시겠습니까?"

닌기르수 수호신전 대사제가 세갈라에게 물었다.

"세갈라 사제, 조치라고 했는데, 생각해둔 방법이라도 있소이까?"

우투 신전장이 먼저 대답했다.

"조치는 어떤 가능성이 있을 때 취할 수 있는 방편입니다. 지금 이 도시 전체가 감옥이고 시민은 노예가 되었습니다. 왕과 귀족과 부자들이 모든 것을 삼켜버려 남아 있는 것이 없는데 무엇으로 어떻게 조치를 취할 수 있단 말입니까?"

천신 사제장이 세갈라에게 주지시켰다.

"세갈라 사제, 기억해야 할 것은 이 일은 신전에서 주도해서는 안 된다는 것이오. 먼저 시민들이 나서야 하고 우린 그 뒤를 따르거나 협력자의 위치에 있어야 해요. 왜냐하면 도시의 주인은 그들이기 때문이오."

물의 여신전장이 말했다.

"시민들에게 나설 여력이 남아 있을까요? 지도자들과 지식인들은 거의 수용소에 있습니다. 요행히 수용소행은 피했다 해도 의식 있는 시민들은 살인 면허증을 가진 왕정파들에게 제거당하거나 가산을 정리해 다른 고장으로 떠나고 있습니다. 점쟁이들까지 덩달아 어디에 있는지 명확하지도 않은 낙원행 표를 팔아 돈을 챙기고 도시의 중추였던 장인들과 중산층은 너도나도 그 표를 사고 있다고 합니다. 당국에서는 원로들을 수브 루갈스에 가둔 것도 모자라 빵만 축낸다고 일찍 죽게 할 방법을 찾는다는, 그런 끔찍한 소문이 나돌고 있어도 분격하는 사람조차 보지 못했습니다."

세갈라가 나섰다.

"소개할 사람이 있습니다. 돌아가신 역법 박사의 쌍둥이 자제입니다. 박사께서 난세를 구할 사람에 대해 예언을 남기셨다고 하니 직접 한번 들어보지요."

쌍둥이 형이 토판 세 개를 들고 앞으로 나왔다.

"아버님께서 세 개의 서판을 남기셨습니다. 그중 두 개는 루갈란다의 운명에 관한 것입니다. 풀이에 따르면 그는 악의 힘이 너무도 강해 닥치는 대로 주위를 파괴한다고 했습니다. 그가 3년을 지배하면 도시의 곳간이 비고 5년이면 도시의 피를 거의 다 빨아먹고 3천 명의 인명까지 죽임을 당한다고 했습니다."

사제들의 얼굴이 일그러지고 우투 사제장이 거의 외치듯이 말했다.

"루갈란다 집권이 벌써 4년째요!"

"정확히 3년 6개월입니다!"

"일 년 6개월 내로 3천 명…. 이제 더 이상 왈가왈부할 시간도 없겠습니다."

수호신전 대사제가 침착하게 물었다.

"중요한 것은 도시를 구할 영웅이오. 그래 예언된 사람은 누구인가요?"

"이름을 밝히지 않으셨습니다. 생년월일도 괘로 적어두었습니다. 신분을 보호하기 위해서인 것 같은데, 때가 되면 알게 된다고 했습니다."

대사제가 다시 세갈라에게 물었다.

"세갈라 사제, 참된 기운이 태동하고 있다는 얘길 한 것 같은데, 그건 어느 계층에서 누가 주도하고 있는지 물어봐도 되겠소?"

그 말이 끝나기도 전에 경비가 문을 열고 알렸다.

"꿈의 신전 사제장께서 도착하셨습니다."

꿈의 신전 사제가 경비를 제치고 안으로 들어왔다. 그는 늦게 도착했음에도 자리에 앉는 대신 상기된 얼굴로 자기 발언부터 요구했다.

"중요한 토론이 아니라면 제 얘기부터 들어주십시오. 저는 지금 루갈란다를 만나고 오는 길입니다."

사제들이 자지러질 듯이 놀랐다.

"사제께서 무슨 일로 그 악령을 만났단 말이오?"

그는 경위를 이야기했다. 언제나처럼 빵과 소문을 얻으려고 점쟁이들 지대에서 일하고 있는데 기찰대가 찾아왔다.

"처음에는 저를 제거하려고 온 줄 알고 마음을 정리했습니다. 그런데 루갈란다 앞으로 데려가는 것이었습니다. 그를 보는 순간 온몸이 분노로 떨렸지만 내색도 인사도 하지 않고 고개를 돌렸습니다. 그자가 부드럽게 말하더군요. 두려워하지 말고 해몽을 해달라, 정확하게만 해주면 상을 주겠다….”

천신전 사제장이 혀를 차며 말했다.

"뺏어 간 성물부터 돌려달라고, 그래야 해몽을 잘할 수 있다고, 그런 말부터 해보지 그랬소?"

"그 생각도 했습니다만, 그것이 덕이 될지 어쩔지 몰라 묵묵히 그의 이야기를 들었습니다."

수호신전 대사제가 나섰다.

"거참, 궁금하구려. 그래, 그자가 꾼 꿈이 무엇이었소?"

"아주 긴 꿈을 꾼 듯했는데 앞은 생략하고 끝 부분만 얘기하더군요. 왕비가 해 두 개를, 하나는 눈이 부실 정도로 빛이 나고 하나는 검푸른 색으로, 그 둘을 빙빙 돌리다가 하나를 던졌는데 자기가 받은 것이 어느 것인지 모르겠다는 것이었습니다. 어쩌면 빛나는 태양 같기도 하고 한편으로는 검푸른 태양인 것도 같다면서 양쪽 다 해몽을 하라더군요. 그때 나는 그의 얼굴을 지켜봤습니다. 빛나는 태양을 언급할 때도 이마에 그늘이 어른거렸습니다."

대지의 여신전 사제가 손뼉을 쳤다.

"그자의 앞날이 얼마 남지 않았다는 뜻 아니오?"

"맞습니다. 우리가 공포 속에서 살 날도 오래지 않다는 것을 즉각 알아차렸습니다."

"오늘이 예사로운 날이 아닌 것 같소. 신들이 합동해서 우리를 도우시는 모양이오. 그래 해몽은 어떻게 해주었소?"

"빛나는 태양을 안았다는 것은 그 영광이 영원한 것이고, 검은 해를 안았다는 것은 머잖아 월식이 온다는 뜻이라고, 그렇게 둘러쳤지요. 그 말을 듣고 그는 춤을 출 듯이 기뻐하며 금화까지 주었습니다."

"잘하셨소. 정말 잘하셨소."

"또 한 가지가 있소. 궁문을 나오면서 들었는데 원로원장이 돌아가셨답니다."

"아니, 그 어른마저?"

"날마다 소리치며 항의를 하셨답니다. 그래서 살수장에 넣었다는데 몇 시간도 견디지 못하고 돌아가셨답니다."

"먼저 명복부터 빌어드려야겠습니다. 모두 일어나시지요."

사제들은 무겁게 몸을 일으켰다.

2

우루카기나의 제자 헨케르는 큰 문으로 향했다. 만나기로 한 사람은 광장으로 올 것이다. 큰 문과 광장은 붙어 있었다. 큰 문 양옆으로 긴 샅문이 있고, 한쪽은 줍거나 습득한 물건을 걸어두어 주인이 찾아가는 장소인데 텅 비었고 다른 한쪽은 죄인의 죄상을 기록한 수많은 서판이 걸려 있었다. 오늘도 형이 집행된다니 또 하나의 죄상 서판이 추가될 참이다.

헨케르는 광장으로 들어섰다. 벌써 많은 사람이 모였는데 계속해서 모여들고 있었다.

'검은 옷을 입고 있다고 했는데….'

공개 처형이 있는 날은 상복을 입은 친지가 뒤에서 서성거리는 모습을 볼 수 있는데 헨케르가 만날 사람은 상복으로 위장한 여자라 했다. 헨케르는 형장 쪽으로 다가가 오늘의 처형자들을 살펴보았다. 한 여자가 '악령惡靈'이라고 새겨진 커다란 돌에 묶여 있었다. 남편이 둘인(간통죄) 여자였다. 그 옆에는 용수를 쓴 남자가 묶여 있었다. 그는 진짜 죄인이 아니었다. 진짜는 자기 부인을 죽인 졸부로 금화 다섯 개를 내고 풀려난 대신 노예를 사서 대치해둔 것이었다.

전에 노예 값은 은화 네 개, 20셰켈이었다. 당나귀 값이 50셰켈이었으니 훨씬 싼 편이었으나 근래에는 나귀 값과 같았다. 대리 사형자로 수많은 노예들이 팔리고 있으니 주인들이 값을 올린 것이다.

'노예는 사형을 당할 때까지 그 사실을 모를 것이다.'

죽임을 당할 때는 재갈이 물려져 자기 결백을 주장할 기회도 없다. 옛날 역사 시간에 우루카기나 선생이 하던 말이 떠올랐다.

"우리의 노예 기간은 3년이다. 전쟁 포로도 마찬가지다. 3년만 지나면 그들은 자유다. 결혼도 맘대로 할 수 있고 생명도 보장받으며 그들의 자식은 자유의 몸이다. 수메르의 이 노예법은 우루크의 길가메시 왕이 정한 것이고 그때부터 수정 없이 지켜온, 세계에서 가장 진보된 법이다. 이웃 나라를 보라. 수사나 엘람, 하다못해 움마까지도 노예의 생살여탈권이 주인에게 있다. 전쟁 포로는 당장 죽여도 아무 제재를 받지 않는다.

그리고 덧붙였다.

"그러나 이 법에도 한 가지 나쁜 점이 있다. 주인은 노예를 학대할 수 있다는 것인데, 보다 좋은 사회를 위해서는 이 법도 고쳐져야 한다."

북이 울렸다. 돌에 묶인 여자가 나무 기둥 앞으로 끌려 나왔다. 집행관이 죄상을 기록한 서판을 처들고 큰 소리로 읽었다.

"이 여인은 두 남자와 결혼했다!"

시민들이 조롱과 모욕적 언사를 함성으로 던졌다. 공포로 부푼 여자의 눈은 금방이라고 터질 것 같았다. 집행관이 계속했다.

"첫째 남편은 밤마다 안방에서 만났다. 두 번째 남편은 밤마다 갈대밭에서 만났다. 이 여인은…."

시민들의 욕설이 이어졌고 집행관은 더 큰 목소리로 형벌의 내역을 밝혔다.

"형리가 불에 달군 벽돌로 이빨을 깨부순 뒤에 시민들은 돌로 이 여인을 때릴 수 있으며, 죄악을 기록한 이 서판은 큰 문에 걸어둘 것이다!"

검은 스카프를 쓴 여인이 인파를 헤치고 앞으로 다가왔다. 헨케르와 눈이 마주치자 여인은 등을 돌렸다. 여인이 장사치들의 좌판 곁으로 가서 머뭇거리자 헨케르가 대추야자를 사서 여인에게 내밀었다.

"저쪽으로 가시지요."

다비나가 검은 스카프를 여미며 말했다. 헨케르는 가슴에서 약병을 꺼내 옷자락에 싼 뒤 여인의 몸에 밀착해 건네주었다. 여인은 한 손으로 약병을 받아 옷 속에 감추며 속삭였다.

"사흘 후 후궁원으로 오세요. 점심때 지나서요. 물건은 가짓수가 많을수록 좋을 거예요."

다비나가 광장을 떠났다. 그때 집행관이 다음 처벌자를 세웠다. 용수를 씌운 노예였다. 그가 죄인을 가리키며 아내를 살인한 자라고 공포하자 시민들이 사자처럼 으르렁거리며 벽돌로 죄인을 후려치기 시작했다.

헨케르의 가슴은 슬픔과 절망으로 울렁거렸다.

'이 시민들 중에 죄인이 바뀌었다는 것을 아는 사람은 몇 명이나 될까? 그 사실을 안다고 해도 성난 이리 떼처럼 덤벼들 수 있을까?'

시민들이 죄인을 둘러싸고 사정없이 벽돌로 쳤다. 이해할 수 없는 군중심리였다. 처음 시민들에게 집행에 동참할 수 있다는 선포를 했을 때 헨케르는 그 누구도 그런 비열한 일에는 가담하지 않을 것으로 여겼다. 그러나 아니었다. 구경꾼들이 구름처럼 몰려들었고 그중에서 많은 사람들이 돌과 벽돌을 들고 왔다.

'왜곡된 시민들의 분노가 죄 없는 노예를 죽이는구나.'

그는 진저리를 치다가 피 묻은 벽돌을 보고 좋아하는 한 남자에게 속삭였다.

"당신이 죽인 저 죄인은 살인자가 아니오."

비가 발소리처럼 다비나의 마음을 흔들어댔다.

'님이 오신다면 가슴에 피어나는 이 불꽃으로 길을 밝혀주련만.'

다비나는 기름 종지에 불을 붙이기 시작했다.

'비가 오면 밭의 도깨비불도 꺼진다던데, 내 가슴의 불길은 심지만 더 높이는구나.'

바람이 들어와 종지의 불을 껐다. 창을 닫아야 하지만 그러고 싶지 않았다.

'이럴 때는 유향을 피우는 것이 좋지.'

다비나는 유향 선반으로 갔다. 헨케르에게 받은 독약 항아리가 아랫단 향수 병 옆에 있었다. 다비나는 항아리를 들고 헝겊을 풀어냈다. 밀랍 뚜껑을 벗겨낼 때 누군가가 들어왔다. 다비나는 깜짝 놀라 하마터면 그 병을 떨어뜨릴 뻔했다.

"여기 주안상을 가져다 두었어요."

시녀였다. 다비나는 독약 병을 제자리에 놓고 천천히 돌아서며 다정하게 말했다.

"그래, 고맙구나."

후궁원 여자가 임신을 하면 육아실이 낀 저택과 기름진 땅을 하사 받아 궁전에서 나갔다. 시녀는 바로 그런 여자에게 물려받은 아이였다. 전 주인을 따라갈 수도 있었지만 자기는 바깥세상이 싫다고, 세상에서 가장 힘센 왕의 슬하인 이곳에 있고 싶다 해서 남게 된 것이었다. 막 초경을 시작한 소녀, 내년쯤이면 이 아이도 한 사람의 후궁이 될 것이다. 물의 여신전에 계셨다는 눈먼 사제가 떠올랐다. 그분은 장터를 돌며 외쳐댔다.

"시민은 날로 가난해지고 궁정은 날로 비대해지는구나. 통치자의 집과 땅이 온 도시를 차지하고 있구나! 후궁의 아이들과 육아실만이 온 나라를 가득 채우고 있구나!"

그 사제는 시장 초입의 기둥에 묶여 죽었고 그의 가슴에는 이런 글이 쓰인 천이 둘러져 있었다.

"나와 같은 사람은 누구나 이렇게 되리라!"

다비나는 주안상에 놓인 포도주 항아리를 열고 안을 들여다보았다. 붉은 액체가 고혹스러웠다.

'여기에 독약을 타면 어떨까? 연못에 뿌리면 수많은 물고기가 죽고 여기에 타면 한 사람만 죽는다. 그리고 그다음에는?'

다비나의 생각은 항상 여기서 길을 잃었다.

3

 퉁가슈는 물품을 탁자 위에 진열해놓았다. 단도와 보석이 박힌 은팔찌, 검, 갑옷 등이었다. 갑옷은 접이식이라 손으로 꼼꼼하게 펼쳐야 제 모습이 보였다. 퉁가슈의 예측이 틀리지 않았다. 쌍날 검을 칼집에서 꺼내자마자 위수병 대장의 입에서 신음 소리가 흘러나왔다. 얼른 손에 쥐고 싶어 참을 수 없다는 신호였다. 검을 날려 생물체를 베는 그 순간의 희열로 손이 먼저 땀을 내고 있었다.
 "이것이 어느 나라 것이라고?"
 퉁가슈는 대장의 피를 일단 식혀야 한다고 판단했다. 칼을 바라볼 때 시험 삼아 아무나 베고 싶다는 강렬한 눈빛을 알아챘기 때문이었다.
 "예, 힉소스 것입니다. 아시겠지만 힉소스는 지금 세계의 주인입니다. 라가시만 한 땅을 백 배 이상 차지했다는 말씀이지요."
 "라가시의 백 배? 허풍이 지나치지 않나?"
 "아닙니다. 우가리트(시리아), 팔레스틴에서부터 홍해 건너 마간(이집트)은 물론이고 그쪽 대륙 전체를 정복했으니 백 배도 넘지요."

대장이 칼을 쳐들고 허공을 갈랐다. 공기가 잘리는 미세한 진동까지 느낄 수 있었다. 과연 명검이었다.

"이 검은 몇 자루나 가져왔나?"

"워낙 비싸서 한 자루만 가져왔습니다."

대장이 검을 놓고 갑옷을 들었다. 그의 입에서 꿀물 같은 미소가 흘렀다.

"마음에 들어 하실 줄 알았습니다. 어서 입어보시지요."

목과 어깨 보호대가 넓적한 쇠붙이로 되어 있어 화살은 물론 칼도 통과할 수 없었다. 이렇게 근사한 군수품을 인간이 만들었다는 것, 그것이 자기 손에 들어왔다는 것이 믿기지 않았다.

"이럴 땐 전쟁이 없는 것이 한스럽군."

"이제 단도를 보십시오. 이것들은 베두인들이 만들었습니다. 지중해 쪽 사람들은 이런 물품을 일러 명품이라고 합지요."

대장이 물었다.

"이 모두가 금화 다섯 개라고?"

"은화 열 개가 남았습니다."

"그것으로 품삯이 되겠는가?"

"예, 충분합니다."

"자네의 정직함이 언제나 나를 기쁘게 한다는 것을 기억해두게. 한데 이제 언제 나갈 참인가?"

"부친이 편찮으십니다. 호조를 보이시면 곧 떠날 생각입니다."

그때 방문이 열리고 비밀 기찰대가 들어왔다. 우루크로 갔던 5번과 7번이었다.

"손님이 계신데 좀 있다 들어올까요?"

"아닐세, 지금 보고 하게. 그래, 그자는 만났는가?"

"우루카기나는 우루크를 떠났다고 사제가 말해주었습니다. 여기 통관소 소장도 몇 달 전에 우루크 사제를 들여보낸 기억이 있다고 했으니 사제로 변신하고 들어온 것 같습니다."

"뭐야? 변신하고 잠입했다? 그런데도 우리는 엉뚱한 곳만 바라보고 있었군. 어서 요원들을 소집하게!"

대장은 퉁가슈를 바라보았다. 그는 못들은 척 물건을 정돈했다.

헨케르는 후궁원에 들고 들어갈 장신구를 구비하기 위해 보석 세공실을 찾아다녔다. 소문대로 거의 문이 닫혀 있었다. 장인들과 수습생들은 비참하게 영락해서 음식을 구걸하고 공예인 조합은 해산됐으며 견습공이나 도제들은 스승의 몫까지 얻기 위해 요릿집을 기웃거린다면서 빈 공방에서 주석 쪼가리를 두드리던 노인이 한탄조로 말했다.

"이나마 집에 있는 우리는 나은 편이네. 예술가들은 마술사들과 합류해 지방으로 다니며 시들한 공연을 열거나 문전걸식을 하는데 배고프고 지쳐 거리에서 죽는 사람도 있다더군."

헨케르가 노인의 말을 잘랐다.

"저는 장신구가 꼭 필요한데 어쩌면 좋지요?"

"비싸도 좋다면 점포로 가보게. 하지만 엄청 비쌀걸? 무역업자나 원거리 장사꾼들에게 사들이는 수입품이라 귀부인들만 상대한다네."

"그런 상점은 어디에 있습니까?"

"시장 옆 번화가에 있네. 이름이 좀 긴 집은 물건이 가장 많다더군."

"그 이름이 무엇입니까?"

"'보석은 어디에 두어도 보석이다'일세."

높은 모자를 쓴* 신임 군장의 아내는 몇 시간째 귀중품을 고르고 있었다. 여인은 필라 앞섶에 꽂을 은제 큰 핀과 보석을 박은 머리핀 등을 이미 골라둔 터였다.

여인이 팔찌를 가리키며 물었다.

"이 팔찌의 붉은 보석은 홍옥인가요?"

두바크는 머리에 땀이 났다. 이건 아주 비싼 것이었다. 이 여자는 비싸거나 싸거나 마음에만 들면 남편의 지위를 이용해 강탈하듯이 가져가버린다. 비싼 것이라고 강조하면 탐욕만 부추기게 된다. 두바크는 솔직하게 말했다.

"아닙니다. 루비입니다."

"멀리서 온 귀물이겠죠? 아주 비싼 것이고?"

"예, 그렇습니다. 은화 열 개, 50세켈입니다."

"이것만 따로 포장해줘요. 선물할 것이니까."

두바크는 땀을 식힐 겸 머리를 한 바퀴 회전시켜 말했다.

"선물용이라면 잘 고르셨습니다. 어제 어느 대신 부인께서 보셨는데 돈이 부족하다고 그냥 가셨지요."

이 여자가 선물할 곳은 대신들 부인일 확률이 높다. 총리대신 하살이 신임 군장을 발탁했다는 것은 누구나 아는 사실이기도 했다. 이번에는

---

* 모자의 높이로 신분을 나타냈다.

그의 머리 회전이 적중했다. 여인이 제값을 치렀고 그는 고운 아마 천에 귀중품을 하나씩 쌌다. 여인이 시녀와 함께 가게를 나가자마자 남자 손님이 들어왔다.

"저기, 장신구를 좀…."

손님이 그를 알아보았다. 제자 헨케르였다.

"선생님이 어떻게 여길…."

"보다시피 나는 이런 사업을 한다만, 자네는 또 여기 웬일인가?"

헨케르는 마음이 복잡해졌다. 이 선생은 두 가지 상반된 이미지가 있었다. 하나는 우루카기나 선생과도 절친한 사이라는 것, 둘째는 선생의 부친이 악명 높은 고리대금업자이자 전당포를 운영한다는 것이었다. 헨케르도 겪어본 바에 의하면 전당포 주인은 완전히 돈의 악귀에 씌인 사람 같았다. 아이가 아파서 아내 적동 팔찌를 맡기고 돈을 빌렸는데 단 하루가 지났다고 물건을 돌려주지 않았다. 결혼 선물이라고 통사정을 했어도 말이다.

헨케르가 입을 열었다.

"사실 제가 후궁원에 들어가야 할 일이 있습니다. 내시가 제 친척 중 한 아이를 후궁원으로 데려갔다는데 부모조차 만날 길이 없다고 합니다. 제가 장신구 장사꾼 신분으로 들어가면 만날 수 있다는데요, 문제는 물건을 준비할 만큼 돈이 넉넉지 않을뿐더러 볼일을 본 이후에는 그것이 필요하지 않다는 것입니다."

"그러니까 자네가 원하는 것은 장신구나 보석을 빌리겠다는 것인가?"

"예, 그렇습니다. 만약 빌릴 수 있다면 선금은 얼마를 맡겨야 합니까?"

"자넨 학교에 다닐 때도 뻔뻔했지. 아이들 필기도구를 임의로 가져가

교무실에도 불려 오고 말이야."

헨케르는 일은 글렀다 싶었다. 더욱이 수학 선생이었다. 계산도 기억력도 정확한 선생이라 좋은 결과를 얻긴 어려울 것이었다.

"안 된다는 말씀인데, 그만 가보겠습니다."

선생이 말했다.

"자넨 뻔뻔했지만 엉큼하진 않았지. 그래, 딱 하루만 빌려주겠어. 내일 도로 가져와야 해, 알겠나?"

알겠나? 알겠나? 선생의 오래전 버릇까지 생각나는 것은 감동이었으나 한편으로는 그 행위가 매우 급수가 높은 위선 같았다.

"약속은 반드시 지키겠습니다."

두바크는 나무 상자까지 꺼내 값나가는 것부터 싼 것까지 물건을 골고루 담아주었다. 헨케르가 물었다.

"그들이 원하면 팔아도 될까요?"

"안 될 것도 없네만, 후궁들이 사기에는 좀 비싸. 그래도 가격은 알아야겠지?"

두바크가 가격을 일러주고 있을 때 또 한 손님이 들어왔다. 친구 퉁가슈였다. 궁전 소속의 무역인으로 이 가게 물건도 주로 그가 구입해다 주었다.

"자넨 이만 가보게."

두바크가 헨케르를 내보내고 친구를 맞았다. 퉁가슈가 바쁘게 말했다.

"우루카기나가 돌아왔다는데 알고 있나?"

"그런 소린 어디서 들었나?"

"위수병 대장한테서 들었네. 사제로 변신해서 들어온 모양이야."

"그가 사제로 변신한 것도 그렇지만, 위수병들은 또 왜 우루카기나를 쫓고 있대?"

"자넨 그럼 모르고 있단 말인가?"

그는 기회를 봐서 우루카기나와 타브루의 이야기를 해줄 참이었다. 그러나 그 기회가 지금은 아니라는 판단에 고개를 저었다. 퉁가슈가 걱정스럽게 말했다.

"잡히면 안 되는데…."

"그러게 말이야. 한데 이번엔 또 언제 나가나?"

"친구야, 돌아온 것이 엊그젤세. 나도 좀 쉬거나 즐길 자격이 있지 않나? 어제 궁전 만찬에 초대를 받았는데 벌거벗은 무희들이 날 유혹하더군. 유두와 성기에 붉은 사프란 안료를 발랐는데 내게 안겨들 때 그 냄새, 정말 죽이더군."

"안기만 했다고?"

"오늘 밤에도 약속을 했네."

퉁가슈는 그 말을 남기고 가게를 떠났다.

'해가 중천인데도 벌써 약속 시간에 자신을 옭아매고 있다? 아내가 없으니 집으로 돌아와도 저렇듯 방황이다.'

두바크는 안으로 들어가 아내를 불렀다.

"여보, 가게에 좀 나와 있어!"

두바크는 소매가 긴 투그를 걸치고 가게 문을 나섰다.

후궁원은 정궁 뒤쪽에 있었다. 헨케르는 상자를 들고 후궁 문으로 들어갔다. 다비나가 문 앞에서 그를 맞아들였다.

"오래 기다리셨습니까?"

"아니요. 저를 따라오세요."

정원을 거쳐 실내로 들어가자 후궁들이 여기저기에 누워 시종에게 손톱 손질을 받는 모습이 보였다. 다비나는 그 여자들 주위로 나비처럼 사뿐사뿐 걸어 다니며 말했다.

"친척 오라버니예요. 보석 장사를 하신다기에 이리 오라고 했어요. 사고 싶은 사람은 뒤뜰로 오세요."

다비나는 뒤뜰로 앞서 나갔다. 상록수 샛길은 벽돌로 촘촘히 박혔고 연못은 벽돌 길 끝에 있었다.

"약은 어젯밤에 뿌렸어요. 한데 아직까지 고기가 죽었다고 말하는 사람이 없었어요. 저는 수상히 보일까 봐 확인하지 않았고요."

다비나가 멈추어 섰다. 저만치 연못에 물고기들이 허옇게 배를 뒤집고 있었다. 다비나가 나직이 말했다.

"저기 들어가실 거예요?"

"당장 들어가고 싶은데, 그래도 될까요?"

"고기가 저렇게 죽었는데 사람한텐 괜찮을까요?"

"괜찮을 것입니다. 지금 그런 걸 따질 시간도 없고요."

헨케르는 주위를 휘둘러보았다. 아무도 오는 사람이 없었다. 그는 입은 채로 연못에 들어갔다. 물은 허리에 찼고 가운데로 들어갈수록 깊었다. 그는 발로 바닥을 짚어 갔다. 미끈거리는 진창에 뭔가 묻혀 있는 것이 감지되었다. 지름이 아이 팔뚝만 한 그것은 천신전의 성물 같아 보였다.

다비나가 빠르게 다가오며 말했다.

"그 고기 건져봐야 먹지 못해요!"

위험을 알리는 신호였다. 그는 성물을 놓고 죽은 물고기를 건지는 척했다. 뚱보 내시가 지나가며 말했다.

"다 건지면 멀리 갖다 버리게."

"예, 그럽지요."

헨케르는 물고기를 건져 올렸다. 내시가 실내로 사라진 뒤 헨케르는 성물을 들어 올렸다. 다비나가 걸치고 있던 옷을 건네자 그것으로 성물을 감쌌다.

"이제 그만 끝내세요."

"다른 성물도 찾아야지요."

"그러다가 찾은 것까지 놓칠 수 있으니 오늘은 이것만 가지고 나가세요. 제가 보석 상자를 들고 뒤따르겠어요. 누가 성물을 가리켜 뭐냐고 물으면 죽은 물고기를 싼 것이라고 하세요."

헨케르는 성물을 들었다. 물고기 시체로 가장하기에는 지나치게 무거운데도 다비나가 자연스럽게 보이라고 충고를 했다.

4

 해가 기울면 기온이 급강하한다. 우루카기나는 옷깃을 여미며 수용자들을 돌아보았다. 그들은 무표정하게 흙을 나르거나 벽돌을 찍고 있었다. 저들 속에 친구 타브루는 없다. 갈대밭에서 만났을 때 타브루는 울음부터 터뜨렸다. 남보다 감성이 몇 도쯤 높다고는 하지만 그날은 너무 격해서 쉽게 달랠 수도 없었다. 그는 친구의 등을 안아주며 말했다.
 "역사가 너에게 못할 짓을 했구나."
 친구가 눈물을 닦고 대답했다.
 "역사가 염치도 체면도 없이 광태를 부리고 있어. 우린 대응책도, 이겨낼 방법도 공부해두지 못했는데 말이야."
 "그 공부는 지금부터 해도 늦지 않아."
 "놈이 왕정 체제를 선포했을 때도 우린 그렇게 믿었어. 지금도 늦지 않았다고. 밤마다 벽보를 붙이면서도 다음 날 새벽이면 새 세상이 올 것으로 기대했어. 시민들이 구름처럼 일어난다면 루갈란다를 몰아낼 수 있을 것이라고. 우린 선동을 했어. 시청 앞으로, 시청 앞으로! 이틀

날 아침이면 대다수의 벽보는 사라지고 없었어. 그럼에도 4, 5백 명쯤 모인 적이 있었지. 당장 군인들이 포위하더군. 그리고 무조건 잡아들인 거지. 그다음 날 루갈란다가 선포를 했어! 라가시 전체를 수용소로 만들겠노라고! 친구야, 어느 역사에 이런 일이 있었나? 도시 전체가 수용소가 된 이런 미친 역사가…."

"없지. 그래서 더욱 용서할 수가 없는 거야."

"분노만 키운다고, 심장이 시뻘겋도록 분노만 끓인다고 그것이 무기가 되나? 놈의 심장을 찌를 수 있는 칼이 되나?"

"자네가 탈출을 한다면 무기도 칼도 만들어낼 수 있겠지."

"탈출?"

"모레 밤에 탈출하게. 기르수로 가서 내 외사촌을 만나게. 학창 시절에 우리 함께 간 적이 있지? 아직도 그 농원일 걸세."

"만나서는?"

"거기서 비밀 청년단을 모으고 훈련을 시키라고 전하게. 안티수라, 가나우기 청년들도 연합시키게. 내 외사촌 동생은 선동력이 있다네. 자네와 힘을 합치면 많은 청년들을 모을 수 있을 것이네."

"그러니까 항쟁을 하자는 건가?"

"도시를 되찾아야 할 게 아닌가."

"그렇다면 당장 가겠네."

탈출하다 많은 사람이 죽었다고 들었다. 밤에는 개를 푼다고 했고 개에 물린 채 갈대밭에 죽어 있는 시체도 있었다던데, 준비 없이 떠나도 괜찮을까?

"무사히 빠져나갈 수 있겠나?"

"이곳 사정은 자네보다 내가 더 잘 알걸세. 걱정 말게."

해가 땅에 눕고 있었다. 외삼촌이 쟁기로 밭을 갈 때 지평선으로 가던 햇살이 소 잔등에 올라타던 생각이 났다. 그때 타브루도 함께였다. 시인이 되려면 무엇이든 경험해야 한다고 외사촌의 씨앗 망태기를 뺏어 들고 씨를 뿌렸다. 해가 진 뒤 강에 손을 씻으며 친구는 말했다.

"나는 오늘부터 연구해볼 거야. 자신을 꽉 채운 듯한 이 기분도 희로애락에 속하는 것인지 말이야."

종이 울렸다. 수용자들은 일손을 놓고 손을 씻으러 물웅덩이로 몰려갔다. 모두 한꺼번에 손을 씻어대자 물웅덩이는 금방 흙탕물로 뒤집어졌다. 12월 초순, 티그리스 강의 수위가 가장 낮을 때라 새 물을 끌어올리지 못하기 때문이었다.

누군가가 옆에 와서 섰다. 보석상 두바크였다.

"급해서 직접 왔네. 점호 끝나면 이곳을 피하게."

우루카기나는 깜짝 놀랐다.

"자네가 어찌 알고 여기에 왔나?"

"내 얘기부터 듣게. 여기서 빠져나가면 물의 여신 니나 신전으로 가게. 거긴 안전할 걸세."

"내가 여기 있다고 누가 일러주던가?"

"타브루일세. 기르수로 떠나면서 자네를 보살필 것과 돈을 많이 벌어두라는 임무를 맡기고 갔네."

귀족 차림을 한 두바크는 타인의 이목을 분산시키려고 다른 감시자 쪽으로 가서 누군가를 묻는 척했다.

수용자들이 각자의 숙소로 들어갔다. 점호만 하면 하루 일과는 끝난다. 우루카기나는 마지막 동수로 갔다. 열 번째였다. 캄캄한 데다 시간이 꽤 지체되었음에도 계속하는 까닭은 임무를 완수하기 위해서가 아니라 재소자들을 믿을 수가 없기 때문이었다. 선심이라도 쓰고 싶어 하루쯤 점호를 거르면 누군가 한 사람은 반드시 막사로 가서 신고를 했다. 밀고나 신고를 하면 혜택이 있어서라기보다 사람은 누구나 이기적이어서 그 속성이 전갈로 변한다는 것이 우루카기나의 판단이었다.

마지막 점호를 끝내고 돌아설 때였다. 횃불을 든 군인들이 막사 쪽으로 뛰어가는 것이 보였다. 긴급 상황이 생각보다 이르게 닥쳤다. 그는 강 쪽으로 걸어갔다. 물가에 도착하기도 전에 개들이 쫓아오는 소리가 들렸다. 그는 뛰지 않았다. 개는 후각만큼 청각도 예민하기 때문이었다. 개들이 미친 듯이 짖어대며 점점 다가왔다. 그는 물속으로 뛰어들었다. 횃불이 강바닥으로 달려오는 순간 그는 물속으로 머리를 숨겼다. 불빛이 얼른 떠나지 않았다. 수심이 낮아 물속의 자신이 보이는 것인가? 숨이 막혀 죽을 지경에도 그 생각을 했다. 마침내 불빛이 사라졌다. 고개를 쳐들어보니 군인들이 아래쪽으로 내려가고 있었다. 다행이었다. 물의 여신 니나의 신전은 강 북쪽이었다.

신전은 어둠 속에 웅크리고 있었다. 문이 굳게 잠겨 있어 안이 비었거나 드나드는 사람이 없는 것 같았다. 우루카기나는 돌아설까 하다가 헛수고 삼아 문을 두드려보았다. 삭발한 사제가 문을 열고 누구냐고 물었다.

"우루카기나입니다. 여기 내 친구가…."

"들어오세요."

사제는 문을 걸고 그를 신단 앞으로 안내했다.

"여기서 기다리십시오."

신단을 보니 신에게 올린 음식이라고는 빵 세 개와 물이 전부였다. 전에는 산해진미에다 맥주와 포도주, 기우제를 지내준 마을에서 가져온 보물이 그득그득 쌓여 있었다. 수로 덕에 번창해온 도시가 물을 관장하는 여신을 이처럼 초라하게 대접하다니, 우루카기나는 분노와 슬픔으로 가슴이 미어지는 듯했다.

공방 쪽에서 두바크가 나왔다.

"생각보다 늦었네. 아니 옷은 또 왜 이렇게 젖었나?"

"사냥개들 때문에 강으로 탈출했네."

"사냥개라면 기찰꾼?"

"진짜 개야. 그놈들 콧구멍이 고약할 정도로 정확하더라니까. 그래서 강으로 뛰어든 거지."

"고생이 많았네. 오늘은 푹 쉬고 회포는 천천히 풀도록 하세."

두바크가 오던 쪽으로 안내를 했다. 우루카기나가 말했다.

"자네들을 다시 보다니, 정말이지 잃어버린 황금을 되찾은 기분이네."

"타브루가 자네 얘길 했을 때 나도 똑같은 생각을 했네."

두바크가 어느 방 앞에 멈추더니 속삭이듯 말했다.

"오늘 밤은 허리를 조심해야 할걸세."

우루카기나가 방문을 열었다. 거기 아내가 있었다.

'부부가 긴 이별 뒤에 다시 만나면 첫 일성은 무엇일까? 관계 확인의 첫 순서는?'

우루카기나의 아내 페라르는 오래전부터 남편이 그리울 때마다 그런 생각을 해보았다.

'잘 있었소? 아이들은? 부모님은? 내가 그리웠소?'

페라르가 기대했던 첫 일성은 물론 '당신이 그리웠소'였다. 현실이 된 남편은 젖은 옷을 입고 말없이 서 있었다. 페라르 또한 말 대신 그에게 갈아입을 옷부터 내밀었다. 남편은 그제야 추위를 느끼는지 몸을 한번 떨고는 젖은 옷을 벗었다. 그리고 아내를 번쩍 안아 침대에 눕혔다.

벌써 한 시간이 지났다. 깰 생각이 없으니 푹 자게 두자. 남편이 코를 골기 시작했다. 잠이 오지 않는 아내는 어둠을 바라보며 독백을 했다.

"여보, 당신이 없는 사이 나는 남녀의 다른 점이 무엇인가, 그 생각만 했어요. 나 아니면 죽겠다던 당신이 어떻게 나를 떠나서 그토록 오래 살아갈 수 있나. 당신 없는 세상이 나는 또 왜 이토록 견디기 힘든가. 어느 날 문득 깨달아지더군요. 남자는 몽상가, 세상에 없는 것을 찾아다니고 여자는 사랑의 중독자, 늘 사랑에 취해야만 안심을 한다는 것. 내 친정어머니도 말했지요. 늙어도 그 중독에서 해방될 수 없는 것이 여자라고."

남편이 코 고는 소리를 멈추었다. 마치 자신의 얘기를 듣겠다는 듯이. 아내는 이야기의 방향을 약간 바꾸어보았다.

"집을 빼앗기고 '가난한 엄마의 정원'에 간 얼마 뒤였어요. 밤에 시아버님이 오셔서 아이들을 데리고 기르수에 있는 당신 외삼촌네로 갔어요. 우리 같은 집안의 아이는 노예로 데려간다니 그 전에 대피시켜야 한다면서요. 그 소문은 사실이었어요. 며칠 뒤 기찰이 와서 아이들을 찾는 거예요. 집에 없다니까 아이들 셋 모두 당신을 찾으러 우루크로 갔느냐고 윽박지르더군요. 난 그렇다고 대답했어요."

남편은 다시 코를 골기 시작했다.

"여보, 난 아까 하던 얘기를 끝내고 싶어요. 여자는 사랑의 중독자라는 것 말예요. 가난한 엄마의 정원에서 있었던 일이에요. 그곳의 여자들은 두 부류로 나뉘어 일을 해요. 빵 공장 일과 바느질인데 저는 바느질을 했어요. 군복과 후궁들 옷을 지었는데 저녁이면 마차가 왔어요. 빵은 수용소로 실어 가고 의복은 군영이나 후궁원으로 갖다 준다나요? 마부들이 물건을 실어 나르는데 그들이 여자들에겐 인기 만점이랍니다. 생각해보세요. 보는 남자라고는 그들뿐이었으니 꿈에서도 만난다는 말 이해할 수 있잖아요."

아내는 잠시 숨을 고른 뒤 다시 이었다.

"어느 날 점심시간이었어요. 한 여자가 자신은 한 마부를 짝사랑한다고 고백했어요. 낮에는 홀로 마음만 맺고 있지만 꿈에서는 갈대밭에서 만나 서로의 몸과 몸이 맺기도 한다고 말이에요. 한데 여보, 그 여자에게 어떤 일이 벌어졌는지 아세요? 간통한 여자로 고발이 된 거예요. 꿈에서 한 짓도 간통이라고 이빨이 다 깨져서 돌아왔어요."

코 고는 소리가 사라졌다.

'그새 듣고 있었나?'

아내는 얼른 뒷이야기를 끌어왔다.

"그래서 당신 제자 헨케르가 찾아왔을 때 문전박대를 했던 거예요. 당신이 언제 왔는지, 왜 직접 오지 않았는지조차 묻지도 못했던 거지요."

잠이 몰려왔다. 두바크 아내가 귀부인 차림으로 찾아와 관리인에게 돈을 주고 자기를 구해주던 일 등이 어른거리다가 사라져갔다.

5

 젊은 사제가 우루카기나를 신전 지하실로 안내했다. 내려가는 통로는 신단의 벽감 뒤에 있었다. 지하실 도형은 장방형으로 문도 없는 방들이 양옆으로 늘어서 있고 가운데는 넓은 공간이었다. 지방에서 기도하러 올라오는 사제나 기우제를 청하러 온 촌장들이 머물던 곳이었다. 사제가 뒤쪽을 가리켰다. 나무 책상에 두바크가 앉아 있었다.
 "신전 장인에게 부탁해서 새로 짠 것이네. 앉게."
 의자도 네 개였다. 친구 넷이서 역사 모임을 조직한 뒤 무엇이나 넷에 중요성을 두던 시절이 생각나 우루카기나는 미소를 지었다. 사제가 이야기를 나누라면서 나가자 두바크가 신전과의 관계부터 설명했다.
 "아까 그 젊은 사제가 우리 가게로 구걸하러 왔더군. 얘기를 시켜봤더니 전에는 공방 장인들이 방 하나씩 차지하고 돈을 벌어들였는데 그들마저 나가고 없다, 수입이 끊긴 것도 그렇지만 날마다 빈 방을 보는 것도 괴롭다고 하더군. 그래 내가 보리 열 가마니를 주고 빈 공간을 쓰기로 했는데, 와서 보니 특히 이 지하실이 마음에 들었어. 비밀 회합 장소로 말이야."

"숨어 있기도 좋겠는데? 미리 알았으면 타브루도 이곳으로 오게 할 걸 그랬네."

"이 일이 성사된 건 그가 떠난 다음 날이었어. 하지만 걱정 말게, 곧 불러올 참이니까."

문득 타브루가 하던 말이 떠올랐다.

"우린 선동을 했어. 시청 앞으로, 시청 앞으로! 이튿날 아침이면 대다수의 벽보는 사라지고 없었어. 그럼에도 4, 5백 명쯤 모인 적이 있었지…. 그다음 날 루갈란다가 선포를 했어. 라가시 전체를 수용소로 만들겠노라고."

우루카기나가 깊은 눈길로 친구를 바라보며 말했다.

"도시 전체가 수용소가 되는 것도 모르고 나는 밖에서만 있었다니…."

"학교는 자네가 떠난 두 달 후에 문을 닫았네. 그즈음 퉁가슈도 시청에서 쫓겨났고, 우린 거의 매일 만났지. 선동문도 우리 집에서 타브루가 썼어. 모친이 아껴둔 천을 이용해서 말이네. 다섯 번쯤 붙였지만 성공하지 못했다네. 감시가 워낙 심했어야지. 우선 살아남는 것도 중요하겠기에 퉁가슈는 원거리 상인으로 나서고, 나는 큰아버지 도움을 받아 보석점을 열었던 거라네."

"그리고 타브루는 검거되어 수용소로 갔다?"

"내 짐작엔 선동문 필체가 문제였던 것 같아. 너무도 명필이었거든. 신분이 선생들이라는 것에 초점을 맞추고 타브루를 데려다 필체를 대조했던 거야."

"놈들은 주모자나 동조자도 다그쳤을 텐데?"

"그가 끝끝내 함구를 했어. 그 덕에 우린 무사했던 거고. 자넨 타브루만 수용소에 간 것이 못마땅하겠지만, 우리도 그 친구를 빼내려고 애 많이 썼다네. 금화도 준비했고. 한데 본인이 극구 거절하는 거야. 자신은 수용소에 있어야 안전하다나 어쩐다나. 그는 시인이 아닌가. 내 생각엔 수용소 체험을 원했거나 운명의 색깔을 연구하기 위해서였던 것 같아."

자신이 만났을 때 타브루는 무척 비참해 보였다. 그때 그가 바라보던 운명의 색깔이 그랬던 것일까? 어쨌거나 참으로 그다운 태도였다. 인생의 모든 것이 연구 과제라면 자신이 머무는 곳은 거기가 어디든 탐구 대상일 것이다.

"그리고 퉁가슈는?"

"며칠 전에 돌아왔어. 하지만 자네에 대해 알리지 않았네."

"그래야 할 이유라도 있나?"

"그는 궁전 소속 상인으로 등록이 되어 있네. 그땐 그래야 나가기가 쉬웠지. 그런 까닭에 궁전 물건을 의무적으로 사 와야 하네. 이번에도 위수병 대장에게 물건을 가져갔다가 자네를 체포하겠다는 말을 들었다는 거야."

우루카기나는 만약 자기가 떠나지 않았다면 지금 어떻게 되었을까, 그것이 잠깐 궁금했다. 두바크가 계속했다.

"타브루가 기르수로 떠나던 날 이런 말을 하더군. 하늘을 나는 새에게도 우두머리가 있고 바다를 건너는 배에도 키잡이가 있듯이 우리에게도 그런 인물이 필요하다…. 그 역할을 나에게 부탁했는데 자네 생각은 어떤가?"

"자넨 모든 것이 안정되어 있는 데다 재력까지 겸했으니 아주 적임자일세. 나도 힘 닿는 대로 돕겠네."

두바크가 의자에서 일어나며 말했다.

"고맙네. 이제 천신전으로 가보세."

"천신전으로?"

"자네가 타브루한테 말했다면서? 비밀 청년단을 모으고 훈련을 시켜야 한다고. 오늘 천신전에서 그와 비슷한 회의를 한다네."

우루카기나는 자기 혼자서 '미래 만들기'라는 깃발을 들고 황무지가 된 도시를 달리게 될 줄 알았는데 그렇지 않다는 것이 우선은 안심이 되었다.

군장은 매우 고무되어 있었다. 처음에는 사제들을 훈련시키자면 먼저 자질 검증이 필요하다고 생각했다. 최초의 신전 기사로 이름을 떨친 우루크 여신전에서도 기사들의 손놀림까지 테스트를 했다고 했다. 무기가 없거나 놓쳤을 경우 손과 발로 싸워야 하기 때문이다. 그러나 이곳 사제들은 그럴 필요가 없었다. 미리들 연습해두어 손과 발놀림이 유연했고 무기 사용도 대체로 날렵해 자세와 정확도만 잡아주면 되었다. 그럼에도 그는 늘 강조했다.

"최고의 스승은 연습과 훈련이다!"

표창 훈련이 끝나고 맨주먹으로 급소 치기를 연습할 때 세갈라가 우루카기나와 두바크를 데리고 들어왔다. 군장은 깜짝 놀랐다. 전쟁 때 루갈란다를 고발해야 한다고 주장했던 선생들이었다. 시민들의 안녕을 책임져야 할 시장이 먼저 피신한 것은 말도 안 된다고 결기를 세우던 장본인들이었다. 그때의 일을 되돌아본다는 것은 고통이지만 선생들을 다시 만났다는 것은 기막히도록 반가운 일이었다.

그는 두 사람을 차례로 포옹했다.

"이거 꿈이 아니오? 정의의 사도들을 다시 만나다니!"

우루카기나는 그가 너무 고지식해서 루갈란다에게 당하긴 했지만 근본적으로 책임감이 강한 사람이라는 것을 알고 있었다.

"여기서 뵙다니 신의 뜻인 것 같습니다!"

"정말 그런 것 같소. 도시가 이렇게 된 것은 내 책임이 크고, 그래서 그 채무에 생명을 바치려고 되돌아왔던 것이오. 한데 그대들까지 만났으니…."

세갈라가 알렸다.

"이제 회의실로 가지요."

회의실로 들어서자 쌍둥이 형이 먼저 달려 나와 우루카기나를 얼싸안았다. 그는 우루카기나가 갑자기 사라져 무척 걱정했다고 말했다. 여인숙 주인도 그랬다.

"수용소를 그만두게 하려고 그쪽으로 가는데 방이 붙었지 뭡니까. 어디로 갔는지 알 수도 없고, 참 애 많이 태웠습니다. 헨케르가 알려주지 않았다면 지금쯤 우리들 간은 다 타버렸을 것입니다."

두바크는 사람들이 모두 우루카기나를 잘 알고 있다는 사실이 의아했다. 그들은 이미 친밀한 사이였다.

'우루카기나는 귀환한 지 얼마 되지도 않았는데 언제 그런 인맥을 만든 것일까?'

어제 일이 떠올랐다. 다시 보석을 빌리러 왔던 헨케르가 두바크에게 나지막한 목소리로 말했다.

"우루카기나 선생에 대한 방이 붙었어요. 기찰도 심해요. 그런데… 선생님과도 단짝이셨죠?"

두바크는 껄껄 웃으며 말했다.

"걱정 말아라. 그 선생은 안전하시다."

두바크의 설명을 들은 헨케르는 사뭇 진지한 얼굴로 이렇게 덧붙였다.

"다행이네요. 선생님, 요즘은 저항 기류가 급속히 확산되고 있어요. 사제들, 시민들, 전임 군인들까지 합류하고 있는데, 내일이 그 총회랍니다. 행동 지침은 물론 총지도자도 뽑는다니 우루카기나 선생님을 모시고 꼭 참석하세요."

두바크는 민간인 부분에서 지도자를 뽑는다면 여건상 자기가 될 확률이 높아 마음의 준비를 했던 것이다. 모두 자리에 앉자 세갈라가 식순을 열었다.

"오늘은 지도부가 정식으로 출범하는 날입니다. 먼저 단체명과 의장을 뽑은 뒤 투쟁 방향과 방법에 대한 토론을 할 것입니다."

두바크가 물었다.

"지도부를 출범하기 전에 그간의 활동에 대해 좀 설명해주실 수 있습니까?"

"처음 만나는 분이 계시니 동기부터 말씀드려야 할 것 같습니다. 고명하신 역법 박사께서 루갈란다가 5년간 지배하면 도시가 멸망한다는 예언을 남기고 돌아가셨습니다. 그 기한에서 일 년 6개월을 남겨둔 그날 전후로 루갈란다와 싸울 사람들이 돌아오거나 모이기 시작했습니다."

쌍둥이 형이 끼어들었다.

"지금 돌이켜보면 그런 일련의 현상은 도시를 구하라는 신의 계시거나 운명이었다는 생각이 듭니다."

"그래서 저항 세력이 형성되기 시작했는데 그것이 불과 2, 3개월입니다. 이 기간 동안 군장은 기사단을 만드는 등 군력의 근간을 세웠고, 사제들은 한 끼를 굶어 쇠붙이 구입에 힘을 보태고 있고, 민간인들은 시민들 속에 파고들어 부지런히 동지를 모으는 중입니다. 이에 지도부도 열 명이 넘으니 작은 정부로 출발하기에 무리가 없다는 것이지요."

두바크는 우루카기나가 루갈란다와 싸우기 위해 돌아왔다면 어째서 그가 수용소 감독이 되었는지 알고 싶었으나 물어볼 기회를 잡지 못했다. 세갈라가 먼저 입을 열었기 때문이다.

"이제 단체명에 대한 의견들을 말씀해보시지요."

두바크가 첫 번째로 말했다.

"짧은 기한에 그만큼이라도 세력을 키워왔다면 혁명정부로 발족해도 큰 무리는 없을 것입니다."

여인숙 주인이 반대 의견을 내놓았다.

"너무 거창하지 않습니까? 시민 봉기나 의거로 초점을 맞추지요."

"우리의 저항 목적이 루갈란다를 제거하고 새 정부를 세우는 것이지 않습니까? 그렇다면 혁명정부가 가장 합당할 것입니다."

우루카기나도 두바크 의견에 동의했다.

"저도 두바크 선생의 의견이 옳다고 봅니다. 시민 봉기나 의거는 전적으로 시민들의 힘에 의존해야 합니다. 루갈란다는 시민들이 앞서거나 깡깡대는 일에는 눈 하나 깜짝할 위인이 아닙니다. 우리 지도부는 시민을 앞세우는 것이 아니라, 이끌고 함께 가야 하므로 정부의 성격을 띤 단체명이 필요합니다."

"혁명정부에 대한 소문이 난다면 저들은 당장 파괴하려 들 것입니다. 혁명의 깃발을 세우기도 전에 짓밟힐 수 있다는 것이지요."

"혁명정부는 혁명이 성공했을 때 쓸 수 있는 명칭이 아닐까요? 우리 처지에 가장 무난한 것은 반정부 같은데…."

"우리가 뜻을 합한 것은 혁명을 성공시키기 위해서가 아닙니까? 미래의 성공을 조금 앞당긴다 생각하고 혁명정부로 결정하지요. 소문이 두려우면 대외적으로는 비밀에 부치면 됩니다."

세갈라가 혁명정부로 정했음을 선언한 뒤 이제 의장을 뽑자고 말했다. 사회자가 추천자를 거명해달라고 하지 않았는데도 우루카기나가 먼저 나섰다.

"우리의 과업은 도시와 시민의 주권을 되찾아주자는, 일종의 시민혁명이기도 합니다. 그렇다면 우리의 의장도 민간인이어야 합니다. 가장 적합한 인물로 저는 두바크 선생을 추천합니다."

모든 사람의 얼굴에 난색이 드러났다. 마음의 준비를 하고 있었던 두바크 자신까지도 그랬다. 쌍둥이 형이 우루카기나에게 물었다.

"갑자기 죄송한 질문인데요, 우루카기나 선생께서는 생월이 언제이십니까?"

"정말로 갑작스러운 질문이군요. 왜 그러시는지 물어봐도 되겠습니까?"

"큰 실례가 아니라면 먼저 대답해주시지요."

"8월 8일입니다."

쌍둥이 형이 세갈라를 향해 크게 고개를 끄덕였다. 세갈라가 우루카기나의 질문에 대신했다.

"우리는 두바크 선생의 자질에 대해서는 한 치의 의심도 없습니다. 그러나 역법 박사께서 8월생의 불덩이라야만 루갈란다의 음기를 깡그리 태울 수 있다고 예언하시고 돌아가셨습니다."

우루카기나가 나섰다.

"스승께서 그런 예언을 남기셨다면, 그 당자는 제가 아닐 것입니다. 아시다시피 저는 외지에서 오래 있었습니다. 그동안 도시에서 무슨 일이 있었는지도 다 알지 못하는데 어떻게 총책을 맡을 수 있겠습니까?"

"의장직은 감투가 아니라 사명입니다. 아버님께서 자객의 칼을 받으면서도 지키려 하셨던 서판, 거기에 새 지도자의 운명을 기록해두신 것입니다."

"정 그렇다면 저는 2대를 맡겠습니다. 초대는 두바크 선생을…."

두바크가 우루카기나의 손을 눌러 잡고 힘주어 말했다.

"이제 결정이 났습니다. 우리의 의장님은 우루카기나 선생이십니다. 박수로 통과의례를 합시다!"

뜻밖의 상황이었다. 우루카기나는 고개를 저었다. 하지만 그를 제외한 모든 사람들이 자리에서 일어났다. 아무리 예언이라 해도 우루카기나는 자신에게 주어진 역할을 쉽게 수긍할 수 없었다. 의장은 자신처럼 타지에 나가 있던 사람이 아니라 폭정 아래서 저항을 꿈꾸었던 사람이어야 한다고 생각했다. 그는 두바크를 바라보았다. 두바크마저 마음을 굳힌 것만 같았다. 두바크가 먼저 박수를 치자 다른 사람들도 박수를 치기 시작했다. 박수 소리는 점점 더 커졌다. 그가 수락하지 않는다면 언제까지고 이어질 것만 같았다. 그를 바라보는 사람들의 눈빛도 결연했다. 그는 더 이상 고사할 수 없음을 인정했다. 그가 천천히 고개를 끄덕이자 사람들의 입가에 환한 미소가 떠올랐다.

"여러분의 뜻이 그러하다면 의장직을 맡도록 하겠습니다."

의장직을 수락한 우루카기나가 처음으로 회의를 집전했다.

"예언대로라면 일 년 3개월이 남았습니다. 하지만 우리는 일 년 이내로 종결해야 합니다. 아까 듣기로 군장께서 군력의 근간을 만드셨다고 했는데 앞으로의 진행에 대해 얘기해주십시오."

"근간이라고 했지만 지금으로선 사제들로 이루어진 기사단 50명이 전부입니다. 제가 연락만 하면 광산 수용자들이 대거 탈출해 올 것이고 그렇게 되면 도합 1백50명이 됩니다. 그 인원으로는 정부군에 대항할 수 없습니다. 제 생각에는 지도부의 첫 사업은 시민군 모집에 주력해야 한다는 것입니다."

우루카기나가 물었다.

"지금 라가시 인구는 얼마나 됩니까?"

"지방 인구까지 해서 6만 5천입니다."

"그중 4, 5만은 분노를 품고 있겠지요? 그 분노를 규합하거나 저항 세력으로 전환시킨다면 군력에 도움이 되지 않을까요?"

"그런 일은 시간이 오래 걸립니다. 크게 도움도 되지 않고요. 우리에게 필요한 것은 전문적인 군사력입니다."

군장에 이어 여인숙 주인이 나섰다.

"성안에는 열두 개의 마을이 있습니다. 마을마다 저항 세력을 심어 시민군을 찾는다면 빠른 시일 내에 원하는 인원수를 확보할 수 있을 것입니다."

그때였다. 헨케르가 헐레벌떡 들어와 급하게 알렸다.

"후궁원의 다비나가 체포되었습니다!"

세갈라는 천신전보다 꿈의 신전 성물을 먼저 찾기를 원했으나 헨케르가 가져온 것은 천신전의 것이었다. 그는 헨케르에게 루갈란다의 종말을 예고받은 것은 꿈의 신전 사제였다, 그에게 성물을 찾아주면 루갈란다의 종말에 대해 더 구체적으로 알 수 있을 것이라고 했더니 다비나가 그럼 오늘 다시 들어오라고 했고 헨케르가 가보니 위수병들에게 잡혀 가고 없더라는 것이었다.

"무슨 일로 왜 잡혀 갔는지는 알 수 없습니다만, 병영으로 끌려갔다고 시녀가 말해주었습니다."

세갈라는 군장을 바라보았다. 도움을 요청하는 간절한 눈빛이었다. 군장은 고개를 저었다.

"기사단 인원으로는 궁전의 병영을 치고 들 수가 없습니다. 그러나 몇 명의 유격대를 보낼 수는 있을 것입니다. 죽을 각오를 하고 말입니다."

이번에는 세갈라 자신이 고개를 저었다.

"잘못하면 우리를 노출시킬 수도 있겠지요. 이 일은 없던 일로 하고 회의를 계속하지요."

아무도 입을 여는 사람이 없었다. 그러나 마음속으로는 모두가 똑같은 말을 외치고 있었다.

시민군 양성이 시급하다!

6

뚱보 내시의 여동생이 긴 하소연을 했다.

"예전에는 전하께서 저를 가장 예뻐하신 것은 오라버님도 아시잖아요. 하루도 날 보지 않으면 사타구니에 가래톳이 선다는 말도 하셨어요. 다른 후궁을 보더라도 다음 날은 반드시 저를 찾으셨는데 지금은 벌써 몇 달째 발걸음을 끊으셨어요."

뚱보 내시는 위기감을 느꼈다. 다른 후궁들은 임신을 해서 저택과 많은 농토를 받기도 했는데 자기 여동생에겐 아직 태기도 없는 데다 왕의 발걸음마저 끊겼다면 앞날이 매우 불안하다는 뜻이었다.

"그 까닭이 무엇인 것 같으냐?"

"다비나인가 그년에게 빠지신 이후 이렇게 되었어요. 소문에는 왕께 미약을 먹이고 칠현금을 뜯으며 왕의 혼을 뺀다고 해요. 그 방에 갔다 오신 날은 정신을 차리지 못한답니다."

칠현금을 뜯는 후궁이라면 며칠 전 연못가에서 본 그 여자가 분명했다. 그때 여자는 외간 남자와 연못에 있었다.

"그 후궁만 없으면 왕이 네 곁으로 돌아올 것 같으냐?"

"이대로 묻혀버릴 수는 없잖아요. 오라버님께서 그년을 처리해주신다면 다시 기회를 잡을 수 있어요."

후궁원도 하나의 권력 사회여서 암투와 질시가 끊임없이 일어나지만 근본 원인은 질투심이 아닌 자기 존재의 위기감 때문이었다.

"알았다. 네 방에 가 있어라."

뚱보 내시는 홀로 서성이며 골몰했다. 교역선을 타고 물품을 사러 갔다 왔을 때도 정직하게 돈주머니를 갖다 바친 것은 동생에게 더 많은 사랑과 관심을 주라는 뜻이었다. 동료 내시가 다비나를 데려왔을 때도 선뜻 받아들인 것은 예인이라 왕을 더 즐겁게 해줄 것이기 때문이었다. 자신의 믿음과 충성심이 왕께로만 향하는 동안 여동생은 그늘로 침몰해갔다면 이제라도 왕의 관심을 동생에게로 돌려야 한다. 그는 서둘러 방을 나갔다. 마땅한 방법이 생각난 것이었다.

다비나는 더운물에 사프란 꽃술을 띄웠다. 마법사들은 줄기와 잎을 사용해 환각을 불러오지만 다비나가 즐기는 것은 은근히 취하게 하는 꽃술이다. 물이 알맞게 더운지 꽃술에서 붉은색이 곱게 우러났다. 한 시간쯤 후면 헨케르가 올 것이다. 어젯밤 몸소 연못에 들어가 성물 하나를 건져 초입 쪽으로 옮겨두었으니 헨케르는 옷이 젖지 않고도 가져갈 수 있을 것이다.

차를 마시자 마음이 가라앉았다. 다비나는 시녀를 불러들였다.

"얘야, 문 앞으로 나가 있으렴. 장신구 장사가 올 것이다. 내가 보석 팔찌를 부탁했단다. 적당한 것이 있으면 너도 하나 사줄 테니 그분을 기다렸다가 이리로 모셔 오렴."

시녀가 꽃보다 더 환하게 웃으며 깡충깡충 뛰어나가자 다비나는 칠현금을 켜며 노래를 부르기 시작했다.

"당신은 나에게 완벽한 남자, 더도 덜도 아닌 꽉 찬 남자, 내 생애에 가장 큰 행운이 뭔지 아시나요? 당신을 가졌다는 것, 바로 그것이랍니다. 난 결코 나의 이 행운을 뺏기거나 놓치지 않을 거예요. 때가 오면, 좋은 날이 오면…."

누군가가 방으로 들어섰다. 뚱보 내시였다. 눈빛도 얼굴도 싸늘한 것이 자기 노래를 들었는가? 그러나 노래일 뿐인데…. 다비나가 칠현금을 놓고 인사를 하는 순간 위수병 둘이 뛰어들어 다비나를 잡아챘다. 악기가 바닥으로 나동그라졌다.

'칠현금의 현에는 내 영혼과 사랑이 스며 있어. 저걸 놓치면 안 돼!'

다비나가 악기를 잡으려고 팔을 뻗치자 위수병이 따귀를 후려치며 오랏줄로 두 팔을 묶었다.

'뭔가 크게 잘못 돌아가는데 원인이 뭔가? 헨케르의 신분이 발각되었나?'

위수병이 다비나의 등을 밀었다. 끌려가는 곳은 내시관이 아닌 궁전 쪽이었다. 연못 앞을 지날 때 다비나는 종려나무를 바라보았다. 성물은 그 앞쪽 물속에 있다. 헨케르에게 그 말을 해줄 수 없다는 것이 가슴을 조여와 답답했다.

위병소 취조실에 다비나를 처넣고 뚱보 내시가 채찍을 들었다. 그는 굳이 위병소 군인을 대동할 필요가 없었다. 후궁 관리는 자기들 일이었고 생살여탈권도 자신들에게 있었다. 그럼에도 위병소에 고발한 것은 만에 하나 왕이 다비나에게 미련을 두고 있을 경우 증거를 남겨두기 위해서였다.

"너는 전하를 모시는 후궁이다. 그럼에도 감히 외간 남자를 끌어들였다. 그 사내가 누구냐?"

"외간 남자라니요, 억울하옵니다. 감히 어디라고 제가 그런 방자한 생각을 하겠사옵니까?"

"이년, 어디서 시침을 떼느냐? 어서 이실직고하지 않으면 넌 여기서 살아서 나갈 수가 없다. 그래 그놈과는 언제부터 내통했느냐?"

"소녀 정말 모르는 일이옵니다. 어떻게 제가 이런 누명을 쓰게 되었는지 그것이라도 알고 싶사옵니다."

"누명이라? 일전에 연못에서 만난 그놈은 누구냐? 수시로 후궁을 드나들며 널 만난다는 것을 여러 후궁들이 알고 있는데, 그래도 누명이냐?"

"그는 장신구를 파는 장사꾼일 뿐이옵니다. 지엄하신 전하를 모시는 몸이 어찌 하찮은 장사꾼과 내통을 하겠습니까?"

"장사꾼을 후궁 뒤뜰까지 불러들였다? 그곳은 외간 남자들의 통제 구역이 아니더냐. 너는 그가 친척이라면서 뒤뜰로 데려갔다고 했다. 본 사람이 많은데도 시침을 뗄 참이냐?"

'헨케르를 친척이라고 했던가? 그렇다면 한사코 신분을 밝히려 들 것이다.'

다비나는 애절한 목소리로 애원했다.

"이건 누군가가 누명을 씌운 것입니다. 현명하신 내관님께서 진실을 밝혀주십시오. 정말 억울합…."

억울함을 호소하자마자 채찍이 날아왔다. 특히 입을 겨냥해 사정없이 갈겼다. 이빨이 깨지고 목소리는 놀라 달아나는데 비명도 나오지 않았다.

'그렇구나. 이 내시의 여동생이 후궁이다. 이전에 왕의 사랑을 받았던 그 여자!'

뚱보 내시는 광대 춤을 추듯 채찍을 휘둘렀고 다비나는 자기가 죽기 전에는 채찍이 멈추지 않을 것임을 알아차렸다.

'어제도 왕을 죽일 수 있었는데 그 기회를 놓치고 말았구나.'

다비나는 한탄과 함께 혀를 깨물었다.

해가 떠올랐다. 궁전에서 나온 마차가 공동묘지에 시체를 던지고 갔다. 후궁들이 죽으면 묻히는 곳이었다. 이른 시간이라 아직 관리자가 없었다. 밭둑에서 한 남자가 몸을 일으켰다. 세갈라였다. 그는 곧 공동묘지로 가서 시신 앞에 섰다. 시신의 복부 위에는 서판 하나가 놓여 있었다. '후궁 다비나'라고 적혀 있었다. 그는 서판은 던지고 시체만 들쳐업은 뒤 공동묘지를 떠났다.

해가 정면에서 그를 비추었다. 다비나의 얼굴이 그의 얼굴 쪽을 보고 있었다. 입술은 흔적이 없고 그 자리에서 피만 뚝뚝 흘러내렸다.

'심하게 항의를 했던 모양이구나.'

세갈라는 멈추어 서서 그 입술에 키스를 했다.

'미안하다, 너를 희생시킨 나를 용서해라.'

다비나가 천신전에 왔던 때가 떠올랐다. 나이 열 살 때였다. 아이는 활발했고 장난을 좋아했다. 사제들이 기도실에서 명상을 하고 있으면 살며시 들어와 사제들의 얼굴을 들여다보고 다녔다. 처음에 사제들은 아이의 무례함을 나무라기도 했으나 이윽고 그 해맑은 얼굴 앞에 두 손을 들어버리고 말았다. 다비나가 열두 살 때는 등 뒤에서 세갈라를 껴안았다가 도망치기도 했다. 세갈라가 동방의 성지 순례를 하고 돌아오자 다비나는 벌써 16세가 되어 있었다. 그의 귀환 축하연에서 칠현금을 켜던 다비나가 생생하게 떠올랐다.

'그날 너는 연주가 끝나자 곧 숨어버렸지. 그때 나는 알아차렸단다. 네가 얼마나 나를 기다려왔는지를.'

어느 날 밤 다비나가 그의 침실로 들어왔다. 살며시 이불 속으로 기어들던 다비나의 가슴은 새처럼 할딱였으나 그가 살며시 안아주자 거짓말처럼 잠이 들었다.

그런 다비나가 이제는 죽은 몸으로 그의 품에 안겼다. 다비나의 심장이 켜는 부드러운 멜로디를 더 이상은 들을 수 없다니…. 다비나의 몸에서 피가 흘러 그의 이마로 흘러내렸다. 차카웠다. 그는 피를 닦지 않았다. 그의 눈물과 다비나의 피가 한데 섞여 얼굴을 적셨다. 햇살이 조문을 했고 새들이 추도사를 읊었다. 세갈라는 하늘을 올려다보았다. 다비나가 떠나갔는데 어쩌자고 하늘은 저토록 맑을 수가 있단 말인가. 그는 다비나를 안은 채 휘청거리는 걸음으로 사제들의 묘지를 향해 걸었다.

사제들 묘지에 도착한 세갈라는 다비나를 조심스럽게 내려놓았다.

'여기가 최후의 안식처로구나. 다비나야, 다비나야, 너를 이곳에 묻어야 하는구나.'

그는 다비나의 머리를 들어 올렸다.

'준비해 온 은화와 콩 세 알을 입에 넣어줘야 하는데 오, 다비나 너의

입은 어디에 있느냐?'

그는 조심스럽게 살점을 헤집고 은화와 콩을 물려준 뒤 땅을 파기 시작했다. 그의 눈에서 피눈물이 흘렀다.

'다비나, 좋은 세상이 올 때까지 기다려다오. 그때 너의 비문을 써주마. 음악인 다비나는 천신의 성물을 되찾고 순교했노라고.'

우루카기나의 사람들

라가시 시민은 귀족, 평민, 하층민, 노예로 구분되었고
장인이나 교사 등의 중산층은 평민에 속했다.
하층민은 신전이나 귀족에 귀속되어 그들이 준 작은 땅을 부쳤고
자유민도 법을 어기거나 몰락하면 노예가 되었다.

— S.N. 크레이머 —

1

섬약해 보이는 타브루는 의외로 강단이 있어 일에 몰두하면 며칠씩 밤을 새우기도 했다. 영 지치면 앉은 자세로 한 시간쯤 잔 뒤 다시 털고 일어나 일을 계속했는데 이번에는 닷새째 한잠도 자지 않고 대장간 일을 했다. 라가시로 가져갈 무기를 만들기 위해서였다. 우루카기나 외사촌들이 변두리까지 돌며 안 쓰는 칼과 연장을 사들였고 그 연장을 녹여 단도와 표창을 만들었다.

전에 그는 자기에게 주어진 상황은 무엇이나 받아들였고 주로 감정과 느낌의 색채를 건지고자 했는데 우루카기나 외삼촌의 농원에 와서 좀 달라졌다. 자벌레를 본 이후였다. 자벌레는 자리를 옮길 때 한 걸음에 자기 키만큼 앞으로 나갔고 그 행진에는 한 치의 실수도 없었다.

그는 무기를 만드는 과정을 배울 때도 자벌레 이론을 적용해 '자신의 키만큼 습득하되 한 치의 실수도 없이' 해왔다. 지금은 쇠를 녹이고 그 쇳물을 주형틀에 붓거나 식은 다음 담금질과 벼리는 일까지 스스로 해낼 수 있으며 초보자에겐 가르칠 수준에 도달했다.

마차에 열 개의 무기 상자가 실렸다. 어둑할 무렵이었다. 외사촌들이 갈대로 상자를 덮고 그 위에 보릿자루를 올렸다. 이제 노끈만 두르면 출발 준비는 끝난다. 타브루는 자기 방에 가서 자루를 들었다. 그 속에는 그간의 일을 기록한 서판들이 들어 있었다.

밖으로 나오니 페라르가 자식들과 작별을 하고 있었다. 이번에는 장남 헌투만 데려가고 둘째와 딸은 남아야 했다. 딸은 제 어미를 잠시라도 더 잡아두려고 오랫동안 포옹을 풀지 않았다. 타브루가 모녀를 비켜 마차로 가자 헌투가 마부석에 앉아 있었다. 그가 뒷자리에 앉을 때 페라르도 달려와 마차에 올랐다. 헌투가 채찍을 들자 두 필의 말이 동시에 움직였다. 주막에서 자고 가도 내일 밤에는 라가시에 도착할 것이다.

잠에서 깨어보니 달이 서쪽으로 가 있었다. 내처 잤던 모양이었다. 타브루가 등을 세우고 헌투에게 말했다.

"말도 좀 쉬게 해야 할 텐데."

"날이 밝으면 주막에 들도록 하지요. 거기서 자고 오후에 출발해야 밤을 통해 도시로 들어갈 수 있습니다."

"좋은 생각이네. 이제부터 내가 마차를 몰 테니 자리를 바꾸세."

"오늘은 제가 몰겠습니다."

헌투는 열아홉 살 청년이다. 세상의 모든 일을 다 해보겠다는 듯 무술 연습은 물론 지방 순회 때도 빠지지 않고 따라다녔다. 타브루는 그를 볼 때마다 자기 인생의 결손을 떠올렸다. 결혼을 하지 않은 것, 아내와 자식을 가져보지 못한 것, 친구들 중 오직 자기만 놓쳐버린 것들이었다.

'친구의 자식은 나누어 가질 수 있다. 그러나 아내만은 어떤 경우에도 나눌 수가 없다….'

타브루는 소리 없이 후후 웃다가 옆자리에 앉은 페라르를 보았다. 머플러에 넓은 후두까지 눌러쓴 것이 얼핏 보면 남자 같았다. 말을 타고 연락책으로 달려온 페라르는 두 가지 지시를 전했다. 단도와 표창을 만들라는 것과, 타브루와 헌투는 돌아와 지도부 일을 도우라는 것이었다. 페라르가 담요를 꺼내 아들의 어깨를 덮어준 뒤 그에게 물었다.

"춥지요? 양털 옷이 있는데 드릴까요?"

"아니오, 제 외투도 털옷입니다."

페라르가 움직일 때 여인의 향내가 전해져왔다. 학창 시절 잠깐 짝사랑했던 일이 떠올랐다. 하긴 스승 집에 드나들던 제자치고 한 번쯤 페라르를 좋아해보지 않은 이도 없었을 것이다. 문을 열어주는 사람은 대부분 페라르였고, 그때 눈이라도 마주치면 소년들은 우주라도 공유한 듯한 환상에 빠져버리기도 했다. 그렇게 각자가 자기 환상을 키우고 어루만지고 있을 때 우루카기나가 고백했다. 페라르와 갈대밭에서 만났다고. 얼마나 충격이던지 그때 그는 녀석과 두 번 다시 상종하고 싶지 않았다. 타브루가 혼자 웃다가 불쑥 제안했다.

"무료한데 이야기나 할까요?"

"그러지요. 그간 너무들 바쁘셔서 얘기할 짬도 없었지요."

헌투가 돌아보며 청년 규합에 대한 이야기를 해드리라고 권했다. 그 모든 내용은 자루 속 서판에 있지만 페라르에게 알려주는 것도 나쁠 것 같지 않았다.

"외시촌들이 청년들을 규합한 과정은 대충 아실 것입니다. 기존 청년회가 있어서 인원을 모으는 데도 별로 어렵지 않았고요. 처음에는 단체 하나를 따로 발족해 무술단을 만들 생각이었는데 모두들 반대했답니다. 성주 귀에 들어가거나 어른들이 오해할 수도 있다기에 그냥 청년회 산하의 무술단으로 꾸렸습니다. 헌투도 단원이었는데 일류 사범한테 훈련을 받아 실력이 꽤 좋답니다."

헌투가 끼어들었다.

"인원수에 대한 이야기도 하셔야지요."

"농번기가 끝나자 변두리 청년들도 대거 몰려왔어요. 무술을 배우겠다고 말입니다. 지방에서야 일류 사범을 만나기도 힘들지 않습니까?"

헌투가 다시 끼어들었다.

"그들도 무기만 주면 다 혁명군이 될 수 있어요, 엄마."

패라르가 웃으며 말했다.

"너도 인원수는 말하지 않는구나."

"1백20명이오!"

두 남자가 똑같이 대답하자 그 모습이 천진난만해 보였는지 페라르가 손으로 입을 가린 채 풋 하고 웃었다. 타브루는 무안한 듯 헛기침을 한 번 하고 말했다.

"우리는 지방 운동도 했어요. 안티수라, 가나우기에 연합 조직을 만들고 필요한 곳에서는 강연회도 열었지요. 이렇게 빨리 떠날 줄 알았으면 후원군부터 만들어두는 건데, 그게 좀 아쉽네요."

"아저씨들이 그 일을 한댔어요."

헌투의 말에 타브루가 고개를 끄덕였다. 마을마다 정의로운 청년은 많았지만 거의가 호국단 차원이었다. 그들을 혁명군으로 바꾸자면 우선 의식화 교육이 이루어져야 했다. 타브루는 자신도 모르게 한숨을 내쉬었다.

주막에서 낮 시간을 다 보낸 뒤 오후에 길을 나섰다. 다섯 개의 성문 중 북문만은 항상 열려 있었고 그곳을 자정쯤 통과할 예정으로 천천히 말을 몰아가는데 저만치 앞에 사람들이 길을 막고 누워 있었다. 말이 멈추어 서자 누워 있던 사람들이 우르르 일어났는데 저마다 복면을 하고 있었다.

타브루가 소리쳤다.

"강도다! 방향을 틀어라!"

"갈 길이 없습니다! 양옆은 밭이고요!"

"밭으로 가! 일단 피하라고!"

헌투는 밭 쪽으로 방향을 틀고 힘껏 채찍질을 했다. 놀란 말들이 발을 뻗대다가 밭으로 뛰어들었다. 사내들도 따라오며 돌멩이를 던졌다. 마차 바퀴가 밭고랑에 빠져대는 바람에 거리는 점점 좁혀졌다.

"다시 방향을 틀어!"

말이 한길 쪽으로 방향을 잡는 사이 한 사내가 마차 뒤로 바짝 다가들었다. 말이 밭둑을 뛰어오르자 마차가 기울면서 곡식 포대 하나가 떨어져 나갔고 사내는 그 포대를 안고 나자빠졌다. 나머지는 마차를 잡으려고 쏜살같이 달려오는데 모두 열 명이었다.

"이럇! 이럇!"

헌투는 불이 나도록 채찍을 가했고 말들은 죽을 둥 살 둥 내달렸다. 간격이 벌어지자 강도들은 다시 돌을 던져댔다. 감자만 한 돌로 점토를 불에 구운 것이라 머리에 맞으면 죽을 수도 있었다. 타브루는 페라르의 머리를 급하게 감싸 안고 거듭 소리쳤다.

"빨리! 더 빨리!"

안전거리로 빠져나왔을 때 타브루가 일행을 살폈다. 헌투는 혼겁을 했는지 채찍을 잡은 손이 여태도 떨렸고 페라르는 고개를 푹 숙이고 있었다. 다행히 돌을 맞은 사람은 자신뿐이었다. 그는 욱신거리는 어깻죽지를 꾹꾹 누르며 말했다.

"저 강도들은 애초 성안 사람들이었어요. 재산을 빼앗기거나 일자리를 잃은 자들이 이 부근에 모여 살며 지나가는 행인이나 마차를 털어요. 라가시를 떠나올 때 나도 저들에게 붙잡혔다가 놓여났지요."

페라르는 가난한 엄마의 정원에 있던 여인들을 생각했다. 그들은 대부분 생과부로 남편이 수용소에 갔거나 종적을 감춘 사람들이었다. 페라르가 물었다.

"그 강도들은 어디서 모여 살던가요?"

"버려진 헛간이었습니다."

"가족들도 있던가요?"

"아니오, 남자들뿐이었어요."

한참 만에 페라르가 말했다.

"저들의 가족은 엄마의 정원에 있을 거예요. 모두 구출되었으면 좋겠어요."

"새겨두지요."

타브루가 대답하고 하늘을 둘러보았다. 해가 사라지고 없었다. 성이 멀지 않았으니 좀 더 천천히 가야 한다.

2

 빈곤이 전염병처럼 도시를 휩쓸었다. 중산층도 무너져 도둑도 폐업해야 할 지경이었다. 더욱이 겨울이었다. 일자리가 없어 굶는 사람이 넘쳐났고 주린 사람들은 남의 밭 보리 싹을 베어다 삶아 먹기도 했다. 타브루의 보고 뒤 친구들은 시민군 문제로 화제를 돌렸다. 두바크가 먼저 자기 생각을 말했다.
 "하루에 한 끼만 해결해주어도 시민군은 원하는 만큼 모집할 수 있을 것이네."
 우루카기나가 그 말을 되받았다.
 "인원수가 아무리 많아도 심지가 비어 있는 사람들에겐 좋은 훈련 결과를 기대할 수 없네. 먼저 의식 교화가 필요하네. 교화와 훈련을 겸한다면 결국은 시간도 앞당길 걸세."
 "교화라… 그런 일은 중간 역할자가 나서주면 좋을 텐데. 하부를 가르치고 상부와 연결해주는… 가만, 에두바 동창들이 좋겠군. 헨케르에게 이 일을 맡겨보세."

헨케르는 이 일을 위해 열흘간 발품을 팔았고 모임에 동조한 사람은 20여 명이었으며 장소는 헨케르 친구의 농장이었다.

"저는 시민군이나 교화 사업 등에 대해서는 전혀 언급하지 않았습니다. 선생님들께서 옛 제자들을 만나보고 싶어 한다, 가볍게 만나 얼굴이나 보고 담소나 하자, 그런 식으로 말했습니다."

농장 앞에 도착해서 헨케르가 말했다. 두바크와 우루카기나는 알았다고 고개를 끄덕이며 안으로 들어갔다. 예우를 갖춰 인사하는 제자가 아무도 없었고 분위기도 매우 냉랭했다.

"자기 옛 스승이 들어서는데도 웃어주는 놈이 없군."

두바크가 말했다. 표정들이 서늘할 뿐만 아니라 마음조차 꼭꼭 걸어 닫고 있다는 것이 여실해 보였다. 성공적인 회합이 되긴 어려울 것 같았다.

"저들의 눈을 보게. 저마다 눈빛이 다르네. 섣부른 언동은 부작용만 낳을 것 같네."

우루카기나가 말하자 두바크가 대답했다.

"아마 자네에 대한 방 때문일 걸세. 아직도 시내 곳곳에 버젓이 붙어 있으니 말일세."

우루카기나와 두바크는 앞에 마련된 의자로 가 앉았다. 우루카기나가 먼저 입을 열었다.

"제군들, 나 괴물이 아닐세. 표정들을 풀게."

그래도 표정을 푸는 제자가 없었다. 우루카기나가 이마에 주름을 세우고 물었다.

"나에 대한 방이 그토록 큰일인가?"

누군가가 조그맣게 대답했다.

"보상금이 있으니까요."

"루갈란다가 가장 크게 성공시킨 악법이 신고제라더니 정말 그렇군. 내 제자까지 그런 말을 하다니…. 그래도 나는 알고 있네, 고발할 생각은 아무도 하지 않는다는 것을."

한 제자가 그의 말을 되받았다.

"무슨 근거로 그렇게 확신하고 계시는 거죠?"

"왜냐, 고발이 자기 인생을 행복하게 만들지 않을 테니까."

"금화 하나면 나귀가 여러 마리인데요?"

우루카기나는 매우 충격을 받았다. 한때나마 자기한테 배운 제자들의 입에서는 그런 말이 나올 수가 없었다.

"그 돈으로 평생의 행복도 살 수 있나? 그렇다면 신고를 하게. 그렇지 않고 불행해지면 내가 가만있지 않을 걸세."

다른 제자가 비아냥거렸다.

"신고하면 잡혀가시는데 가만있지 않으면 어쩌겠단 말씀입니까?"

두바크가 그에게 퇴장 명령을 내렸다.

"자넨 여기 참석할 자격이 없네. 그만 나가주게."

집주인이 중재하고 나섰다.

"지금 이 친구의 심기가 매우 불편해서 그렇습니다. 사촌이 잡혀가서 그럽니다. 용서하시고 선생님께서 어쩌다가 위험인물이 되셨는지 그 경위부터 말씀해주시지요."

우루카기나는 불행의 고리가 사람의 심사를 정말로 그처럼 이상한 방향으로 비틀어댈 수 있는지 쉽게 납득이 가지 않았지만 일단 이해는 하자 싶어 고개를 끄덕인 뒤 자신의 이야기를 시작했다.

"전쟁이 끝난 뒤 나는 우루크로 가서 천문학 공부를 했다. 그리고 귀환해보니 내 집은 간 곳이 없었고 나는 감옥으로 끌려갔어. 라가시의 참담한 현실은 감옥과 수용소에서 알았지. 원로들과 많은 지식인, 선생들까지도 수용소에서 채찍질을 당하고 있었네. 처음엔 이 파괴된 윤리적 현상을 어떻게 이해해야 할지 판단이 서지 않았어. 그러다 문득 이대로 가면 도시는 붕괴되고 말 것이라는 각성과 함께 공포가 느껴지더군. 참으로 두려웠어. 라가시가 비극으로 침몰한다면 도시를 사랑하던 사람들, 문화를 꽃피우던 시민들은 어떻게 되는 거지?"

우루카기나는 자객에 대한 이야기는 하지 않았다. 의문만 증폭시킬 수 있기 때문이었다. 제자들도 더는 묻지 않아 그는 본론으로 들어갔다.

"한 줌도 되지 않는 왕과 귀족들과 부자들이 8할이 넘는 시민들을 노예로 만들어버린 라가시. 난 이런 일이 얼마나 부당한가, 그런 말을 하고 싶지 않네. 다급한 것은 폭정에서 우리 시민들이 하루빨리 해방되어야 한다는 것일세."

또 다른 제자가 나섰다.

"무엇이 어떻든 시민들이 뽑은 왕이며 우리는 그분의 명령을 따라야 합니다. 노예니 폭정이니 하는 표현은 너무 지나치지 않습니까?"

"시민들이 뽑은 것은 군주지 왕은 아니었네. 원로를 무시하고 시민의 대표인 의회를 해산하라고 뽑아준 게 아니란 말일세. 더욱이 그는 이제 라가시의 왕으로도 만족하지 못하고 수메르 전체 왕권까지 꿈꾸고 있다네."

"수메르 전체 왕이라고요?"

"내가 직접 들었다네. 배를 타고 올 때 한 내시를 만났네. 왕의 심부름으로 세상 곳곳에 다니며 사치품을 사 오는 자였는데, 그가 자랑 삼아 그 얘길 했네."

"우리 도시에서 수메르 왕권을 가진다면 우린 일등 시민이 되는데 그 또한 명예로운 일이 아닙니까?"

"정당한 방법으로 그리 된다면 나쁠 것도 없겠지. 하지만 한 개인이 자신만의 영달을 위해 돈을 주고 왕권을 산다는 것은 국가와 민족 전체를 우롱하는 일이 아닌가."

두바크가 나섰다.

"제군들, 지금 우리에겐 생산적인 대화를 하기에도 시간이 모자라네. 이제부터 소모적인 논쟁은 자제해주길 바라네."

집주인도 거들었다.

"여러분 자제해주십시오. 선생님께서는 위험을 무릅쓰고 여기까지 오셨습니다. 그리고 선생님, 이제 선생님의 생각을 말씀해주십시오."

우루카기나가 말했다.

"루갈란다로 인해 수많은 시민이 희생되었다네. 그는 막강한 군력으로 누구든 간단히 짓밟아왔어. 이제 모두 힘을 합쳐 그의 폭력을 막아야 하네. 아니면 난세르 시절처럼 신이 대노하실 것이네."

"시민들에게 저항을 기대한다는 건 어려운 일이 아닐까요?"

"이미 저항 의식은 곳곳에서 팽배하고 있네. 성 밖의 몇 개 마을에서는 폭발 직전이야. 작년에 곡식을 싹쓸이당했거든."

집주인이 진지하게 물었다.

"저항한다면 어떤 식이 가능할까요?"

"내 생각에는 우리도 군사를 가져야 한다는 것이네. 주민들이 그냥 봉기를 한다면 맨주먹일 것이고, 결국 정부군에게 처참하게 짓밟힐 걸세. 하지만 군사가 있다면 문제는 달라져. 시민들을 보호함과 동시에 정부군을 압박할 수 있으니까."

"반란에 성공한다면 선생님이 왕이 됩니까?"

"누가 수뇌가 될지는 아직 모르네만, 확실한 것은 최고 지도자는 왕이 아닌 시장이 될 것이네. 그리고 그 지도자는 왕정 체제를 영원히 사라지게 할 법률부터 만들 것이야."

"만약 협조를 한다면 우리에게 어떤 혜택이 돌아옵니까?"

"아름다운 시민이 되겠지. 주민들이 뽑아주면 의회에 나갈 수도 있을 것이고, 사업도 능력껏 할 수 있으며, 그 능력이 부당하게 탈취당하는 일은 없을 것이고. 또한 권력에 의해 망하거나 승하는 일도 없을 것이네."

"지금 왕정에 기여해서 혜택을 받는 사람도 있습니다. 아무 혜택도 없다면 굳이 위험한 일에 가담할 필요가 어디 있으며, 만약 그래도 해야 한다면 그 당위성은 무엇입니까?"

"왕정의 혜택을 받고 있다? 이 문제를 개인이나 사회 윤리로 풀어 말할 수도 있겠네만, 나는 더 간단하게 혜택의 기한부터 살펴보겠네. 지금 우리가 모였다는 이 자체만으로도 왕정은 이미 위태로워지고 있다고 본다면 그 영광이나 혜택이 얼마나 가겠나? 이 짧은 기간의 영광을 위해 자신의 긴 미래를 몰락에 바치느냐, 아니면 정의로운 일을 해서 오래도록 이웃과 더불어 편하게 사느냐, 그 선택일 수도 있겠지. 아까도 잠깐 언급했듯이 우리의 이 일은 구겨진 현재를 펼쳐 반듯한 미래를 열자는 것일세. 다시 말해서 우리의 미래를 바로잡아보자는 것이지."

"그 미래란 구체적으로 어떤 세상입니까?"

"시민이 권력으로부터 고통받지 않고, 정의와 윤리가 살아 있고, 시민 위주의 법은 반드시 지켜지며, 인간이 인간을 괴롭히는 대신 서로 돕는 세상이라네. 자네들은 잊었는가? 우리 민족이 어떤 사명감을 가지고 이곳에 와서 수메르국을 세웠는지. 널리 인간을 이롭게 하라는 조상들의 뜻, 자유와 평화를 이루는 것이 우리가 살아갈 미래 세상일세."

그때 비아냥거리던 제자가 다시 나섰다.

"그런 세상이 되면 두바크 선생님의 부친 같은 분은 어떻게 되는 거지요?"

두바크의 얼굴이 벌겋게 달아올랐다. 그가 말했다.

"오늘 모임이 왜 이렇게 서걱대는가 했더니 그 까닭이 나에게 있었군. 그렇네. 내 부친이 아닌 큰아버님이 전당포를 하시네. 고리대금업자로도 소문이 나 있고. 그러나 이런 자리에서 왜 그런 말이 필요한지 이해할 수가 없군."

우루카기나가 나섰다.

"오늘은 도저히 잘 풀릴 것 같지 않군. 이만 끝내는 게 좋겠네."

두 사람이 동시에 일어났고 헨케르도 집주인도 더 이상 만류하지 못했다.

3

천둥번개가 치더니 거센 소나기가 쏟아지기 시작했다. 광산으로 들어가는 산 초입에서였다. 나귀들도 불안해서 콧구멍을 벌름거렸다. 산에 둘러싸인 가파른 계곡조차 괴물 이빨처럼 번개를 먹고 번쩍거리는 것이 세상 전체가 이상기류에 휩싸인 것 같았다.

"비를 피할 곳이 있나 살펴보라."

군장이 말했다. 기사들이 주위를 살폈으나 굴 같은 것은 찾을 수가 없었다. 그들은 숲 속으로 들어가 나무 아래에 섰다. 장대 같은 비도 나무 아래서는 좀 나았다. 군장은 비를 맞으면서도 단정하게 서 있는 기사들을 바라보았다. 그들에겐 사제 분위기가 남아 있지 않았다. 서너 달 피나게 훈련했으니 날랜 정규군이라 해도 능히 대적할 것이다.

'마차가 다섯 대, 운송군은 20명일 것이다. 군인은 죽이고 마차는 탈취한다.'

그들은 지금 보석을 탈취하려고 원정을 왔다. 루갈란다의 군인들은 한 달에 한 번 광산에 부식을 가져왔고 그 마차에 채굴해둔 보석을 실어 갔는데 그 날짜는 대체로 보름날 전후였다. 번개가 아주 강한 빛을 모아 계곡의 바위를 내리쳤다. 바위가 쩍 갈라지면서 먼지를 피워 올리자 빗줄기가 그 위에 쏟아져 내렸다. 나귀들이 놀라 달아났다. 한 마리는 잡았으나 나머지는 산모퉁이 저쪽으로 냅다 뛰었다. 젊은 기사가 쫓아가 나귀를 잡아챌 때 저만치 나무 아래서 한 떼거리의 남자들이 쉬고 있는 것을 보았다. 그가 돌아와 보고하자 군장이 물었다.

"마차도 있던가?"

"그건 보지 못했습니다."

"기사장, 다시 가서 확인하고 오라."

기사장이 돌아와서 마차를 보았다고 전했다.

"천막은 쳤던가?"

"아닙니다. 사람들은 나무 밑에 서 있었습니다."

"비만 그치면 그들은 출발할 것이다. 나귀는 숲 안쪽에 묶고 기사들은 길 가까이서 매복한다."

운송 군인들이 나타나면 복면을 하는 것도 잊지 말라고 당부했다.

오금이 붙도록 기다려도 운송 군인들은 지나가지 않았다. 긴장과 추위 속으로 어둠이 스며왔다. 젊은 기사가 턱까지 덜덜 떨며 기사장에게 말했다.

"제가 가서 살펴보고 오겠습니다."

산모퉁이를 돌아가 보니 숲 속에 천막이 쳐져 있었다. 비가 그치지 않자 아예 밤까지 지낼 모양이었다. 차라리 잘된 일이었다. 모두 잠든 사이에 덮치면 목적을 쉽게 달성할 수 있을 것이다.

비가 그쳤다. 어쩌면 달이 뜰 수도 있었다. 군장의 마음은 흥분과 초조로 들끓어댔다. 참으로 오랜만에 해보는 지휘였다. 전투와는 성격이 다른데도 신경 마디가 가파르게 타올랐다. 그는 진정하기 위해 작전을 생각했다.

'밤이 깊으면 침투한다. 선두는 마차를 끌어내고 나머지는 잠든 군사들을 모두 사살한다.'

한 운송군이 떠올랐다. 수용수들이 저녁을 먹을 때 자기에게 몰래 육포를 주고 간 병사는 자신이 데리고 있던 정찰병이었다.

'이번 운송병 중에도 정찰병이 있다면 그래도 죽여야 할까? 다른 병사들이라 해도 적군처럼 들판에 버려 들짐승의 밥이 되게 할 수 있을까?'

마지막 전투 때도 자신은 전사자들에게 너무 깊이 사로잡혀 있었다. 유공자의 비석을 세워주겠다는 등 확실하지도 않은 약속을 했고 그런 배려가 군장이 가져야 할 덕목이라 믿었다.

'덕목이 소중한 것이라면 왜 좋은 결과로 연결되지 않았는가.'

한때 자기 덜미를 잡았던 지독한 회의가 다시 기지개를 켜려고 했다. 그는 재빨리 다른 생각을 끌어왔다. 기사단 운영에 대해 청사진을 펼치고 있을 때 천신전 노사제가 하던 말이었다.

"자네의 생각은 너무 깡말랐어. 좀 더 살찐 생각을 하게"

"살찐 생각은 어떤 것인지요?"

"우루크에서의 일이었다네. 이난나 여신전의 기사들에게 점토로 여신상을 빚게 했더니 어떤 사람은 사나운 전사의 모습으로, 또 어떤 사람은 가슴과 엉덩이가 풍부한 여인네로 빚었다는군. 생각들이 한쪽으로만 치우친 것이지."

"제 생각이 치우쳤습니까?"

"빈약하다는 게 옳겠네. 기사단을 만들고, 시민군을 육성한다, 그리고 훈련을 시킨다, 그것뿐이지 않나? 자넨 군장이야. 운영, 미래, 상황, 그 모두를 두루 생각해야 한다는 것이지."

노사제의 그런 조언이 군장의 막힌 생각에 물꼬를 터주었다. 보석 탈취! 재물도 얻고 기사들의 기량도 시험해볼 수 있는 일석이조의 기회였다.

달이 서쪽으로 설핏 누웠다. 군장이 행동 개시를 알렸다. 기사들은 단도를 꺼내 들고 산모퉁이를 돌아갔다. 군장이 나직이 지시했다.

"군병들은 묶어두고 마차만 탈취할 것이네. 내 말은 위협이 되지 않는 한 굳이 죽일 필요가 없다는 뜻이네."

기사들은 고개를 끄덕였다. 말들은 나무에 묶였고 마차 다섯 대는 천막 앞에 비스듬히 놓여 있었다. 빈 마차였다. 보석 자루는 간데없고 달빛만이 바닥에 고여 군장의 그림자를 낚아챘다.

'강도를 당했나?'

광산으로 가는 길이라면 곡식이나 음식이 실려 있어야 했다. 군장은 등골이 서늘했다. 첫 출행인데 허탕? 말도 안 된다. 그는 칼을 빼 들고 천막을 들쳐 올렸다. 군사들이 자루를 베고 잠들어 있었다!

군장이 신호를 보내자 기사들은 먼저 천막을 벗겨냈다. 잠자던 운송병들이 벌떡벌떡 일어나며 누구냐고 소리쳤다. 두 명의 기사가 노끈을 길게 풀어 외곽을 두르고 남은 기사들은 금 안의 병사들을 묶기 시작했다. 한 병사가 칼을 들고 일어나 기사의 팔을 찔렀다. 옆의 기사가 발길로 병사의 이마를 찼고 칼에 찔린 기사는 병사의 가슴을 밟고 단도를 겨누며 군장을 쳐다보았다.

군장은 고개를 저었다. 기사는 그를 놓아주고 금 밖으로 나와 피에 젖은 팔을 묶었다.

"윽!"

노끈을 묶던 기사의 입에서 그런 소리가 흘러나왔다. 한 운송병이 팔을 뻗어 복면을 벗겼기 때문이었다. 기사는 동료에게 노끈을 넘기고 다시 복면을 썼다.

"당신들 누구야? 복면한 것이 라가시 사람이지? 그렇지?"

운송병들이 물어대도 기사들은 대답하지 않고 그들의 손과 발을 묶었다. 전원을 묶고 난 뒤 걷어낸 천막을 끌어와 그들 위에 되씌운 뒤 마차에 말을 묶고 그곳을 떠났다.

4

 위수병 대장은 총리대신 하살에게 우루카기나에 대한 보고를 할 수가 없었다. 야단을 맞을까 두려워서가 아니었다. 그분에게 반드시 지켜야 할 임무는 실망감을 주지 않는 것이고 그러자면 한시바삐 우루카기나를 잡아들여야 하는데 그의 종적은 오늘까지도 오리무중이다.
 그런데 총리대신이 먼저 그를 불렀다. 틀림없이 우루카기나에 대해 추궁할 것이다. 속이는 것은 실망을 주는 것보다 더 큰 죄악이니 솔직하게 보고하리라고 마음먹으며 대장은 하살의 집무실로 들어섰다. 총리대신 하살은 유쾌하게 그를 맞은 뒤 시종에게 포도주까지 내오라고 일렀다. 좀 의외였지만 그는 순순히 잔을 받았다. 하살은 포도주를 따라준 뒤 금화 하나를 내밀었다.
 "자네에게 내리는 상일세."
 대장은 매우 당황했다.
 "소인은 잘한 일이 없습니다. 상을 받을 자격이 없으니 거두어주십시오."

하살이 껄껄 웃었다.

"자격이라면 충분하지. 자네 덕에 요즘 전하께서는 더없이 행복하시다네."

"소인 미련하여 잘 알아듣지 못했습니다."

"자네가 용한 해몽가를 찾아오지 않았나. 그 뒤로 전하의 용안에는 웃음이 떠나질 않는다네."

그 칭찬이 전혀 기쁘지가 않은 대장은 우루카기나에 대한 보고로 그 기분을 상쇄하고 싶었다.

"그럼에도 저는 아직 완수하지 못한 임무가 있습니다. 우루카기나 문제입니다. 지금 경과를 말씀드리고 싶은데 허락해주십시오."

"말해보게."

"그를 도왔다는 여인숙 주인을 잡아다 족쳐보았지만 아무것도 나오지 않았습니다. 그자는 세금을 못 낸 숙박객에게 돈을 빌려주었고, 또 자기에게도 보름 치 숙박비를 선불로 맡겨놓고는 돌아오지 않는다는 것이었습니다. 자기가 한 일은 정말 그것뿐이라며 선불로 받은 은화까지 내놓았습니다."

하살의 얼굴에서 웃음이 사라졌다. 그럼에도 그의 목소리는 차갑지 않았다.

"그건 앞으로 해결하면 되지 않나."

"예, 곧 해결하겠습니다. 그때 상을 주십시오."

"알겠네. 어서 해결해서 이 금화를 찾아가게."

하살이 자기 서랍에 금화를 넣었다. 대장은 공손히 절을 한 뒤 물러났다.

대장이 자기 사무실로 들어서자 정보 요원이 기다리고 있다가 벌떡 일어났다. 대장이 물었다.

"무슨 일인가?"

"역법 박사의 아들들이 물의 여신전을 번차례로 드나들고 있습니다. 아무 연고도 없는데 말입니다."

우루카기나의 아내도 가난한 엄마의 정원에서 사라졌다. 한 귀부인이 노예로 데려갔다고 했지만 그 귀부인은 신원을 남기지 않았다. 쌍둥이 형제들 소행이 틀림없다. 그들이 여신전으로 데려다 놓고 돌보고 있는 것이다. 잘하면 우루카기나도 거기에서 체포할 수 있다! 그는 보좌관에게 지시했다.

"어서 가서 중대를 집합시켜라. 지휘는 내가 한다!"

보좌관이 뛰어나가자 그도 병영으로 향했다.

장남 헌투에게 홍옥수와 청금석을 들고 우루크로 가라는 임무가 맡겨졌다. 의장이 아들에게 말했다.

"노두갈메시는 나와 형제 같은 친구다. 그분에게 라가시 사정을 상세히 말씀드려라. 장신구를 만들 공예가도 없지만, 있다 해도 판로가 없다는 것도 말이다."

그것을 팔아 돈이나 무기로 바꿔 오는 것이 헌투가 할 일이었다. 험난한 세상부터 먼저 알아버린 청년 헌투는 신중한 태도로 아버지의 말을 경청했다. 우루카기나는 세갈라 사제를 지적하며 뒤를 이었다.

"이분을 따라 천신전에 가면 보석 자루와 말을 주실 것이다. 너를 나루까지 데려다줄 사람은 헨케르다. 북쪽으로 멀리 떨어진 나루라 기찰이 없다. 거기서 강을 건너…."

세갈라 사제가 불쑥 끼어들었다.

"헨케르도 함께 보냅시다. 무기를 실어 온다 해도 혼자보다는 둘이라야 안전합니다."

쌍둥이 형도 그게 좋다고 응수했고 헨케르 본인도 싫어하지 않았다. 시민군 모집이 뜻대로 되지 않아 답답한 때라 바깥바람을 쐬고 오는 것도 나쁘지 않을 것 같았다. 우루카기나가 말했다.

"그럼 이제 데려가시지요."

세갈라 사제가 헌투와 헨케르를 데리고 지하실을 나설 때 위에서 젊은 사제가 아래를 향해 다급하게 알려왔다.

"나오지 마세요. 군인들이 오고 있습니다!"

군인들이라니? 모두 얼어붙어 있는데 쌍둥이 형이 급하게 뛰어나갔다. 세갈라가 당황해서 잡으려 했으나 그는 이미 밖으로 나갔고 젊은 사제는 서둘러 지하실 통로를 닫았다.

나나 여신전 문은 열려 있었다. 말을 탄 대장이 백 명의 병력을 이끌고 신전으로 다가갔다. 비쩍 마른 개 한 마리가 뛰어나와 미친 듯이 짖어댔다. 네까짓 게 우리와 대적하겠다고? 한 병사가 단도를 날리자 개는 그 자리에서 쓰러졌다.

"50명은 앞을 지키고 나머지는 나를 따르라!"

안에서 젊은 사제가 달려 나오며 대체 무슨 일이냐고 물었다. 군인들은 그를 밀어내고 안으로 들어갔다. 예전에 이 신전은 큰 길쌈 공방을 가지고 있었다. 결이 고운 아마 천에서부터 두꺼운 양털 담요까지 생산했다. 우루카기나의 아내는 거기 숨어 있을 것이다! 하지만 텅 비어 있었다. 베틀과 물레 사이를 뒤져보아도 거미줄과 먼지만 날렸다. 대장이 사제에게 물었다.

"여긴 언제부터 길쌈을 하지 않나?"

"오래되었습니다."

대장은 신단 쪽으로 갔다. 그는 신단에 올려놓은 물과 빵 그릇을 일별하고 벽감 뒤쪽을 살폈다. 빈 공간에 큰 물 항아리가 놓여 있었다. 젊은 사제가 말했다.

"여긴 물의 여신전이라 물 항아리를 항상 여기에 둔답니다."

대장은 담력이 크고 성질이 급했으나 신들까지 경멸하지는 않았다. 그는 항아리는 건드리지도 않고 사제들 방 쪽으로 향했다. 거의 비어 있었다. 젊은 사제가 뒤따라오며 말했다.

"사제들은 동냥을 나가서 아직 돌아오지 않았습니다."

"제사장도 나갔느냐?"

"아니옵니다. 연로하셔서 방에 계십니다."

젊은 사제가 제사장 방을 가리켰다. 제사장은 백단 향을 피워놓고 명상에 잠겨 있었다. 대장이 칼을 휙 뽑으며 소리쳤다.

"어디다 숨겼소!"

제사장이 천천히 등을 돌렸다.

"누굴 말입니까?"

"역법사의 아들, 쌍둥이 형제!"

"그가 여기에 왔답디까?"

"그래서 묻는 것 아니오!"

"그래요? 그럼 그가 어디에 있는지 알겠구려."

제사장은 끙 하고 몸을 일으켜 신전 뒤로 돌아갔다. 그는 고개를 빼고 보리밭 옆을 살피더니 대장에게 말했다.

"저기 있구려."

공동묘지였다. 한 남자가 무덤 앞에 앉아 있는 것을 가리키며 제사장이 말했다.

"그의 어미가 여기 길쌈 공방 출신이라 저기 묻혔지요. 요즘 자주 보입디다. 우린 번거로운 일은 당최 질색이니 그가 죄를 지었다면 당장 잡아가시오. 다시는 이 근처에 얼쩡거리지 않게 말이오."

대장은 제사장의 입을 베어버리고 싶었다. 묘지로 달려가 그자 또한 죽여버리고 싶었으나 그럴 수 없는 것이 언젠가 우루카기나가 그들을 찾아올 것이기 때문이었다. 대장이 부하에게 명령했다.

"감시자만 남고 나머지는 철수한다!"

감시자를 남긴다고 했을 때 제사장의 흰 눈썹이 경직되었지만 대장의 눈길이 다가올 땐 미소가 그 위를 덮었다.

5

전에 에두바 동창들이 모였던 농장 주인이 두바크의 가게로 찾아왔다. 그는 먼저 동창들 모임의 실패에 대한 사과부터 늘어놓았다.

"그날 저도 실망이 컸습니다. 중산층이 무너졌다고 하지만 정신까지 그 지경이 된 줄은 정말 몰랐습니다. 학창 시절 존경했던 스승이 다른 곳도 아닌 저희 집에서 그처럼 폄훼를 당하신 것도 너무나 죄스러웠습니다."

본인의 실수도 아닌데 사과가 길다 싶어 두바크가 불쑥 물어보았다.

"그럼 자넨 내가 고리대금업자라도 괜찮았다 이건가?"

"선생님이야 상관없지 않습니까. 설령 그런 일을 하신다 해도 무슨 까닭이 있을 것이라고 그날 생각했습니다."

"그렇게 생각해주니 고맙네. 한데 내가 보기에 하고 싶은 이야긴 따로 있는 것 같은데, 안 그런가?"

"예, 사과부터 하고 말씀드리려 했습니다. 인력 시장에 나가보면 품을 팔려고 나온 사람이 아주 많습니다. 심지어는 자기 자신까지도 노예로 내놓은 사람도 수두룩합니다."

"그래서?"

"선생님께서 저의 농장을 사십시오. 보셨듯이 큰 창고가 딸렸으니 안성맞춤일 것입니다."

인력 시장에서 농장이라? 도무지 연결이 되지 않아 그가 넘겨짚어보았다.

"자네 빚을 졌나? 굳이 농장을 팔아야 할 이유가 뭔가?"

"제 농장이 아니라도 좋습니다. 큰 창고만 딸려 있으면 됩니다. 가급적이면 변두리에, 인가가 떨어져 있으면 더욱 좋겠고요."

"어서 본론을 말해보게."

"시민군 양성이 시급하다는 말을 헨케르한테 들었습니다. 그래서 생각한 것인데요, 시민군을 인력 시장에서 사자는 겁니다. 그들 대부분은 가족들이 굶주리거나 자신의 입을 해결하지 못해 나온 사람들입니다. 그들에게 최저 일당을 지불해도 당장 응할 것입니다."

"이런 생각은 자네 혼자서 했나?"

"아닙니다. 다섯 명이 상의하고 조사했습니다. 만약 우리가 생각한 대로 비밀 병영이 꾸려지면 우리 모두 적극 돕겠다는 약속도 했습니다."

"물론 일당을 기대할 테고?"

"아, 선생님, 우리는 아직 굶고 있지 않습니다!"

두바크는 껄껄 웃으며 제자의 어깨를 두드렸다.

"난 수학 선생에다 고리대금업자가 아닌가. 항상 계산부터 먼저 하는 사람이지. 쇠뿔도 단김에 뺀다고 지금 시장에 가보세."

두바크는 뒷문을 열고 아내를 불러 가게를 부탁한 뒤 제자와 함께 시장으로 갔다. 해는 쨍한데 날씨는 매우 추웠고 장터는 오가는 사람도 별로 없었다. 초입에 앉아 광주리에 말린 대추야자와 무화과를 펼쳐놓고 손을 호호 부는 꾀죄죄한 소녀들이 보리빵 수레 쪽을 연신 흘끔거렸다. 아침도 먹지 못하고 장터에 나온 것이다.

약초전을 지나자 품팔이들이 끼리끼리 모였거나 주사위놀이를 했고 여름옷을 입은 노예들은 오들오들 떨며 태양만 바라보았다. 어깻죽지에 노예의 화인이 희미한 사내는 전번 주인에게 연수를 다 채워주고 다시 나온 것이다.

"한 50명은 되겠지요? 아까도 이 숫자와 비슷했는데 겨울철이라 공사장 일거리도 없어서 그런 것 같습니다."

제자의 말에 두바크가 물었다.

"초입에 빵을 파는 수레 말이야. 50개는 넘겠지?"

제자는 금방 알아차리고 달려가서 빵 장수를 이끌고 왔다. 두바크가 손뼉을 치며 노무자와 노예들을 주목시켰다.

"아침을 먹지 못한 사람, 여기서 빵 하나씩 집으시오."

한 사람도 남김없이 모두 몰려오자 제자가 줄을 세웠다. 57명이었고 빵은 좀 더 남아 있었다. 제자가 두바크에게 물었다.

"얼굴을 익히려면 한마디 하시는 게 좋을 겁니다."

"아니야, 됐네. 오늘은 이만 가세."

두바크는 빵 장수에게 값을 치르고 남은 빵은 초입의 소녀들에게 전해줄 것을 당부한 뒤 시장을 떠났다.

2월이었다. 두바크가 약속 장소로 들어서자 요릿집 시종이 퉁가슈가 있는 밀실로 안내했다. 퉁가슈는 미리 도착해 혼자 술을 마시고 있었다.

"요리는 미리 주문했네."

"짐도 가지고 나왔군."

"오후에 출발한다네."

어제 페니키아행 교역선이 들어왔는데 퉁가슈가 그걸 타고 떠난다고 했다. 이번에도 한참 만에 돌아올 것이다. 퉁가슈가 물었다.

"농원 일은 어떤가?"

두바크는 큰 농원 하나를 인수했다. 왕궁의 서기관이 헐값에 매입해 비싸게 되판 것인데 퉁가슈가 소개했고, 굳이 비싼 가격으로 사들인 까닭은 감시로부터 보호받기 위해서였다.

"노동자들이 말썽을 피우네."

"그들이 왜?"

농지는 이모작으로 보리와 채소를 심었는데 주인이 바뀌면서 유휴지로 방치되어 있었다. 두바크는 시장에서 데려온 노무자와 노예들을 동원해 그 밭을 갈도록 했다. 3월이면 옥수수를 심을 것이다, 유휴지로 놀던 땅이라 여러 차례 갈아두어야 땅 힘이 돌아온다고 설득했다.

"우선은 주변 사람들에게도 농사를 짓기 위해 일꾼들이 모였다는 것을 보여줘야 했네. 한데 노동자들이 밭 갈기를 거부해. 땅이 얼어 힘이 든다는 거야."

"사람 부리기가 생각처럼 쉽지가 않지."

"천민들 근성, 정말 욕지기가 나네. 감시하는 눈만 없으면 앉아 놀거나 주사위놀이를 하더란 말일세. 그런데도 교화시켜야 한다나?"

"누가?"

"우루카기나지 누군가. 하도 질려서 내가 말했네. 그들은 적은 돈에도 쉽게 매수되고 잘못하면 조직 전체를 와해시킬 수도 있다고. 그런데도 시민군으로 훈련시킬 거냐고. 그랬더니 홍익사상을 들먹이더군. 서로 이롭게 하는 인간 계층은 따로 정해져 있지 않고 도시는 모든 계층이 함께 움직여가는 것이다, 그들의 눈속임은 가진 것이 없어서 그렇다, 존재감이라도 가지게 한다면 달라질 것이다…."

"일하기 싫으면 당장 그만두라고 협박해보면 어떨까?"

"그러지도 못하는 것이 선금을 주었단 말일세."

요리 상이 들어왔다. 밀빵에 삼나무 수액 크림, 돼지고기 편육, 생선찜, 게 수프 등 최고급 요리들이 김을 내고 있었다. 두바크가 포도주를 따라주며 말했다.

"많이 먹게. 배를 타면 이런 음식을 먹지 못할 게 아닌가."

퉁가슈는 주는 대로 잔을 비웠다. 여행을 좋아하는 사람도 오랫동안 배에서 생활하는 것은 따분한 일이었다. 폭풍이라도 오면 그 고생은 또 말로는 표현할 수가 없는데 이번에는 너무 놀아버려 다리까지 더 무거워졌다.

퉁가슈가 수프 그릇을 비우고 말했다.

"우루카기나에겐 강한 카리스마가 없어. 지도자에게 우선하는 것은 카리스마가 아닌가. 어떤가, 이참에 지위를 바꿔보면 말일세."

"지위를 바꾸다니 그게 무슨 말인가?"

"자네가 의장이 되어도 괜찮겠다는 거지. 능력이나 수완을 따져도 자네가 윗자리란 말일세."

두바크는 정신을 가다듬고 퉁가슈와 타브루의 말뜻을 비교해보았다.

타브루가 수용소에서 탈출해 기르수로 떠날 때 자기에게 지도자 운운했던 것은 당시 친구들 중에 자기 형편이 가장 나았기 때문이었고, 지금 퉁가슈의 제안은 보안을 이유로 지도부는 물론 우루카기나와의 만남을 보류해온 탓에 있었다. 두바크가 변명을 했다.

"내 불평이 자네 마음을 무겁게 했군. 요즘 좀 힘이 들어서 엄살을 부린 거네. 용서하게."

"내가 했던 말은 평소에 생각했던 것이네."

"그래, 자넨 수완이라고 했네. 맞는 말일세. 하지만 수완과 지도자의 힘은 다른 것이지. 나에게 수완이 있을진 모르나 통솔 능력은 없네. 남을 이끌 수 있는 사람이나 지도자는 타고나는 것이라네."

"우루카기나만 그걸 타고났다는 말인가?"

"이번 일은 그러하네. 그와 함께 일하면서 깨달은 건 그가 우리 모임의 핵이라는 것이네. 모든 씨앗에는 본질이 두 가지로 이루어져 있지. 생명의 핵과 그 핵이 피어나도록 돕는 영양분. 나는 타브루와 약속까지 했다네. 가장 양질의 영양분이 되겠다고. 한데도 가끔 이런 불평에 내가 휘둘리고 있으니 난 아직 먼 거야."

퉁가슈가 그 말을 받았다.

"자네 말처럼 우리가 역사 공부를 시작한 그때부터 한 껍질 속으로 들어갔다는 것은 인정하네. 하지만 누군 핵이고 누군 보조물로 구분 짓는다는 것은 납득하기가 좀 불편하네."

"핵이고 영양분이고 하나도 다르지 않네. 어느 쪽이든 한쪽이 없으면 생명을 만들 수가 없지. 지금 우리에게 중요한 것은 우리의 씨앗을 반드시 발아시켜야 한다는 것이네."

퉁가슈는 그래도 애매한 표정을 거두지 않았다.

"아직도 납득이 가지 않는 얼굴이군. 그럼 우루카기나의 특징 몇 가지를 말하겠네. 첫째로 그는 사소한 두려움이 없네. 강연 자리가 마련되면 저승이라도 간다네. 위험하니 복면이라도 하라고 이르면 시민들이 원하는 것은 복면이 아닌 진짜 얼굴이라고 고집하네. 둘째는 강연 뒤 아무도 그를 신고하지 않는다는 것이네. 만약 내가 그 역할을 했다면 당장 신고를 당했을 것이네. 그게 그와 나의 차이점이지. 자네도 알듯이 나는 민심을 별로 신뢰하지 않아. 루갈란다를 군주로 뽑아준 것도 민심이지 않은가. 하지만 우루카기나는 민심을 신뢰하고, 또 민심으로부터 신뢰를 받고 있네. 그것이 얼마나 중요한지 현장에서 일해보면 알게 된다네."

"민심의 신뢰… 자넨 그 신뢰를 믿나?"

"민심의 협조가 없으면 아무것도 할 수 없다는 것 또한 사실이지. 그리고 말인데, 가장 중요한 것은 그가 차기 라가시의 지도자로 점지되었다는 것이네."

퉁가슈가 피식 웃었다.

"자네도 점지 어쩌고 하는 그런 말을 믿는가?"

"내 그래서 자네에게 역법 박사에 대한 이야기를 하지 않았던 거네. 루갈란다에게 살해당한 역법 박사께서 그런 서판을 남겼다네."

두바크는 인간관계까지 산술하는 습성이 있었다. 상대가 누구든 주고받음에서 이득이 있어야 하는데 시민군들의 태만에서 배신감을 느낀 것도 투자한 만큼 실익이 없기 때문이었다. 하지만 멀리 본다면 우루카기나의 계산이 맞을 수도 있었다.

두바크가 재차 변호를 했다.

"역법 박사께서 우루카기나가 이곳에 돌아오기 훨씬 전에 서판을 남기셨다네."

퉁가슈가 잔을 비우고 물었다.

"강연 내용은 대체로 어떤 것인가?"

"주로 이런 얘기를 하지. '우리가 세상을 바꾼다고 해서 문맹자가 서기가 될 수 있는 것은 아니다. 또 자기가 이 일에 공헌한다고 해서 직위가 높아지는 것도 아니다. 우리가 세상을 바꾸고자 하는 이유는 개인의 일신 영달이 아닌 도시의 격과 시민의 품위를 높이는 데 있다. 물론 바뀐 세상에서는 세금도 합리적으로 부과될 것이며 관리들의 부정과 부패도 줄어들 것이다. 여러분이 땀을 흘린 만큼 더 풍족한 삶을 누릴 수 있을 것이며 더는 사제들이 구걸하러 다닐 일도 없을 것이다. 파괴된 윤리를 바로잡고 잃어버린 존엄성을 되찾는 일이다. 세상을 바꾼다는 건 파괴된 윤리를 바로잡고 잃어버린 존엄성을 되찾는 일이다…' 퉁가슈, 그것이 곧 우리가 추구했던 이상이 아니었나. 역사의 아름다움은 당대인만이 만들 수 있다…."

뿔 나팔 소리가 들려왔다. 배를 탈 사람은 어서 오라는 선박의 신호였다. 퉁가슈가 바쁘게 말했다.

"이번에 내가 사 와야 할 물품은 어떤 것인가?"

"우리 가게는 마음 쓰지 않아도 되네. 있는 물건 다 팔면 문 닫을 생각이니까. 대신 궁전 물품에는 신경을 쓰게. 의심받지 않도록 말일세."

"알겠네."

두 사람은 일어나 작별의 포옹을 했다.

6

"교장 아들이 연구소에 다녀갔습니다."

처음 교장을 잡아들일 때 그 아들들에겐 추방령이 내려졌다.

"그래서?"

"미행해보았더니 강 건너 마을에 살고 있었습니다. 움막 같은 집에 두 형제와 가족이 함께 사는데 주민들 말로는 품을 팔아 산다고 했습니다."

우루카기나의 행방이 오리무중일 때 위수병 대장은 교장을 떠올렸다. 그를 지켜보면 친척이 면회 오는 것을 알 수 있고 그 친척을 추적해보면 우루카기나의 행방도 알 수 있다는 생각에 비밀 감시를 붙였던 것이다.

"그들이 면회할 땐 무슨 이야기를 했나?"

"누이나 매형에 대한 언급은 한마디도 없었답니다. 그저 자기들은 잘 살고 있다든가 서로 안심시켜주는 이야기뿐이었다고 합니다."

몇 달이 지났는데도 건진 게 없다면 이제 마지막 수단을 써야 한다.

교장에게 우루카기나와 내통을 했다는 누명을 씌울 것, 그리하여 참수한다는 방을 붙인다면 우루카기나가 직접 나타나거나 교장의 자식이나 친척들이 밀고할 것이다.

보초가 들어와 급히 알렸다.

"총리대신이 오십니다."

대장은 보고자를 물러나게 하고 문 앞으로 뛰어나갔다. 총리대신이 바쁘게 다가왔다. 대장이 하살을 맞았다.

"부르시지 않으시고요."

하살이 급하게 물었다.

"우르로 보낸 사람은 돌아왔나?"

도금공을 찾아 우르로 간 4번은 돌아온 지가 오래였다. 그 도금공은 우르 시청에 소속되어 있어서 마음대로 자리를 옮길 수 없다고 보고했음에도 우루카기나 일 때문에 뒤로 미루어둔 채 신경을 쓰지 못했다.

"그렇지 않아도 보고드리려고 했습니다. 그는 우르 시장이 잡고 있어서 데려올 수 없다고 했습니다."

"전하께서 매우 기다리시네. 무슨 일이 있어도 데려와야 하네."

"그럼 제가 가겠습니다. 부하들을 데려가서 보쌈을 해서라도 데려오겠습니다."

"첫째 임무는 전하를 실망시켜드리지 않는 것이네. 당장 떠나도록 하게."

총리대신이 그 말을 남기고 나갔다. 대장은 우루카기나에 대한 일은 잠시 또 접어두기로 하고 출행을 서둘렀다.

7장
시민군

시민들은 소중한 유산인 경제적·개인적 자유에 위협이 되는
정부의 어떠한 조치에도 민감하게 대처했다.
— S.N. 크레이머 —

1

 라가시에도 봄이 왔다. 북쪽 눈 산이 녹으면서 티그리스 강이 범람하기 시작했고 그때부터 대지도 농부들도 바빠졌다. 대지는 발정기에 들어선 보리가 더 많은 씨앗을 잉태할 수 있도록 지심을 돋우고 농부는 밭에 물이 들지 않게 둑을 올렸으며 채소밭 임자들은 소와 사람을 동원해 밭을 갈거나 씨를 뿌렸다.
 혁명 지도부도 바빠졌다. 사제들은 공방을 가동해 생필품 생산을 시작했고 군장은 불어난 시민군 훈련으로 동분서주했으며 두바크는 농장 확장과 자금 조달에 그야말로 눈코 뜰 새가 없었다.
 지도부는 변두리 농장으로 자리를 옮겨 업무를 보았다. 의장은 사방에서 들어오는 보고를 꼼꼼히 살폈고 타브루는 변두리와 지방의 생활 실태까지 정리해 그에 합당한 법안을 만들었다. 예를 들어 주민 법 중 상호 협조문에는 유랑 악단이나 마술사가 마을에 들면 부자가 주민을 대표해서 공연비를 물고 주민은 농번기 때 하루 품으로 갚는다는 것과 도심지의 부자에게는 가난한 사람을 위한 세금을 징수하고 과부와 고

아는 시에서 책임지거나 돌보는 것 등이었다. 친구들은 그의 설명을 듣고 이렇게 응수했다.

"감동이군!"

혁명 선포일은 9월 초순, 이제부터는 모두 잠을 줄여야 했다.

페라르는 변두리 끝 마을에서 부녀자들과 함께 길쌈 일을 했다. 대부분 소작을 붙이거나 계절품을 팔며 생계를 유지하던 사람들이었다. 페라르는 이들에게 실뽑기, 물레, 직조를 나누어 가르쳤고 생산된 천은 남자들이 팔러 다녔다. 고급 원사로 짠 웨브 직물은 도심지 여성들에게 인기가 있어 가져가는 대로 팔리자 그간 외면해오던 남자들까지 덩달아 나섰고 수익금은 공평하게 나누어주었다.

저녁 무렵이었다. 장사에서 돌아온 남자들이 페라르에게 몰려왔다. 마을 앞에 방이 붙었는데 글을 모르는 그들로서는 무슨 경고인지 알 수 없으니 대신 좀 읽어달라는 것이었다.

페라르는 머리 숄을 쓰고 마을 앞으로 나가보았다. 방에 쓰인 내용은 교장을 참수형에 처한다는 공표였다.

"교장은 대역적 우루카기나와 내통을 했다. 참수일은 4월 20일 정오이다."

그 아래 작은 글씨로 우루카기나가 자수를 하면 교장은 참수를 면할 수 있다고 토를 달아놓았다. 페라르는 머릿속이 하얘졌다. 혼절하지 않으려고 이를 악물자 슬픔과 절망이 온몸을 휘저으며 오장육부를 찢어

댔다.

"얼굴이 왜 그렇게 창백합니까? 우리 마을에 재앙이라도 닥친다는 것입니까?"

한 남자에 이어 다른 남자가 물었다.

"우리를 경고하는 겁니까?"

페라르가 조용히 대답했다.

"에두바의 전 교장을 참수한다는 내용입니다."

"뭐라고요? 그분은 시민들이 존경하는 분이지 않습니까?"

"어디서 그런 끔찍한 일을 한답니까?"

"도심지 큰문광장에서 사흘 후 정오…."

그리고 페라르는 달아나듯 자기 처소로 돌아왔다.

긴 숄로 머리를 둘러쓴 페라르가 천신전으로 들어섰다. 망을 보던 경비 사제가 사람들은 홀에 다 모여 있다고 일러주었다. 군장과 간부 사제들, 두바크, 쌍둥이 형제, 여인숙 주인, 헨케르까지 참석해 열띤 토론을 하고 있었다. 교장에 관해서였다. 페라르는 우루카기나를 찾았으나 그와 타브루는 보이지 않았다.

군장이 말했다.

"구출 작전에는 두 가지 방법이 있습니다. 집행 전에 연구소를 습격하는 것과 집행일에 우리가 구출 작전을 펼치는 것입니다. 집행일에는 대중 앞에서 전투를 해야 하므로 성급한 노출이 될 수도 있습니다."

쌍둥이 형이 말했다.

"이참에 반란을 시작하는 게 어떨까요?"

군장이 대답했다.

"정부군이 3천입니다. 하지만 우리 쪽은 지방까지 합쳐도 5백이 되지 않습니다. 무기도 아직 충분하지 않아 전투를 하기엔 너무 이릅니다."

"반란이 시작되면 대다수의 시민들이 합세할 것입니다. 실제 봉기를 기다리는 사람도 많고요."

"시민들의 기다림은 무르익을수록 좋습니다. 우선 연구소부터 급습하지요."

"방까지 내걸었지 않습니까? 연구소는 이미 수많은 병력이 배치되어 철통 같은 감시 체제로 들어갔을 것입니다."

"병력 배치는 형장도 마찬가지일 것입니다. 그러나 우리 모두가 구경꾼으로 가장하면 연구소보다는 형장 침투가 용이할 것입니다."

한 사제가 다가와 페라르에게 속삭였다.

"교장 선생님은 반드시 구출할 것이니 돌아가 계시랍니다."

페라르는 고개를 들어 앞자리를 보았다. 두바크가 고개를 끄덕이며 자기가 전했음을 알렸다. 페라르는 숄로 머리를 덮고 회의장을 빠져나갔다.

신전 밖은 캄캄했다. 안전을 위해 페라르는 신전 묘지 쪽으로 방향을 잡았다. 수메르 남자들은 밤에 공동묘지를 싫어한다. 남자로 인해 죽은 여자 귀신들이 거꾸로 서서 지나가는 남자를 끌어당긴다고 믿기 때문에 설령 미행자가 있다 해도 그쪽으로는 따라오지 않을 것이다. 페라르는 공동묘지 앞에서 발길을 멈추었다. 세갈라 사제가 채색 벽돌로 예쁘게 단장한 다비나 무덤이 그 안에 있다고 했다.

'다비나, 당신은 정말 멋진 연인을 가진 거예요.'

별안간 남편이 궁금해졌다. 회의장에도 나타나지 않았다면 본부 아지트에 있을 것이다. 페라르는 남편이 있는 곳으로 발길을 돌렸다.

'당신은 멀리 있어 내 아버님 소식을 모르는 거지요? 그래서 참석하지 않았지요? 우리가 연애할 때 아버지가 어떻게 하셨나요. 보통 부모들은 딸의 혼전 연애를 절대로 인정하지 않지요. 한데 내 아버지는 당신의 연서를 알고도 모른 척하셨어요. 우리가 갈대밭에서 만나는 것도 말이에요. 그런데도 당신은 무얼 하느라 회의에조차 불참인가요?'

외딴 집을 지나갔다. 개가 짖었다. 페라르는 뛰어서 그곳을 빠져나왔다. 숨이 차서 멈추어 서는 순간 뛰어오는 발소리가 들렸다.

'누가 미행하고 있다!'

숄을 벗고 귀를 곤두세웠다. 모든 소리가 멎고 정적이 에워쌌다. 주위를 면밀히 살펴도 보이는 것이 없었다.

'분명히 발소리였어!'

미행자가 노리는 것은 자신이 아닌 남편일 것이다. 페라르는 자기 처소 쪽으로 방향을 바꾸었다. 다시 발소리가 들려왔다. 공포가 전신을 훑었다.

'미행자는 누구인가? 기찰대나 상금을 노리는 자일까? 아니면 거지?'

요즘은 춘궁기가 겹쳐 굶어죽는 사람이 많다고 했다. 풀이라도 먹으려고 들을 헤매거나 지나가는 사람을 덮쳐 물건을 뺏거나 심하면 사람을 잡아먹기까지 한다는 소문도 나돌았다.

페라르는 장도를 꺼내 들었다. 미행자는 남자일 게 분명했다. 뛴다면 더 불리할 수도 있으니 정신을 집중했다가 방어하는 거다. 페라르는 멈추어 서서 숨을 죽였다. 스무 발짝쯤 저쪽에서 걸음을 멈추는 것이 느

꺼졌다.

'새벽이 오면 들일 나가는 사람이 있다. 그때까지만 버티면 무사할 수 있는데….'

미행자가 다가오며 말했다.

"부인, 놀라셨군요. 저는 수습 사제입니다. 세갈라 님께서 보호해드리라 해서 따라왔던 것입니다."

온몸에 긴장이 빠지면서 금방 주저앉을 것만 같았다. 페라르는 정신을 가다듬고 말했다.

"놀랐습니다. 이제 혼자서 갈 수 있으니 돌아가십시오."

"제 걱정은 마십시오. 마을 초입까지는 뒤따라갈 테니 어서 앞서 가시지요."

페라르는 장도를 집어넣었다.

2

 살수장은 일종의 정수장이었다. 강에서 오는 물을 두 단계로 낙하시켜 저수지에 가두고 그 물을 도시민에게 공급했다. 수문을 겸한 낙수 지점은 물줄기가 거세어 물 고문장으로 이용되었고 원로원장도 여기서 두 시간 동안 물벼락을 맞은 뒤 숨을 거두었다.
 죄수 호송용 마차가 살수장 관리 건물로 들어갔다. 갈대발로 단단히 둘러친 우리 안에는 교장이 갇혀 있었다. 우루카기나의 습격이 우려되어 연구소에서 이리로 옮겨 온 것이었다.
 중대장이 임무 확인을 위해 마구간으로 나가보았다. 말은 여물통 앞에 묶여 있고 그 옆의 마차와 우리는 정물처럼 고정되어 있었다.
 위수병 대장이 군영으로 와 군사 지원과 죄수 호송을 요청한 것은 어제 오후였다. 군장은 그 요청을 받고 매우 기분이 나빴다. 서열로 따져도 자기보다 한참 아래인 것이 궁전 친위대라고 기고만장했다. 그는 중대장에게 그 임무를 맡기며 말했다.
 "사람 하나 참수하는 데 1개 중대를 풀어달란다. 반란군이 올지도 몰라서라서라는데, 중대장 자네는 그 말을 믿는가?"

반란군이 있다는 말은 들어본 적이 없었지만 위수병 대장이 괜히 그런 요청을 하지는 않았을 것이다. 그가 머잖아 군장을 밀어낼 것이란 소문도 떠돌고 있지 않은가. 중대장은 자신이 서야 할 줄이 어딘지 마음속으로 정한 뒤 군장에게 물었다.

"참수할 사람은 누구랍니까?"

"교장이란다. 죄목이 역적과 내통했다는 거다. 역적이 누군지 아나? 교장의 사위다. 사위를 잡아들이려고 교장을 미끼로 내놨단 말이지."

교장은 위대한 발명가였다. 수메르 역사상 처음으로 역청을 아홉 가지로 분류한 분이기도 했다. 석유, 원유, 천연 아스팔트, 암석 아스팔트, 석유 아스팔트, 지력청, 토력층 등이었고 석유나 원유를 걸러낸 찌꺼기 아스팔트는 이미 포장도로에도 사용하고 있었다. 중대장은 흔들리는 마음을 얼른 되잡았다. 참수될 교장은 살 만큼 살았고 자신은 살아야 할 날이 많았다.

"호송도 제가 맡겠습니다."

중대장은 우리로 다가들며 교장을 불렀다. 대답이 없었다. 그는 마차 위로 뛰어올라 뚜껑을 열어보았다. 교장은 팔다리가 묶인 채 기진해 있었다. 그는 안심하고 마차에서 내려왔다.

밤이었다. 중대장이 불침번을 지시하고 자리에 누울 때 보초가 들어와 왕실 소속 위수병이 왔다고 알렸다. 나가보니 투그에 조끼를 걸친 헌칠한 남자가 서 있었고 그 뒤의 마차에는 머리 숄을 두른 여인이 앉아 있었다.

"무슨 일이오?"

방문객이 옷 속에서 둥근 쇠판을 꺼내 보였다. 비밀 요원이었다.

"그래 볼일은 무어요?"

"대장께서 긴 밤 심심풀이나 하라고 술과 여자를 보내주셨소."

대장은 사람을 시험하기를 좋아한다던 소문이 생각났다. 비밀 요원도 그 임무를 안고 여기에 왔을 것이다. 그가 대답했다.

"매우 고마운 일이오만, 이처럼 중요한 날 술과 여자를 가까이할 수 없다고, 그러나 생각해주신 은혜 백골난망이라고 전해주시오."

"듣던 대로 우직한 사람이구려. 성품이 이처럼 곧으니 상이 내려질 것이오. 그럼 술만 내려놓고 갈 테니 한 잔씩만 나누고 잠을 청하시오."

"고맙소."

요원은 술 항아리들을 내려놓고 여인과 함께 마차를 타고 돌아갔다. 마차 바퀴 소리가 완전히 사라졌을 때 그는 부하들과 함께 술 한 잔씩 나누고 잠이 들었다.

위수병 대장은 쌍날 검과 갑옷과 적동 허리띠를 책상 위에 펼쳐놓았다. 적동 허리띠는 여덟 개의 경첩 이음매에 칼꽂이까지 달린 것으로 어제 오전 퉁가슈가 선물로 가져왔다. 그는 허리띠를 차고 쌍날 검을 꽂아보았다. 너무도 잘 맞았다.

'그날을 위해 너희들은 내게로 온 것이다!'

우르에서 도금공을 납치해 와 금화를 만들기 시작했고, 우루카기나만 처리하면 자신은 군장, 아니 총사령관으로 임명될 것이다. 총리대신도 그 비슷한 언질을 주지 않았던가.

'이제 투구만 있으면 취임식 준비는 끝난다. 그건 임명을 받은 뒤에

주문해도 늦지 않을 것이다.'

취임식 날을 상상하면 절로 황홀해졌다.

'사병들로서는 보지 못했던 투구에 갑옷과 적동 허리띠, 전열식이 최고 정점에 이를 때 용맹의 상징으로 이 명검을 높이 쳐들어 보이리라!'

그는 부관을 불렀다.

"연구소에서는 아무 보고가 없나?"

어제 연구소 앞에 1개 중대를 주둔시켰다. 우루카기나가 출몰할지도 몰라서였다.

"나타나지 않았다고 합니다."

"도선장 지대는?"

그는 방을 붙인 뒤 요원들을 통해 두 가지 소문을 퍼뜨렸다. 자수하면 살려준다는 것과 신고하는 사람에게 금화 두 개를 준다는 것이었다. 자수는 물론 신고하는 사람도 없었다. 그때 문득 우루카기나가 도시를 떠났을 수도 있다는 생각이 들었다. 절대로 도망갈 위인이 아니라면 원군을 데려올지도 몰랐다. 우루크에서 공부했으니 그곳 군사일 수도 있어 그는 도선장과 강변 외곽을 철통같이 지키라고 지시해둔 것이다.

"조용합니다. 좀 전의 보고에 의하면 강 건너에서 구경꾼들이 아침부터 배를 타고 도시로 들어오고 있다고 합니다."

"교장의 아들들은?"

"밭을 갈더라고 했습니다."

교장 아들까지 감시한 것은 우루카기나와 연락을 취할지도 몰라서였다. 그러나 우루카기나는 처남들에게도 찾아가지 않았다고 했다.

"그 어미는?"

"어제 저녁 누군가가 기웃거렸다고 합니다. 쫓아가보았더니 이미 사라지고 없더라고….”

'그러면 그렇지! 그놈은 제 어미를 만나려고 시도했던 것이다.'

대장이 지시했다.

"모친도 형장으로 데려다 놓도록 하라!"

부관이 급히 나갔고 뒤이어 연락병이 출행하는 소리가 들려왔다. 대장은 주먹을 불끈 쥐었다. 엄청난 힘이 자기 몸에서 솟아나는 것이 느껴졌다.

'우루카기나, 오늘이 너의 제삿날이다!'

정오 바로 전에 대장은 큰문광장에 도착했다. 호송 마차가 도착해 있었고 중대장이 그 옆에서 존경심이 가득한 미소를 보내왔다. 자신이 사령관이 된다는 것을 벌써 눈치를 챘는가? 대장은 목례로 답한 뒤 우루카기나의 모친을 찾았다. 아직 보이지 않았다. 얼핏 불길한 생각이 들었으나 곧 도착할 것이라고 그는 자신을 안심시키며 주위를 살폈다.

시민들이 벌 떼처럼 몰려나왔고 군인들이 그들을 통제하느라 애를 먹고 있었다. 구경거리라면 저승까지도 가는 것이 시민들의 근성이라지만 이 정도는 상상도 못했고, 온순할 것으로 여겼던 시민들이 밀고 당기고 소리를 질러대는 것도 생소하다 못해 위화감까지 느껴졌다. 그는 부관에게 물었다.

"모친은 도대체 어떻게 된 거야?"

"연락병도 소식이 없습니다."

"놈은?"

"아무 조짐도 없습니다."

그때 시민들이 빨리 집행하라고 외쳐댔다. 대장은 지난 수년간 누르고 눌러온 성질이 한순간에 터질 것만 같았다. 그는 인내심을 잃고 악을 쓰듯 명령했다.

"더 기다릴 수 없다. 망나니를 대령하라!"

두건을 쓴 망나니가 칼춤을 추며 앞으로 나왔다. 시민들이 숨을 죽였다. 대장이 시민들에게 선포했다.

"오늘 참수될 사람은 에두바의 전 교장이며 지금까지는 역청 연구소에서 일했다. 그는 몇 가지 발명을 해냈고 당국은 그에게 좋은 대접을 해주었다. 그럼에도 그는 극악무도한 역적 우루카기나와 역모를 해 부득이 참수형이 내려진 것이다. 위대하신 총리대신께서 우루카기나가 자수를 하면 교장을 살려주라 하셨음에도 그는 여태 소식이 없다!"

시민들은 물을 끼얹듯 조용해졌다. 그가 계속했다.

"시민들은 들으라. 그를 잡거나 발고하는 사람은 약속대로 금화 두 개를 준다. 있는 장소만 알려주어도 금화를 준다. 지금도 늦지 않았으니 주저 말고 발고하라!"

시민들은 잠깐씩 옆 사람을 바라볼 뿐 다시금 침묵에 빠져들었다. 대장이 고개를 빼서 멀리 바라보며 말했다.

"우루카기나, 지금 네가 여기에 와 있다는 것을 알고 있다. 장인을 죽게 하고 싶지 않다면 당장 앞으로 나오라!"

시민들이 웅성거렸다. 우루카기나는 물론 그를 발고하는 사람도 없는데 웅성거림만 점점 더 커졌다. 시민들이 발산하는 그 웅성거림은 자기를 조롱하는 소리였다. 그가 중대장을 향해 명령했다.

"교장을 끌어내라!"

중대장이 마차로 올라가 갈대 우리의 뚜껑을 열었다. 중대장의 얼굴이 삽시간에 파랗게 질렸다. 교장이 없었다. 그는 입술을 깨물었다. 비밀 요원이 주고 간 술, 그 술을 마신 병사들이 모두 잠들었을 때 우루카기나 일당이 교장을 탈취해 간 것이다! 그럼에도 형 집행 시간에 늦을까 봐 아침에 일어나 확인조차 해보지 않고 쫓겨서 달려온 것이었다.

대장이 성큼성큼 다가왔다. 그는 얼어붙은 중대장을 밀치고 칼을 뽑아 갈대 우리를 후려쳤다. 양털로 만든 인형 모가지가 허공으로 솟아올랐다. 시민들 사이에서 탄성이 터져 나왔다. 이성을 잃은 대장은 칼끝을 돌려 그대로 중대장의 가슴을 찔렀다. 중대장은 외마디 비명을 지르며 쓰러졌다. 대장의 그런 행위에 시민들이 야유를 던졌다. 그는 칼을 겨눠 들고 시민들 쪽으로 걸어갔다. 자기에게 비웃음을 던지는 시민들은 단칼에 그 머리를 베어주리라!

군사들도 그에게 길을 터주었다. 시민들이 공포에 떨며 뒷걸음질 치는 순간 어디선가 표창이 날아와 대장의 오른쪽 어깨에 박혔다. 그는 주춤했으나 그대로 걸었다. 또 하나의 표창이 날아와 팔뚝에 꽂혔다. 그는 쥐었던 명검을 떨어뜨리고 말았다. 그가 주저앉자 군인들이 급히 호송 마차를 끌고 와 그를 실어 갔다.

광장을 떠나던 시민들은 뒤에 서 있는 짧은 머리의 남자를 알아보았다. 사람들은 모르는 척 지나가거나 눈인사를 보내기도 했다. 그중 몇몇은 동행자의 귀에 대고 속삭였다.

"저이가 우루카기나, 의혈단 두목이래."

변복을 한 퉁가슈는 눈을 찡긋하며 지나갔다. 어젯밤 그와 우루카기나는 심야의 정담을 했다. 그는 친구의 야심을 진단했고 우루카기나는 정직하게 대답했다.

"퉁가슈, 나는 내 속에 빠져 있는 사람이 아니야. 나만이 옳다고 생각한 적도 없어. 세상에 혼자 완벽한 사람이 없는 까닭은 여러 사람과 지혜를 주고받음으로써 완성하라는 뜻이지. 혁명 이후? 누가 통치자가 되든 우린 항상 지혜를 보태야 하는 거야. 시민 생활이 안정적으로 정착될 때까지는 말이네."

3

 6월, 수확기가 돌아왔다. 알이 꽉 찬 보리는 자기 종족과 사람에게 더 완벽한 생명을 베풀기 위해 마지막 순간까지 해를 유혹하고 사람들은 달고 구수한 햇곡식을 맛보기 위해 방앗간 청소를 시작했다.

 올해는 보릿고개가 극심했다. 들 곳곳에는 굶어 죽은 시신들이 널려 들짐승의 밥이 되었고 시장에도 빵이나 곡물을 파는 상인이 없어졌다. 거지나 굶주린 주민들이 몰려 나와 탈취해 가기 때문이었다. 배고픈 사람들의 생명은 참으로 모순적이었다. 생명을 보존하기 위해 곡물을 훔치면서도 그 곡물을 위해 생명을 바치기도 했다. 지주들에겐 생살여탈권이 주어져 자기 곡식을 훔치려는 자는 누구든 죽일 수가 있었다. 라가시 역사상, 아니 수메르 전 역사상 그런 법령은 존재한 적이 없었다. 전에는 그 누구에게도 살인이 허용되지 않았고 설령 노예를 죽여도 엄한 처벌이 따랐다. 진정한 법령은 다 사라지고 칼바람만 남아 무고한 시민들을 베고 있는 것이 라가시의 현실이었다.

 우루카기나는 보리를 베는 사람들을 바라보았다. 일꾼들은 체계적으로 일을 했다. 앞줄이 보리를 베어두면 뒤에서는 단으로 묶고, 또 그 뒤에서는 마차에 옮겨 방앗간으로 실어 갔다. 그들은 계절 품팔이로 페라르 마을에서 보내주었다.

어젯밤 아내가 다녀갔다. 페라르는 그의 품에 안겨들며 말했다.

"당신이 그리워 내 가슴이 다 타버렸어요. 한 도시에 살면서 몇 달이나 만나지 못하다니, 나에겐 너무도 큰 형벌이에요."

역법 박사는 사람의 인연에 대해 말한 적이 있었다. 일찍이 사랑 법을 깨달은 사람, 자기 사랑의 격을 항상 최고 수준에 두려고 노력하는 사람도 상대의 사랑이 미숙하면 그 사랑은 함께 꽃을 피우지 못한다. 상대가 자신과 비슷한 사랑 법을 가졌다 해도 인연이 맞지 않으면 또 헤어지거나 종종 떨어져 살아야 한다. 역마가 낀 사람도 그와 비슷하다고 스승은 덧붙였다. 새벽에 아내가 떠날 때 그는 아내의 손을 잡으며 약속했다.

"도시를 되찾으면 당신에게 가장 값진 선물을 하겠어."

"당신과 함께 사는 것이 제겐 최고의 선물이지요."

"바로 그거야. 지방에 갈 일이 있어도 당신과 동행하겠어. 집에 머물 때는 밤마다 하늘의 별을 보며 그들의 전설과 사랑 얘기를 하는 거야."

통가슈가 다가와 우루카기나 옆에 섰다. 두바크와 타브루도 그 뒤에 서 있었다. 급한 일이 있다는 표정들이었다. 그는 곧장 회의실로 향했다. 탁자에 앉자마자 두바크가 먼저 입을 열었다.

"벽돌 공장 수용자들이 반란을 일으켰어. 이틀간 굶겼기 때문이래."

"뭐야? 부려먹는 것도 모자라 굶기기까지 해?"

우루카기나와 타브루가 똑같이 반문했다. 그곳의 감시 체제가 악랄

하다는 것은 둘 다 겪어봐서 알지만 그래도 식사량만은 넉넉했다. 자체 식당이 있어서 가끔은 양배추 수프에 치즈도 나왔다. 타브루가 물었다.

"까닭이 뭐래? 취사 감독이 곡물을 가로챘대?"

"루갈란다가 원흉이지. 그자가 금을 사들이려고 보유 곡물을 몽땅 수출했다는 거야. 귀족과 부자들에게까지 증서를 써주고 곡물을 차용해버려 곳간이 비어버린 거지. 다급해진 관료들이 이른 수확을 강요하고 다니지만 덜 여문 곡식이 제대로 탈곡이나 되겠어? 반 이상 떡보리가 되었겠지."

"반란자들은 지금 어떻게 하고 있어?"

"군인들과 대치하고 있다는데, 문제는 군인들이 무장을 했다는 거야."

충돌하면 결국 유혈 사태가 날 것이고 희생자도 많을 것이다.

타브루가 한탄했다.

"멍청한 것들. 이참에 전부 해방시켜주면 양편이 다 가벼워질 것이 아닌가."

"해방시켜준다고 돌아갈 가정이나 있을까. 아주 많은 가정이 무너졌다던데."

탈출하는 사람은 가족에게 벌이 가해졌다. 수용자들은 그것이 무서워 참고 살았는데 가정조차 지켜지지 않았다. 타브루가 기르수로 떠날 때 그의 노부모를 대피시켜준 두바크가 혼잣말처럼 중얼거렸다.

"악순환이 경각에 달했어…."

침묵을 지키던 퉁가슈가 입을 열었다.

"카부르라고 아주 번성했던 왕국이 있었다네. 유프라테스 강 상류인데, 지금은 유적만 남아 있지. 한때 부흥했던 왕국이 왜 망했는지 아나?

왕족들이 물자를 모두 탕진했기 때문이래. 금송아지에 금으로 만든 악기, 왕의 의자까지도 금으로 만들었다는데 그 사치를 위해 백성들의 곳간까지 털어 간 거지."

"곡식이 금보다 귀하다는 교훈이군."

"물자는 한정되어 있는데도 백성을 쥐어짜면 계속해서 나온다고 생각하는 것이 폭군들의 근성이란 말이지. 굶주린 백성들은 죽거나 떠나고 왕족만 남아 쓸쓸히 멸망해간 카부르…. 라가시도 그 꼴이 될까 봐 걱정이네."

우루카기나가 그 말을 받았다.

"그걸 막으려고 우리가 이 일을 하는 게 아닌가."

"도시를 접수했을 때 국고가 깡그리 비어 있다면 우리가 무엇으로 부활할 수 있겠어. 시민들은 어떻게 먹여 살리고. 우리가 마련한 농장과 그 마을마저 굶주린 사람들의 표적이 되고 말걸세."

타브루가 나섰다.

"그런 얘기는 급하지 않네. 우선 반란군 이야기부터 끝내도록 하세."

우루카기나가 타브루의 말을 받았다.

"두 가지 방법이 있네. 반란군과 연합해 정부군과 싸우는 것과 지도급 인사를 찾아내 그가 수용소 당국자와 협상하게 만드는 것이지. 지금 수용소를 해체하면 당국에서는 일거양득이 되네. 수용자들은 해방되어 감사할 것이고 당국은 곡물 걱정을 하지 않아도 되니까."

"싸우도록 하세. 수용자들을 시민군으로 만들 기회이기도 하네."

"그렇게 되면 장기전이 될 수 있어. 지금은 시민군보다 곡물 비축에 전력을 쏟아야 할 처지야."

퉁가슈가 나섰다.

"협상을 장려한다 치고, 그런데 만약 양쪽 다 협상을 거절한다면?"

"그땐 반란군과 합류해서 싸우는 길밖에 없겠지."

우루카기나가 결정을 내렸다.

"씨움을 한다 해도 수확 시기는 지나는 게 좋겠으니 지금은 협상에 최선을 쏟도록 하세. 퉁가슈, 두바크, 자네 둘이서 지금 곧 닌기르수 대사제를 찾아가게. 도시의 수호신전장이 아니신가. 수용소 소장도 무시하지는 못할 걸세."

두 사람이 몸을 일으키자 우루카기나가 퉁가슈에게 당부했다.

"자넨 이제부터 출항을 중지해주게."

"나도 그랬으면 좋겠네만, 왕궁에서 부탁하면 한 번 더 나가야 할지도 모르겠네."

"가능하면 빠지도록 해보게."

"알겠네."

타브루가 배웅을 나간 뒤 우루카기나는 그가 기록한 오늘의 회의 서판을 보았다. 협상인 추대 책임자는 외무국장 퉁가슈, 재정국장 두바크라고 적혔고 지시한 사람은 의장 우루카기나, 기록한 사람은 법과 치안국장 타브루라고 명기되어 있었다. 얼마 전 결정된 직책을 오늘부터 문서로 명시한 것이었다.

4

 8월 중하순이었다. 루갈란다는 자기 이름이 새겨진 배 앞에 왕비와 함께 서 있었다. 새로 축조한 루갈란다호는 초승달 모양이었고 선수는 용머리, 선미는 끝을 감아 올린 용의 꼬리로 장식되었다. 수메르 왕의 옥새에는 용이 새겨져 있다 해서 루갈란다 자신이 지시한 모형이었다.
"마음에 드십니까?"
배웅 나온 총리대신이 물었다.
"훌륭해요. 내가 머물 객실도 어서 보고 싶어요."
 루갈란다는 카펫이 깔린 선교로 올라갔다. 돛은 아주 높은 것이 둘이었고 그 뒤쪽으로는 독특한 형식의 나무 건물이 있었다. 왕이 거처할 객실이었다. 총리가 그쪽으로 안내하며 말했다.
"갑판에는 조타실과 돛과 전하의 처소만 있소이다. 선원과 노꾼, 식당까지도 모두 갑판 아래에 배치했다고 총감독이 말했어요."
"가수와 시종은요?"
"그들은 전하께서 주무시는 시간에만 아래로 내려갑니다."

푸른색으로 칠한 두 짝의 문을 열자 커다란 침대와 화장대, 황소 머리가 장식된 의자가 두 개, 창문 쪽에는 가수들이 설 무대까지 설치되어 있었다. 루갈란다는 황홀해서 소리쳤다.

"훌륭해요! 삼촌, 이 배를 만든 총감독에게 전하세요. 내 다녀와서 큰 상을 내리겠노라고."

"그렇게 전하리다."

총리는 대답한 뒤 침대 밑을 가리켰다. 거기 금화 네 상자가 있었다. 세 개는 똑같은 크기였고 하나는 작았다.

"작은 것이 전하께서 용돈으로 쓰실 금화요."

"수고하셨습니다. 다녀와서 굉장한 선물을 드리리다."

"성은이 망극합니다."

선원이 뿔 나팔을 불었다. 총리가 작별 인사를 하고 배에서 내려가자 배는 곧 출발했다. 루갈란다의 가슴은 감동으로 벌렁거렸다.

'내 이 순간을 얼마나 기다렸더냐!'

옥새와 왕홀을 가지면 수메르 전 도시에서 세금을 거둘 수 있다. 에리두에서는 매일 진귀한 해산물을 올려줄 것이고, 우르의 장인들은 각반이 달린 최상품의 가죽신을 진상할 것이다. 우루크의 별 박사들도 불러들여 천년만년 빛나는 자신의 별자리를 만들게 하리라!

그는 돌아서서 왕비를 보았다. 왕비는 달덩이처럼 훤한 얼굴로 의자에 앉아 왕을 향해 미소를 지어 보였다. 자신에게 태양을 던져준 사람, 해몽가가 말하지 않았던가, 왕비는 태양의 부적을 가졌고 그것을 자신에게 던져준 것이라고. 왕비를 키시에 데려가는 까닭도 거기에 있었다. 옥새를 가진 후 왕비에게 세상에서 가장 값진 것을 선사하리라. 그는 다가가 아내의 손을 잡았다.

"키시에서 옥새만 받으면 세상에서 가장 크다는 항구도시로 갈 것이오. 거기에는… 가만, 안내인을 불러 직접 들어보는 게 좋을 것이오."

루갈란다는 시종을 불렀다.

"국제시장 안내인을 데려오라."

대령한 안내인은 퉁가슈였다. 위수병 대장이 추천했는데 당자의 얼굴색은 밝지가 않았다.

"자네 얼굴이 왜 그 꼴인가?"

"용서하십시오, 전하. 배탈이 나서 그러하옵니다만, 이제 다 나았습니다."

"다 나았다면 국제시장에 어떤 물건이 있는지 왕비께 말씀드리게. 전에 어떤 선장의 말로는 처녀불알을 파는 곳도 있다던데, 그건 어떻게 생겼는가?"

루갈란다는 그 말을 듣고 새로 들어온 어린 후궁들의 아래를 살펴보기까지 했으나 아무도 가진 자가 없었다.

"소인은 미련하여 그런 것이 있다는 말은 들어본 적도 없사옵니다."

"그러면 그렇지. 그 선장이 허풍을 친 게야. 그럼 자네가 본 것이나 왕비에게 말씀드리게. 왕비께서는 대상으로부터 황 호박 두 개를 산 적이 있는데 그것이 부와 명예를 보장한다더군. 이번엔 여러 개를 사서 목걸이를 만들고 싶다는데, 그런 것도 있겠지?"

황 호박은 왕실 여인들이 상징으로 가진다고 했다. 루갈란다 마누라도 그걸 알고 있는 것이다.

"예, 있습니다. 황 호박은 벼락에 죽은 소나무의 핵, 혹은 영혼이라

하여 값이 매우 비싸옵니다."

"누가 널더러 값을 걱정하라고 했느냐? 있는지 없는지 그것만 말하란 말이다!"

"황 호박, 자수정, 루비, 청금석보다 훨씬 아름답고 투명한 보석도 있습니다. 페니키아에는 세공술이 뛰어나 어떤 보석도 구멍을 뚫어 황소 힘줄로 목걸이나 팔찌를 만든다고 했습니다. 그렇게 세공된 것 또한 매우 비싸고…."

"또 비싸다는 타령이냐?"

"황공하옵니다. 그만 버릇이 되어서 그러하오니 용서해주십시오."

"그리고 또 다른 것은?"

퉁가슈는 베두인들의 은장도를 떠올렸다. 베두인 사내들이 다섯 살 때부터 칼을 착용하는 건 신기할 게 없으나 여인들 역시 성인이 되면 장도를 지니는 풍습이 있었다. 여인들이 장도를 지니는 이유는 침략을 당했을 때 외간 남자에게 강간을 당하기 전에 스스로 목숨을 끊기 위해서였다. 왕비는 은장도에 그런 뜻이 담겼다는 사실을 모를 것이다. 퉁가슈는 속으로 조소했다.

'루갈란다의 아내도 종말이 멀지 않았으니 장도를 지니게 한다면?'

"문장이 아름다운 은장도도 많습니다. 왕가의 부인들이 즐겨 찾는다 하여 칼집에는 보석을 박아…."

왕비가 물었다.

"보석을 박은 은장도가 좋겠구나. 선물용으로 여러 개를 사고 싶으니 그곳에 날 데려가 주겠느냐?"

"예, 그러하겠사옵니다."

"오늘은 그 정도로 하고 그만 나가보라."

퉁가슈는 그 방에서 나왔다. 돛은 하나만 올랐음에도 배는 살같이 달리고 있었다. 그는 위수병 대장의 말을 떠올렸다. 우루카기나의 은신처를 알아냈는데 왕이 출항하고 나면 즉시 덮칠 것이라고 했다. 독이 묻은 표창에 의해 팔 하나를 잃은 대장은 독사처럼 온몸으로 독을 뿜고 있었는데 그 사실을 우루카기나에게 알릴 여유가 없었다.

"전하의 출항은 비밀일세. 시민들이 알면 동요할 수도 있어서 말이네. 자네도 지금 곧 배로 가야겠네."

아침에 불려가서 그 길로 배에 올랐다. 집에는 기찰이 알려준다 했지만 이 사실은 지도부가 먼저 알아야 한다. 대장이 알아냈다는 곳이 요충지 마을인지도 모른다. 노동자나 농민 행세를 하면서 실력을 쌓은 시민군이라 해도 대대 병력이 급습을 한다면 전멸할 수도 있다.

'아아, 이 일을 어찌하나⋯.'

그는 바람이나 새 혹은 그 어떤 것이라도 붙잡아 이 소식을 전하고 싶었으나 그럴 수 없어 가슴만 태웠다.

5

이난나 여신전 기사들은 보름날마다 신단 앞에서 무술 시합을 열었다. 자기 충성과 기량을 여신에게 직접 보이는 행사였다. 이 기사단에는 이난나 여신을 특별히 추종하는 여장파 기사들도 있었는데 주로 몸집이 작고 생김새도 여성스러웠지만 무술 솜씨는 저마다 빼어났다.

곱슬머리에 귀엽게 생긴 하님돌과 털북숭이의 대결이 시작되었다. 하님돌이 빙글빙글 돌며 먼저 상대에게 다가갔다. 몸집은 작아도 칼끝이 매워 상대를 매몰차게 후려칠 것으로 기대했는데 교태를 부리듯 가슴을 겨냥했고 털북숭이 또한 상대의 무기를 부드럽게 받아 애무하듯 비벼댔다. 두 사람이 연애를 한다는 신호였다.

노두갈메시는 우루카기나와의 마지막 밤을 생각했다. 그날 두 사람의 육신은 출구가 막힌 불길이었다. 문을 열면 거침없이 폭발할 열정을 새벽까지 가두느라 기름땀을 흘리다가 날이 밝아오자 눈물과 한숨으로 서로 얼싸안았다.

"키스! 키스!"

기사들이 손뼉까지 치면서 추임새를 넣었다. 하님돌과 털북숭이가 서로 껴안고 얼굴을 비비대고 있었던 것이다. 기사들의 남색이야 공공연한 비밀이라 해도 여신 앞에서는 예의가 아니었다.

"여신의 질투심을 건드릴 작정인가? 어서 충성심을 보여드려라!"

그때 우루카기나의 아들 헌투가 급한 걸음으로 들어왔다.

'전번에 표창을 만들어 보냈는데 또 무슨 일일까?'

노두갈메시는 부단장에게 행사 진행을 맡기고 헌투를 데리고 밖으로 나갔다.

"다급한 일인 것 같구나."

그는 앞에 있는 지친 말을 보았다. 쉬지 않고 달려온 모양이었다.

"예. 라가시 왕 루갈란다가 배를 타고 키시로 떠났습니다."

"어느 강으로?"

"티그리스를 타고 내려갔으니 틀림없이 유프라테스로 오를 것이라 했습니다."

"언제 출발했다고?"

"어제 아침입니다."

우루크에는 내일모레쯤 도착할 것이다. 신선한 부식이나 물을 싣기 위해 정박하거나 그럴 필요가 없다면 그냥 통과할 수도 있다.

"내가 할 일은 뭐라더냐? 그 배를 타는 거냐?"

"그건 선생님께 맡긴다고 했습니다. 다만 키시에 도착하기 전에 붙잡아서 라가시로 데려와달라고 했습니다."

왕 일행에게 우루크는 경계 지역일 수도 있다. 그렇다면 우루크에 정박할 확률은 희박하다. 헌투가 덧붙였다.

"그리고 배에는 아버님 친구분이 타고 계신다고 했습니다. 교역을 하시는 분인데 루갈란다가 데려갔다고 합니다."

"네 말은 그분이 루갈란다의 인질이란 말이냐?"

"모르겠습니다. 그분을 보호하라는 말씀만 하셨어요."

노두갈메시는 알았다고 대답한 뒤 덧붙였다.

"네 말도 지친 것 같으니 오늘은 내 집에서 자고 내일 떠나거라."

"아닙니다. 내일부터 싸움이 시작될지도 모릅니다. 저도 참가하고 싶으니 지금 돌아가겠습니다."

"그럼 내가 선창까지 데려다주마."

그는 마방에서 자기 말을 꺼내 왔다. 아이가 뗏목을 타는 것도 도와주고 자신도 사촌 형에게 배편을 알아보기 위해서였다. 왕의 배가 우루크에 정박하지 않는다면 시파르에서는 반드시 정박할 것이다.

헌투가 라가시 나루에 도착한 것은 다음 날 아침나절이었다. 나루에는 장에 가려는 사람들이 몰려나와 배를 기다리고 있었다. 도심지 푸줏간으로 양을 끌고 가는 사람, 귀족들에게 팔려고 오리를 잡아 가는 사람, 바구니 장사, 채소와 옥수수를 시장에 팔러 가는 여인, 그 모두가 넋놓고 앉아 한사코 강 건너편만 바라보았다.

헌투는 뗏목을 찾았다. 평소에는 가축 운반용으로 늘 대기하고 있던 뗏목이 오늘은 단 한 척도 보이지 않았다. 그는 바구니 장사에게 물었다.

"어르신네, 배는 언제 오는지요?"

"기찰꾼들 마음이지."

"기찰꾼들이 끌고 갔습니까?"

"강 건너를 보게. 배도 뗏목도 다 저기 묶여 있지 않나."

사공은 보이지 않는데 배와 뗏목만 줄줄이 묶여 있었다.

"무슨 일로 기찰이 배와 뗏목을 가져갔답니까?"

"우리도 모르니까 이렇게 기다리고 있지 않은가."

'벌써 싸움이 시작된 것인가? 외곽의 사람들이 합세하는 것을 막기 위해 배를 압류해 갔나? 어쨌든 강을 건너야 한다.'

헌투는 강 상류로 올라갔다. 10리쯤 위에 작은 나루가 있다. 전에 한 번 이용했던 곳이다.

6

　1, 2지구의 시민군이 신전 기사들과 함께 후궁원으로 향했다. 마차 두 대에 무기를 실었으나 차림은 옥수숫대를 베러 가는 농부들이었다. 광산에서 탈출해 온 수용자들도 이번 작전에 동원되었으나 이목상 분산했다가 합류키로 했다.

　쌍둥이 형제가 강 아래쪽에서 고기를 잡을 때 '루갈란다'라고 쓴 큰 배가 지나가는 것을 보았다. 이젠 배까지 만들었느냐고 침을 퉤퉤 뱉고 있는데 누군가가 갑판 뒤쪽에 서 있었다. 통가슈 같아 보였다. 집에 가서 확인해본 결과 틀림없었다. 나귀를 탄 위수병이 노모에게 전한 말은 당신 아들은 왕을 보필하고 있다, 한참 걸릴 테니 기다리지 말라고 했다는 것이다.

　루갈란다가 라가시를 비웠다는 걸 알게 되자 모두가 흥분했다. 마음도 바빠져서 당장 총회를 소집했다. 지방에도 연락인을 보내 어서 합류하라고 하달했다. 지방에서 원군이 도착하자면 사흘은 걸린다, 그때까지 기다리는 것은 시간 낭비다, 기습전이라도 벌이자는 등 조급한 의논이 이뤄지고 있는 가운데 세갈라가 들어와 사제들의 의견을 전했다. 성물부터 먼저 찾아야 한다는 것이었다. 모두 고개를 끄덕였다. 군장은 신성을 되찾는 것은 사제들의 일이라면서 이번 전투의 지휘권마저 기사장에게 넘겨주기로 했다.

궁전의 감시탑은 동서남북에 있었다. 후궁원 문은 정문 탑에서도 보여 시민군은 뒤쪽 벽을 끼고 다가갔다. 왕이 없다고 모두에게 자유가 주어졌는지 문지기도 보이지 않았다. 헨케르가 기사장에게 말했다.

"들어가면 정원입니다. 성물이 있는 연못은 뒤뜰인데 후궁들의 거처지를 돌아서 가면 상록수 길이 나오고 그 길 끝 지점에 연못이 있습니다. 연못에서는 궁전으로 들어가는 후문도 보이는데 위병소 막사가 그쪽에 있는 듯했습니다."

기사장이 물었다.

"연못은 깊은가?"

"아닙니다. 제가 들어갔을 때는 물이 허리쯤 닿았습니다."

기사장이 시민군에게 지시했다.

"선두는 처소로 들어가 후궁들을 묶고, 2열은 궁전 쪽 문을 봉쇄하고, 기사들은 연못으로 들어가 성물을 찾는다. 남아 있는 성물은 여섯이다. 성물만 찾으면 곧 철수한다."

그때 광산군이 도착했다. 기사장은 그들에게 지시했다.

"위수병들이 알면 이쪽으로 치고 들 것이다. 우리가 안에 갇히지 않도록 경비를 철저히 하라."

세갈라와 헨케르는 기사들을 따라 연못 쪽으로 갔다. 한 기사가 안으로 들어가다 말고 발에 걸리는 것을 들어 올렸다. 진흙이 엉겨 있어 물로 씻어내자 빛을 발했다. 꿈의 신전 성물이었다.

헨케르가 세갈라에게 말했다.

"다비나가 찾아둔 거예요!"

세갈라가 잠시 눈을 감았다가 말했다.

"다비나의 처소로 가보자꾸나."

뚱보 내시가 여동생과 담소를 나누고 있었다. 동생은 오빠가 좋아하는 과자와 삼나무 수액 크림을 내놓았고 뚱보는 살이 너무 찐다고 엄살을 부리면서도 크림을 듬뿍 찍어 먹어댔다. 동생이 마시던 찻잔을 내려놓으며 물었다.

"전하가 돌아오시기 전에 제 집이 완공되겠지요?"

"그렇고말고. 이제 침실과 육아실 치장만 남았다."

다비나가 죽자 그는 어떤 식으로 보고해야 할지 난감했다. 달아났다고 하면 찾아오라고 할지도 몰랐고 외간 남자와 내통했다는 것은 전에 한 번 써먹은 일이 있어 적절하지 않았다. 그때 다비나가 신전 출신이라는 생각이 났다. 왕은 신전과 사제들을 지독히 싫어했다. 라가시에는 자신의 신이 없다는 말도 공공연히 해왔다. 그는 다비나가 몰래 사제와 만나왔다고 보고를 하자 왕은 불같이 화를 내며 당장 발목을 잘라 죽이라고 했다.

동생이 물었다.

"전하께서 함께 가자고 하지 않으시던가요?"

왕이 그를 불러 국제 항구에 대해 묻고 있을 때 총리대신이 들어와 수년간 국제 항구만 다닌 전문적인 교역인이 있다고 아뢰었다.

"왜 안 그러셨겠느냐. 하지만 내가 사양을 했단다. 네 집부터 완공하려고 말이다."

영혼을 빨아먹는 그 여우 같은 년이 없어지자 왕은 다시 동생을 보았고 동생 또한 임신을 한 덕에 땅과 새 집을 하사받았다. 동생은 유모와 아이 놀이방을 원했고 궁중 건축가는 뇌물을 받은 만큼 집에 공을 들이고 있었다.

"전하께서 돌아오실 때 제 선물도 사 오시겠지요?"

왕비와 함께 갔으니 후궁들까지 신경 쓰지 않을 수도 있다. 그러나 그는 동생의 기분을 상하게 하고 싶지 않았다. 동생은 자기 집안을 일으켜 세운 공로자였다. 대대로 소작을 부치며 노예나 다름없이 살아온 자기가 내시가 된 것도, 상상도 할 수 없었던 국제시장에 다녀온 것도 동생의 은덕이었다. 그것만으로도 동생은 행복할 자격이 있었다.

"사 오시고말고. 넌 왕자님을 잉태한 몸이 아니냐."

동생이 행복하게 웃었다.

"오라버님은 저를 항상 기쁘게 해주셔요."

동생의 그 말이 끝나기도 전에 시녀가 달려와 알렸다.

"농부들이 몰려와 후궁들을 방에 가두고 있어요!"

"뭐라는 게냐?"

뚱보 내시가 벌떡 일어나 무기가 될 만한 것을 찾았다. 내시들을 휴가 보낸 것도 자신이었다. 후궁원에는 남자가 없으니 자기라도 나서야 하는데 마땅한 것이 없었다. 그는 주렴을 걸어둔 나무 막대기를 뽑아 들고 복도로 뛰어나갔다. 저만치 앞에서 두 남자가 걸어오고 있었다. 세갈라와 헨케르였다.

그들은 뚱뚱한 사내가 막대기를 휘두르며 달려오자 단도를 꺼냈다. 세갈라가 좀 더 빨랐다. 그의 단도가 바람을 가르며 뚱뚱한 사내를 향해 날아갔다. 뚱보 사내는 바닥에 천둥소리를 내며 뒤로 넘어졌다. 세갈라가 넘어진 사내 곁으로 다가갔다. 단도는 정확하게 심장에 꽂혔고 뚱보는 눈이 뒤집혀 있었다. 세갈라가 단도를 뽑아내자 피가 위로 치솟았다. 참 이상한 일이었다. 그때 다비나의 얼굴이 어른거렸다. 슬픈 표정이 아니었다.

"여기서 그만 나가자."

세갈라는 다시 연못으로 갔다. 성물을 건졌던 자리에서 단도를 씻었다. 소리 없는 눈물이 흘러내렸다.

'다비나야, 네가 발각된 곳이 여기였나? 그래서 그 성물이 여기에 있었던 거냐? 널 잡아다가 그처럼 처참하게 죽인 자가 아까 그 뚱보였니?'

그는 고개를 저었다.

'그래, 널 죽인 자는 나였어. 너에게 그런 일만 시키지 않았어도 넌 아직…'

수면 위로 다비나의 얼굴이 떠올랐다. 다비나는 자기 연인을 위안하려는 듯 따뜻하게 웃고 있었다. 세갈라는 눈물을 닦고 다비나의 얼굴 위로 가만히 자기 얼굴을 포갰다.

7

마을에서 연기가 피어올랐다. 벌써 저녁 준비들을 하는 모양이었다.
'아버지와 타브루 아저씨는 집에 계실까?'
헌투는 말에서 내려 고삐를 잡고 마을로 향했다.

역한 냄새가 별안간 코를 찔러왔다. 말도 우뚝 멈추더니 더 이상 들어가지 않으려고 뻗댔다. 그는 고삐를 놓고 마을 안으로 달려갔다. 입구에는 개들이 죽어 있었고 아이들이 뛰놀던 공터엔 정적만 흘렀다.

연기가 피어나는 잿더미 속에 시신들이 포개져 있었다. 냄새의 근원지였다. 땔감으로 말려둔 아마 대와 짚단을 가져다 높이 쌓고 불을 지른 뒤 산 사람을 던져 넣은 것이었다. 거의 여자와 아이들로 머리카락이 타고 살이 일그러져 누구인지 식별조차 할 수 없었.

헌투는 너무도 놀랐다. 상상조차 해보지 못한 참상이 숨통을 막은 듯이 헉헉거리다가 그는 아버지 처소로 달려갔다. 책상은 도끼로 찍혀 부서졌고 필기도구와 갈대 촉은 사방으로 흩어져 있었다.

'언제 이런 일을 당했나? 아버지는 어디에 계시나?'

헌투는 미친 듯이 마을 길을 쫓아 다니다가 창고 앞에서 멈추어 섰다. 문짝은 떨어져 나갔고 곡식이 시커멓게 탔거나 타고 있는 중이었다. 잘 보관해둔 종자 씨 항아리들도 산산조각이 났다. 그 안에 누가 있을 리 없음에도 헌투는 사람을 불러보았다.

"여기 누구 있어요?"

괴상한 침묵이 대답을 대신했다.

'아버지는 어디 계신가?'

발이 젖어왔다. 수로에서 물이 넘쳐 창고 앞으로 흘러왔다. 수로에도 시신이 쌓여 있었다. 놈들이 사람과 짐승을 죽여 수로에 던진 것이다. 늙은 남자와 여자, 염소와 양들이 뒤섞여 있었고 물은 거기서부터 넘치고 있었다. 헌투는 시신 더미를 파헤치기 시작했다. 죽은 염소에 눌려 있던 한 노인이 손을 움직였다. 외딴 집에서 염소를 키우던 노인이었다. 헌투가 땅바닥으로 옮겨주자 노인이 잠깐 정신을 차리는 듯하더니 곧 숨을 거두었다. 그때 골목길 저쪽에서 열두어 살쯤 되어 보이는 소년이 잔뜩 경계를 하며 다가왔다.

"넌 살아 있구나!"

"엄마는 잡혀 갔어요."

엄마가 자기를 항아리에 숨겨주어 살았다고 했다. 그러나 엄마는 죽었을 것이라며 아이가 울먹였다. 헌투가 물었다.

"언제 누가 마을을 이 지경으로 만들었니?"

"아침나절이었어요. 엄마랑 옥수수를 따려고 마을 앞으로 나가는데 군인들이 벌 떼처럼 몰려왔어요. 우리는 급히 집으로 돌아왔지요. 그들은 집집마다 뒤지고 다니며 우루카기나와 교장을 찾았어요. 우리는 알지도 못하는 사람들인데 말이지요. 엄마가 모르는 사람이다, 다른 마을에 가서 찾아보라고 하자 그만 끌고 갔어요."

주민들은 교장에 대해서 알 리가 없는데 참혹한 죽임을 당했다. 살인마는 대체 누구인가?

"지휘자를 보았느냐?"

"예. 말을 탄 외팔이였어요."

위수병 대장이다! 큰문광장에서 표창을 맞고 팔을 잘랐다더니 그가 복수를 시작한 것이다.

"마을엔 남자들이 있는데 어찌 막아내지 못했나?"

"몰라요. 우리 아버지도 집에 없었어요."

이곳은 제1 지구로 가장 선구적인 마을이었다. 거의 모두가 손바닥만 한 농토나 소작에 의지했던 가난한 농민들이, 자기만 알던 그들이 이제는 공동의 곳간을 짓고 두레 일을 하며 남자들은 빠짐없이 훈련에 임해왔다고 타브루 아저씨가 칭찬하던 마을이었다. 그렇게 훈련받은 장정들은 다 어디로 가고 부녀자와 아이들과 노인들만 이처럼 희생을 당했단 말인가. 날이 저물고 있었다.

"살아 있는 사람이 더 있나 찾아보자."

헌투는 집집마다 돌면서 몇 명의 소년, 소녀들을 더 찾아냈다.

시민군이 두바크의 농원으로 집결했다. 무기를 실은 마차도 차례로 도착했다. 농원 식구들은 눈코 뜰 새 없이 바빴다. 시민군들을 배치된 자리로 안내하고 무기를 정리했으며 자신들이 제작한 투석기와 수백 개의 점토 돌을 마을 중앙으로 옮겨두었다. 밤이 깊어 타 지역 시민군들이 잠이 든 사이에도 이들은 횃불을 들고 함정 파는 일을 했다.

작전 회의를 끝내고 밖으로 나온 우루카기나 의장이 횃불을 보고 두바크에게 물었다.

"저기다 보초를 세웠나?"

"아닐세, 함정을 파는 중이야."

"전에 속을 썩인다던 그들이지? 노예와 떠돌이 노동자들?"

"그래, 그들이야. 예전의 모습은 싹 벗었다네. 표창 솜씨도 저마다 명수급이고 지휘자 감도 여럿이야."

우루카기나가 후후 웃었다.

'민족에 대한 신뢰가 확인되었다는 뜻인가?'

두바크가 물었다.

"왜 웃나? 자네의 지론이 증명되었다 이건가?"

"내 지론?"

"사람은 괴롭히는 요인만 없으면 누구나 스스로 발전한다며?"

"사실이 그렇지 않은가."

그럴 수도 있을 것이다. 하지만 그 방식은 시간이 오래 걸린다. 빠른 효과를 얻자면 상대에게 절실한 것부터 주어야 한다. 두바크는 그들에게 도시를 되찾으면 이 땅은 모두의 명의로 넘겨준다는 증서를 써주었고 그 결과 열정과 창의를 아낌없이 발휘했다. 관계 산술에 대한 완벽한 성공이었다.

함정을 파던 사람들이 누군가와 실랑이를 하고 있었다. 말고삐를 잡은 청년과 아이들이었다. 두바크가 그쪽으로 다가가며 말했다.

"자네 아들 같은데?"

역시 헌투였다. 그가 온 얼굴에 검댕이가 묻는 소년들을 데리고 와서 두바크를 찾았다. 늦은 밤에 행색도 이상해서 사내들이 따져 묻고 있을 때 두바크가 다가갔던 것이다.

"그 청년, 이리로 보내게!"

헌투는 제 아버지를 보고도 반가워하는 대신 볼이 잔뜩 부은 얼굴로 제1 지구의 재난부터 들먹였다.

"알고 있다."

우루카기나와 두바크가 동시에 대답했다. 헌투가 언성을 높였다.

"남자들은 없었습니다! 노약자와 부녀만 남겨두고 말입니다. 설마 도피한 것은 아니겠지요?"

"남자들이 다른 전투를 위해 마을을 비운 사이 적이 침략한 것이란다. 우린 그 보복을 하려고 여기에 집결했다."

후궁원 작전은 대성공이었다. 우려했던 군인들도 만나지 않았고 단 한 사람의 피해자도 없이 신들의 심장을 수거해 왔다. 사제들은 너무도 기뻐하며 포도주를 내왔고 모두 함께 축배를 들 때 마을의 참사를 들었다. 군장의 얼굴이 싸늘하게 굳더니 당장 응전할 것을 주장했다. 이대로 두면 다른 마을도 차례로 당할 것이고 궁전의 주인이 없다는 것도 호재이니 지금 쳐들어가자는 것이었다.

우루카기나 의장은 그 제안에 반대했다. 궁전을 포위한다면 궁전 밖에 있는 군사들에게 역포위를 당할 수 있기 때문이었다. 그때 두바크가 유인전을 내놓았다. 자기 농원은 궁전 떨거지로부터 사들인 것이다. 그에게 우루카기나란 자가 자기 농원에 침투했다고 발고를 하면 위수병 대장은 반드시 침투해 온다고 강조했고 그 작전이 통과되면서 두 사람이 앞서게 된 것이다.

헌투가 다시 물었다.

"아버지, 타브루 아저씨에게 여쭤볼 게 있는데 여기 계신가요?"

"기르수에서 원정병이 오고 있다. 아저씨는 그들을 맞으러 갔는데 내일쯤 합류할 것이다. 그래, 여쭤볼 것은 뭐냐?"

"타브루 아저씨가 중요한 문서라고 했는데 그 서판들이 보이지 않았어요."

"그건 지하실에 숨겨두었다."

의장은 아들에게 우루크에 관한 이야기를 듣고 싶었으나 데리고 온 아이들이 너무 지쳐 보여 먼저 숙소로 향했다.

8

 위수병 대장은 왼손으로 명검을 들고 그것을 노려보며 생각했다. 자신이 우루카기나의 마을을 급습하는 사이 놈은 후궁원을 치고 든 것이었다. 놈 또한 자기를 노리고 있었다는 뜻인가, 아니면 우연의 일치인가? 자기를 노렸다면 궁전이 빈 것도 알았을 것이다. 한데 놈은 후궁원만 훑고 갔다. 피해자도 내시 한 사람뿐이었다.
 '놈은 후궁원에 볼일이 있었던 것이다! 내시가 후궁을 보호하려다 죽었다지 않은가. 놈은 어떤 후궁을 구하려고 침투했던 것이다.'
 그는 내시들을 불러 사라진 후궁이 누구인가 알아볼까도 싶었으나 그런 일까지 신경 쓰다가는 자칫 놈의 의도에 휘말릴 수도 있어 그만두었다. 그는 칼을 당겨 날을 쏘아보았다. 푸른빛이 튀었다. 복수의 빛이었다.
 '내 반드시 네 목을 베리라!'
 그는 맹세를 한 후 칼을 집어넣었다. 선반에 놓아둔 갑옷과 허리띠가 보였다. 이제 그건 쓸모가 없게 되었다. 군장은 이미 사령관으로 승진되었고 자신에겐 우루카기나를 처치하라는 기존 명령만 연장되었다. 단, 이번에는 '전하가 돌아오기 전까지'라는 명토까지 박혀 있다.

부관이 들어와 알렸다.

"왕실 서기관님이 드릴 말씀이 있다고 하십니다."

"왕실 서기가 별안간 무슨 일이지? 안으로 모시게."

모자에 새 깃을 꽂고 금팔찌를 두른 서기관이 들어와 마주 앉았다.

"지난겨울에 매도한 내 땅이 있잖소. 대장이 소개해서 팔았던 농원 말이외다."

매수인을 소개한 사람은 퉁가슈였다. 그는 지금 전하와 함께 키시로 가고 없지 않은가.

"그런데 그것이 왜요?"

"내 농원을 사 간 사람이 오늘 아침에 찾아와서 도와달라고 해요. 우루카기나라는 역적이 수많은 거지 떼를 끌고 와서 자기 농장을 점령했다는 것이오. 창고의 곡식도 마음대로 퍼내 밥을 짓는 등 아예 주저앉았다는데 이러다 자기는 쪽박을 차겠다면서 부디 좀 쫓아달라고 통 사정이었소."

대장은 우루카기나라는 이름을 듣자마자 분노가 등골을 쑤셨다.

'놈이 거지 떼를 끌고 왔다? 그렇다면 지금껏 부랑자들을 끌어 모아 여기저기 다니며 강도짓을 했던 것이다? 후궁원에 간 것도 곳간을 털기 위해서?'

"그 떼거리가 얼마나 된다고 합디까?"

"상세한 것은 모르겠고 하여간 열흘만 눌러 있으면 자기 창고는 완전히 거덜 난답니다."

"농원은 동문 근처라고 한 것 같은데요?"

"맞아요. 도와주시겠소?"

'물론이오'라고 대답하려는 순간, 미리 말해서 잘된 결과가 없었다는 생각이 떠올랐다.

"생각해보겠으니 돌아가 계십시오."

서기관이 돌아갔다. 그는 다시 명검을 꺼내 맹세했다.

'내 이 칼로 네 놈의 팔다리를 잘라주마. 네 육신이 떨어져 나가는 걸 네 눈깔로 지켜보게 한 다음 목을 자를 것이다!'

이튿날 아침 대장은 위수병 3백 명을 이끌고 동문 쪽으로 향했다. 들에는 군데군데 안개가 머뭇거렸고 끝 간 데 없이 펼쳐진 채소밭은 이제 막 잠에서 깨어나고 있었다.

대장은 말을 타고 앞서가며 주위를 돌아보았다. 온 들이 먹을 것으로 덮여 있는데 거지는 날로 늘어나고 있다는 보고였다. 일하기 싫은 것들이 거지가 되고, 우루카기나는 그런 족속을 끌어 모아 골목대장 노릇을 하는 것이다.

농원의 창고와 가옥들이 보였다. 매도를 할 땐 가옥이 없었다고 한 것 같은데 여러 채로 늘어난 걸 보니 이곳은 사업이 잘되는 모양이었다. 중대장이 알렸다.

"사람들이 나오고 있습니다."

백여 명의 사내들이 창고 앞으로 몰려나오다가 멈추어 섰다. 며칠 전과는 상황이 매우 달랐다. 전날은 곧장 짓쳐 들어가서 집집마다 이 잡듯 뒤져도 장정이 없었는데 오늘은 많은 남자들이 마치 영접이라도 하듯 나오는 것이었다. 정확하게 볼 수는 없지만 손에도 뭔가 들고 있는 것 같았다. 중대장이 말했다.

"예상보다 숫자가 많습니다."

"그래 봐야 거지 나부랭이들이야."

"우루카기나는 분명히 저들 속에 있겠지요?"

"그렇다. 하지만 놈이 어떻게 생겼는지는 나도 모른다."

"모두 잡아들이면 가려지겠지요."

중대장이 소대별로 지시를 내렸다. 2백은 주위를 둘러싸고 1백은 앞으로 치고 들어 한 사람도 빠짐없이 잡아 묶으라고 했다. 차례로 대질해서 우루카기나를 색출해내겠다는 전술이었다.

"출격하라!"

상대가 겁을 먹으라고 중대장이 크게 외쳤음에도 달아나거나 뒤로 물러나는 사람이 없었다. 대항해보겠다는 뜻이다. 위수병들이 진격하자 대장은 뒤에 서서 조소를 씹었다.

'병신 새끼들, 오합지졸이 감히 천하의 위수병과 대적하겠다?'

대장의 얼굴이 별안간 굳어졌다. 돌진해가던 병사들이 함정에 빠졌고 뒤따르던 후열도 겹겹이 넘어지자 대장은 이를 부드득 갈았다.

"개새끼들, 꿀에 짱구를 굴렸다 이거지?"

부관이 말했다.

"대장님, 투석기도 보입니다!"

투석기? 예전에 군장이 투석기를 만들고 싶어 했으나 이 지역은 돌이 귀해 포기했다.

'너희들도 어디서 최고의 군 장비는 투석기라는 말을 주워듣고 만들

긴 했겠지만….'

몇 발짝 앞에서 뭔가가 퍽 하고 떨어졌다. 말이 놀라 요동을 쳤다. 진정시키고 살펴보니 점토를 구워 만든 돌이었다. 그때 또 하나의 돌이 날아왔다. 각도가 자기 왼팔을 향하고 있었다.

'안 돼! 절대로 안 돼! 목이 달아나는 한이 있어도 팔은 붙어 있어야 한다! 나는 내 손으로 네놈의 목을 베어야 한단 말이다!'

그는 말을 때려가며 달아나다가 멈추어 뒤를 돌아보았다. 모든 위수병들도 죽어라 달려오고 있었다. 그가 악을 썼다.

"누가 달아나라 했느냐! 다시 진격하라!"

중대장이 옆으로 다가와 말했다.

"저들의 준비가 너무 철저합니다. 자칫하면 전멸할 수 있으니 군영 군사를 동원해서 다시 와야 합니다."

'군영 군사를 동원한다? 아주 좋은 생각이다. 1천 명만 동원해도 저들의 씨를 말릴 수 있다!'

그는 전령을 뽑아 군영으로 보낸 뒤 들에서 진을 치고 기다렸다.

타브루가 만난 원군은 3백여 명이었다. 기르수, 안티수라, 그 외의 지방까지 합친 숫자였다. 기대했던 것보다는 적은 수였지만 모두 숙련군이라고 했다.

타브루는 동문으로 방향을 잡았다. 두바크의 농원이 그쪽이었다. 동문에 닿은 것은 점심나절이었다.

동문 문지기들이 다가오는 원군을 보고 고개를 갸웃거렸다. 계절 품팔이들이라고 하기엔 농번기가 아니었고 수용소 사람들이라면 감독이

나 군인이 인솔해야 하는데 제복을 입은 사람은 아무도 없었다. 소문이 무성한 강도떼가 분명했다. 그들은 무리 지어 다니며 기찰도 때려죽인다고 했다. 이런 위급한 상황은 궁전에 알려야 한다.

"강도들이다!"

한 문지기가 소리치며 봉화대로 달려갔고 나머지는 창도 겨누지 못한 채 벌벌 떨었다. 외사촌이 봉화대의 문지기를 잡아 내려오자 원군들이 환성을 질렀다. 백여 리를 걸어오면서 다소 지루하기도 했는데 이제야 살맛이 난다는 듯 신나게 문지기들을 묶어둔 뒤 성안으로 짓쳐 들어갔다.

'이들이 며칠만 일찍 도착해서 제1 지구를 지키고 있었다면 그처럼 어이없이 당하는 일은 없었을 텐데….'

타브루는 가슴이 아팠다. 유리나도 주민들과 함께 죽었을 것이다. 유리나는 페라르가 보내준 여인이었다. 청상과부로 오래 살아왔다는데도 성품이 맑고 청순해 결혼할 생각도 했다. 늦었지만 아이도 낳고 싶었다. 헌투를 보고 그 많은 세월 어디에 다 바치고 자신에겐 자식 하나 없나 하고 허망함을 느낄 때 유리나가 나타나지 않았던가.

우루카기나의 외사촌이 그를 일깨웠다.

"저 멀리 보십시오. 군인들 같지 않습니까?"

군인들 무리가 두바크 농원 쪽으로 몰려가고 있었다. 군복이 다른 것이 위수병과 군이 합작으로 농원을 칠 모양이다.

"어떻게 해야 하죠?"

타브루는 바짝 긴장을 하고 군인들을 헤아려보았다. 합쳐서 5, 6백 정도 되었다. 농원에 모인 시민군도 4백은 된다. 원군 3백과 합치면 이

길 수 있는 숫자다. 그러나 자신에겐 원군들을 지휘할 만한 전술이 없었다. 그렇다 해도 지리를 아는 사람이 자기밖에 없지 않은가. 그가 외사촌에게 말했다.

"농장은 저 군인들 앞에 있네. 내 생각엔 이대로 몰래 따라갔다가 접전이 붙을 때 뒤를 치면 어떨까 싶은데?"

"그 방법밖에 없군요."

외사촌은 자기 원군들에게 무기를 들 것과 침묵하며 뒤따를 것을 명령했다. 정부군은 채소밭을 짓밟으며 농원으로 향했다. 들일을 하던 사람들이 놀라서 바구니와 낫을 던지고 달아났다. 달아나지도 못하고 주저앉은 한 할머니는 군인들을 향해 저주를 퍼부었다.

"아니, 저들이 후퇴하지 않습니까?"

정부군이 별안간 퇴각하고 있었다. 그들과의 거리가 좁혀지자 타브루의 머릿속이 하얘졌다. 그는 더듬거리며 말했다.

"우리는 전진해야 하네!"

외사촌이 전진을 외쳤다. 타브루는 말을 타고 달려오는 외팔이를 보고 단도를 빼 들었다.

'저 외팔이만 죽여도 큰일을 하는 거다!'

그는 단도를 겨누었다.

천 명을 요청했는데 사령관은 겨우 2백 명을 보냈다. 자신이 외팔이가 된 이후부터는 모두가 이처럼 무시를 했다. 대장은 성질껏 악을 쓰거나 펄펄 뛰고 싶은데 부관이 말에 오르라고 손을 내밀었다. 그는 두 콧구멍으로 화를 연기처럼 뿜어대며 부관을 짚고 말에 올랐다.

군영 중대장이 말했다.

"이 싸움은 대장님 소관이니 어서 앞서시지요."

대장은 속으로 별렀다. 이 소요가 끝나면 사령관의 비리를 캐기 위해 비밀 기찰대 전원을 동원할 것이다.

'네가 그 자리를 얼마 동안이나 지키나 두고 보라.'

농원에서 큰 함성이 들려왔다. 그와 동시에 돌이 날아오기 시작했다. 약아빠진 군사들이 자기 몸을 보호하려고 위수병 뒤로 위치를 바꾸었다. 가슴에서 타오르던 대장의 분노도 그 순간 방향을 바꾸었다. 그는 자기 중대장에게 속삭였다.

"진격을 명령하라. 함정이 있는 곳에서 위수병들은 양옆으로 피하고 보병들이 앞서게 하라."

중대장은 분대장에게 지시를 전달한 뒤 우렁찬 목소리로 진격을 외쳤다. 위수병들은 전속력으로 달려가다 함정 직전에 두 갈래로 분산했다. 그들을 따라 앞만 보고 달리던 보병들은 그대로 함정에 빠지거나 서로에게 걸려 넘어졌다. 보병들의 비명과 구해달라는 외침으로 순식간에 아수라장이 되었다. 위수병들은 설령 그들을 구하고 싶다 해도 맹렬하게 날아오는 돌 때문에 그럴 수 없는 형편이었다. 함정은 순식간에 메워졌고 보병들은 여기저기서 날아오는 돌을 맞고 픽픽 쓰러져갔다.

투석기는 목표물을 바꾸어 대장 쪽을 공격해왔다. 부관의 말이 돌에 맞고 주저앉았다. 중대장이 명령했다.

"후퇴!"

살아남은 보병들은 그냥 후퇴하지 않았다. 그들은 함정에 빠진 동료들을 구해냈고 시민군도 그들을 공격하지 않았다.

위수병들은 이처럼 고약한 일진도 있나 싶었다. 맞은편에서 또 다른 적이 다가오고 있었다. 숫자도 만만치가 않았다. 그들 모두가 대장을 겨냥해 뚜벅뚜벅 걸어왔는데 얼굴들은 비장했고 손에는 단도를 쥐고 있었다. 몇몇은 그에게 뭔가를 곧 던질 태세였다. 표창일 것이다. 대장은 힘껏 말을 걷어찼다. 예상 밖의 신호를 받은 말은 앞에 사람이 있거나 말거나 곧장 달렸다. 원군들은 그 기세에 놀라 스스로 몸을 비키거나 말발굽에 차여 넘어졌다. 순간적으로 당한 일이라 넋을 잃고 있는데 대장의 말은 벌써 멀리 달아나고 있었다. 마침내 원군 지휘자가 소리쳤다.

"저 군사들을 쫓아라!"

타브루는 정신을 차렸다. 말에 부딪혀 넘어진 모양이었다. 어디를 다쳤는지 손가락 하나 까딱할 수 없었다. 눈을 치켜뜨고 보니 정부군 보병들이 가까이 다가오는 중이었다. 그들이 후퇴하는 길목에 자신이 쓰러져 있으니 모두가 자신을 밟고 지나갈 것이다. 그는 자신을 운명에 맡긴 뒤 질끈 눈을 감았다.

모든 발소리가 사라져갔다. 믿을 수 없는 일이었다. 아무도 자신을 밟지 않았다. 그 순간 다시 어지러운 발소리가 들렸다. 이번에야말로 정말로 짓밟혀 죽을 것이다. 그는 도로 눈을 감아버렸다. 발소리가 곁에서 멈추더니 여러 명이 자기를 들어 올려 들것에 옮겼다. 시민군이었다. 그들 뒤에서 두 사나이가 걱정스레 내려다보고 있었다. 우루카기나와 두바크였다.

9

배가 강의 흐름을 거슬러 갈 때는 바람의 힘이 가장 중요하다. 노대바람을 만나면 노잡이들이 크게 힘을 쏟지 않아도 시속 10km는 갈 수 있다. 루갈란다호는 노대바람은 아니지만 그런대로 순풍을 만났고 노꾼까지 열심히 노를 저은 덕에 닷새 만에 아가데즈에 도착했다. 배가 아가데즈 항구를 지나가자마자 선장은 루갈란다 방 앞으로 갔다.

"전하, 한나절 후면 키시에 도착할 것이옵니다."

"오, 그래? 어서 미용사를 불러라."

자신은 손과 발 화장을, 아내는 머리 손질을 끝내고 나면 그때쯤 키시에 도착할 것이다. 미용사가 아내 머리를 만지는 동안 그는 갑판으로 나가 돛을 바라보았다. 자신의 눈길이 요술을 부리는가? 돛에서 믿을 수 없는 현상이 벌어졌다. 북쪽으로 부풀었던 돛폭이 남쪽을 향해 터질 듯이 팽창해 있었다. 바람의 방향이 갑자기 바뀐 것이었다. 그는 강변을 바라보았다. 종려나무와 갈대가 바람에 춤을 추다가 아예 남쪽을 향해 누워버렸다.

"선장! 이 바람이 어떻게 된 것인가?"

"전하, 역풍이옵니다!"

돛을 내렸음에도 배가 떠내려가고 있었다. 선장은 선실을 향해 더 힘껏 노를 저으라고 소리를 질렀다. 20명의 노잡이들이 죽을힘을 다해 노를 저어도 배는 전혀 앞으로 나가지 못했다.

한나절 내내 배는 올라갔다 내려갔다를 반복했다. 시간을 앞당겨서라도 옥새를 가지고 싶던 차에 이 무슨 괴변인가. 그는 버럭버럭 소리를 질러댔다.

"이러다가 어느 천 년에 도착하겠느냐! 더 빨리 배를 몰란 말이다!"

그가 왕이 되어서 정말로 좋았던 것은 언제 어디서나 쾌락과 즐거움을 맘껏 누릴 수 있다는 것이었다. 그것을 희유하기 위해 따로 준비나 예약할 필요도 없었다. 성욕을 위해서는 50명의 후궁이, 귀와 눈을 즐겁게 하기 위해서는 수많은 가수와 악사들이 대기하고 있었다. 하지만 배에 오른 것은 남자 가무단뿐이었고 그들의 연주는 이제 지겨워서 귀가 짓무를 지경이었다.

"배는 가지도 않고 즐길 거리마저 없는데 나는 어쩌란 말이냐!"

그가 소리치자 선장이 다가왔다.

"전하, 친위병들에게 씨름 경기라도 시킬까요?"

"그게 좋겠다."

30명의 친위병이 씨름을 하면 저녁까지 왕의 흥미를 잡아둘 수 있다. 그 사이라도 바람이 제 방향을 잡는다면 오늘 밤에라도 키시에 도착할 수 있을 것이다.

밤이었다. 한 기사가 거룻배를 타고 루갈란다호로 다가갔다. 노두갈메시의 지시를 받은 정탐꾼이었다.

노두갈메시는 우루크의 교역선 이난나호를 타고 있었다. 청동 수출선이었다. 아나톨리아와 박트리아에서 원석을 수입해서 청동을 만들어 그것을 다시 국제도시로 가져가는, 수메르에서는 가장 큰 배였다. 사촌형이 그 배를 알선해주고 꽁무니에 거룻배까지 매달았는데 아가데즈를 지나올 때까지 루갈란다호를 발견하지 못했다. 너무 일찍 출발했거나 늦게 왔는지도 몰랐다. 게다가 역풍이었다. 무거운 쇳덩이를 실은 배가 거북이걸음을 칠 때 노두갈메시는 뒤따라오는 큰 배를 보았다. 루갈란다호였다.

'여신이 도왔어!'

해가 질 무렵에는 루갈란다호가 앞질러 갔으나 그는 걱정하지 않았다. 역풍에는 잘 가봐야 오십 보 백 보였다. 물 가르는 소리가 들려왔다. 정탐꾼이 돌아온 것이다.

"선수에는 조타실, 가운데는 두 개의 돛이 있고, 선미 쪽은 왕이 머무는 객실로 칠현금 소리가 들려왔어요. 호위병들은 아래 선실에 있는 듯했는데 몇 명인지는 살펴보지 못했습니다."

"선장은 갑판에 있던가?"

"예. 조타실에 혼자 있었습니다."

노두갈메시는 준비물을 확인시킨 뒤 출발 지시를 했다.

"열 명씩 거룻배로 옮겨 간다."

노두갈메시는 첫 팀에 합류했다. 역풍에 거룻배가 날아갈 것 같았다. 기사들은 몸을 바짝 붙이고 힘껏 노를 저었다. 배 안, 노대에서 흘러나

오는 불빛이 강물 위에 점점이 뿌려지고 바람이 불빛을 물수제비로 날리고 있었다. 거룻배는 노를 피해 루갈란다호 선미로 바짝 다가들었다.

갈고리가 배로 날아올랐다. 바람이 강한데도 쇠고리 걸리는 소리가 제법 크게 울렸다. 기사들은 숨을 죽였다가 아무 기척이 없자 한 사람씩 오르기 시작했다. 갑판 위에는 바람 소리만 굴러다녔다. 왕은 코를 골았고 선장도 조타실에 앉아 졸고 있었다. 세 명의 기사가 조타실로 침범했고 다섯 명은 왕의 객실로 접근했다.

"누, 누구야?"

선장이 놀라 소리치는 순간 입에 재갈이 물렸고 그 순간 왕의 객실에도 문이 열렸다. 왕과 왕비는 피곤했던지 문이 덜컹거려도 깨어나지 않았다. 왕비를 일으켜 묶기 시작하자 비로소 왕비가 비명을 질렀다. 다른 기사 둘이 왕의 허리를 들어 올려 침대에 앉혔다. 그는 꿈결 같아 눈을 끔뻑이다가 소리쳤다.

"해, 해적이다!"

호위병들이 벗은 몸에 칼을 들고 선실에서 우르르 올라왔다. 노두갈메시와 기사가 두 발로 그들의 머리를 차 내렸다. 그러나 숫자가 너무 많았다. 그들은 선실을 포기하고 객실로 몰려갔다. 노두갈메시는 왕을 일으켜 세우고 그의 목에 칼을 들이댔다.

"한 놈이라도 다가오면 네 왕과 왕비의 목이 뚫릴 것이다."

호위병들이 뒤로 물러났다. 루갈란다는 호위병들의 벌거벗은 몰골을 보자 욕지기가 치밀었다. 꼴에 칼을 들었다? 그 칼로 자신들의 거웃을 깎게 한다면 재미있을 거라는 생각을 할 때 뒤편에서 장교들의 당당한 목소리가 들려왔다.

"전하, 조금만 참으십시오!"

과음으로 뒤늦게 깨어난 장교들이 갑판으로 올라왔을 때 밧줄을 타고 올라온 괴한이 막 배에서 뛰어내리는 중이었다. 책임 장교는 밧줄을 끊어버리고 괴한을 묶어 왕 앞으로 데려갔다.

"전하, 저희들의 불찰을 용서하십시오."

"용서고 나발이고 어서 나를 구하란 말이다!"

루갈란다가 악을 썼고 책임 장교는 노두갈메시에게 명령했다.

"그분은 지엄하신 라가시 왕이시다. 어서 풀어드려라. 아니면 여기 너의 동패를 죽일 것이다."

책임 장교가 당장 죽이겠다는 듯 칼을 쳐들었다. 2진이 올라오다 발각된 모양이었다. 그때 한 남자가 적들 맨 뒤편에서 허공에 손을 쳐들고 손가락을 자르는 시늉을 해 보였다. 헌투가 언급했던 우루카기나의 친구가 틀림없었다. 노두갈메시는 왕의 손을 낚아채서 바닥에 펼쳤다.

"좋다. 네가 우리를 위협할 때마다 나는 이 작자의 손가락을 하나씩 자를 것이다. 원한다면 지금 시작하마."

노두갈메시가 손가락 하나를 잡고 칼을 쳐들었다. 왕이 발악을 했다.

"네 이놈, 정말로 내 손가락이 잘리게 할 참이냐?"

장교들이 칼을 거두었다.

2진과 3진은 발각을 눈치 채고 밧줄을 선수 쪽으로 올렸다. 조타실에 묶인 선장은 자기 눈앞에서 적들이 올라오는 것을 보고도 재갈에 물려 기척을 보낼 수가 없었다. 한 기사가 선장 옆으로 다가들며 속삭였다.

"선수를 돌려라."

선장은 뻗대봤자 소용없다는 것을 알았다. 그가 묶인 손으로 키를 돌릴 때 기사 둘이 바닥을 기어가서 돛을 올렸다. 반쯤 돌아간 배는 역풍을 안고 회전을 한 뒤 아래쪽으로 살같이 달렸다.

왕이 물었다.

"지금 배가 왜 이렇게 빨리 달리느냐?"

"풍향이 바뀐 모양입니다."

책임 장교가 주위를 돌아보며 말했다. 그 경황에도 루갈란다는 명령을 내리고 있었다.

"선장을 불러오라!"

그때 기사들이 뒤쪽으로 다가들어 호위병들을 강에 던지기 시작했다.

새로운 지도자

신과 같은 위엄을 갖춘 새로운 지도자 우루카기나,
전사 엔릴과 수호신 닌기르수의 선택을 받은 그가
36,000의 인파 속에 자유, 평등, 정의의 법령을 선포한다.
— 라가시 역사 기록 —

1

혁명 지도부와 관계자들이 닌기르수 신전 회의실에 모였다. 의장 우루카기나가 상석에 앉아 개회사를 했다.

"그동안 우리는 변두리 마을과 수용소 사람들을 해방시켰습니다. 탈출해 온 광산 수용자들도 특수 훈련을 받고 대기 중입니다. 이제 중심지로 진출해야 하는데 먼저 어느 곳으로 진격하는 것이 좋을지, 그에 대해 의논했으면 합니다."

그는 말을 멈추고 장내를 훑어보았다. 군장과 쌍둥이 형제, 두바크도 꼿꼿이 앉았고 팔에 붕대를 감은 타브루는 대리 기록을 시키려고 헨케르를 옆에 앉혀두고 뭔가를 지시하고 있었다. 우루카기나가 계속했다.

"제 생각은 먼저 시청을 장악했으면 합니다. 거기서 자유와 평등과 정의를 선포하고 감옥의 죄수까지 풀어준 뒤 의회를 가동한다면 대단한 의미를 가질 것 같은데, 여러분 의견은 어떻습니까?"

타브루가 나섰다.

"멋진 구상입니다. 이제는 혁명정부의 인구도 민원이나 행정 업무를 봐야 할 만큼 늘었습니다. 투쟁과 함께 민원을 병행한다면 도시 전체를 탈환하는 데에도 아주 큰 힘이 될 것입니다."

두바크가 끼어들었다.

"시청을 접수하는 즉시 선착장도 장악해야 합니다. 퉁가슈가 지금 루갈란다와 함께 있습니다. 배가 돌아오면 루갈란다를 체포하기 전에 퉁가슈부터 구해야 합니다. 루갈란다는 예측을 불허하는 인물이라 퉁가슈를 인질로 이용할 수도 있기 때문입니다."

군장이 나섰다.

"좋은 생각들입니다. 그러나 현실은 그와 많이 다릅니다. 만약 우리가 시청을 접수한다면 군사들이 팔짱만 끼고 있지 않는다는 것입니다. 내가 조사한 바에 따르면 현재 라가시를 쥐락펴락하는 자는 루갈란다의 삼촌인데, 그가 군부에 특별 임무를 주었다고 합니다. 그 임무란 도시의 공공장소를 지키는 것인데 첫 번째가 시청과 선착장이라는 것입니다."

"우리는 군인들이 팔짱만 끼고 있다고는 생각지 않았습니다. 어느 장소를 선택하든 충돌은 피할 수 없습니다."

"제 말은 시청이 그들에게도 가장 중요한 장소라는 것입니다. 모든 세금이 거기서 징수되고 또 걷어 들이는 요충지이기 때문이죠."

모두 입을 다물자 의장이 군장에게 물었다.

"그럼 군장께서는 어디부터 침투하는 것이 좋겠습니까?"

"요즘은 장교들도 외박이 없다고 합니다. 군 수뇌부가 군영에 있다는 뜻이지요. 밤에 군영을 침투해서 수뇌부들 숙소를 덮치는 것입니다. 그들을 인질로 삼고 병사들을 평정한 다음 시청으로 끌고 가면 그곳을 지키는 군사들도 쉽게 무장해제시킬 수 있습니다."

"작전일은 언제로 정하실 것입니까?"

"오늘 밤입니다."

세갈라가 오늘 밤은 너무 빠르다고 말했다. 부상자를 수용할 장소와 의원들을 물색해두지 못했기 때문이라고 덧붙였다.

"잠깐, 먼저 소개할 사람이 있습니다."

우루카기나가 누군가를 불러들였다. 여성스럽게 생긴 곱슬머리의 사내였다.

"제가 우루크 기사들에게 루갈란다의 납치를 부탁했는데 방금 전에 이분이 왔습니다. 저도 아직 내용을 듣지 못했으니 함께 들어봅시다."

하님돌이 입을 열었다.

"우리 기사들이 루갈란다호를 추격한 것이 엿새 전입니다. 저는 우루크 도선장에서 대기하라는 지시를 받았습니다. 배를 나포하면 우루크에 잠시 정박해서 저에게 전문을 주고, 저는 그 소식을 받아 라가시로 달려와 승보를 먼저 전한다는 것이었습니다. 한데 배가 그냥 지나쳐 갔습니다. 어두워서 방심했을 수도 있겠고, 어떻든 그 배가 라가시에 도착할 것이라 먼저 달려온 것입니다."

우루카기나가 말했다.

"배가 우루크를 지나갔다면 늦어도 사나흘 후에는 라가시에 도착합니다. 도선장 장악도 시급하니 군장의 작전 계획을 승인하도록 합시다."

군장은 만장일치의 승인을 받아낸 뒤 곧 자리를 떴다.

넓은 군영이 벽돌 벽으로 둘러쳐져 있었다. 전에는 없던 벽이었다.

수용소에서 과잉 생산되는 벽돌을 소모하기 위해 어디에나 벽을 쌓고 둘러친 것이다. 시민군들은 벽에 몸을 붙이고 기다렸다. 변복한 정탐꾼이 어둠 속 저쪽에서 담을 타고 넘어왔다. 그가 보고했다.

"숙소에는 수뇌부가 없었습니다. 소대장이나 중대장들은 저희들끼리 모여 무슨 내기를 하느라 시끌벅적했고요. 사령관이 알면 야단날 텐데 이렇게 시끄러워도 되느냐고 슬쩍 물어봤더니 부관과 함께 나갔다, 아마 요릿집에 있을 것이라고 했습니다."

설명하기 힘든 감정이 군장의 내부에서 치솟았다.

'지도부 생각이 옳았다!'

그들의 의견을 듣는 순간 그게 바른 순서일 수도 있다는 생각을 했다. 그럼에도 군장이 사령관만 집착했던 까닭은 복수심 때문이었다. 전에 그놈이 하살 앞에서 자기를 의회와 내통했다고 증언했던지라 가장 먼저 복수를 하고 싶었던 것이다. 군장은 자신을 책망했다.

'아직도 그 생각에 매몰되어 있나? 넌 새로 태어난 군장이다. 네 주인은 누구냐? 혁명정부와 시민, 네 임무는 그들에게 충성하는 일이다.'

그는 자기 자신을 벌하고 싶었지만 지금은 그럴 겨를이 없었다.

"작전이 바뀌었다. 우리는 곧 시청으로 출동한다."

그는 중대장에게 명령을 내린 후 연락병을 불렀다.

"지금 본부로 가서 곧 시청을 접수할 것이니 합류할 준비를 하라고 전하라."

시청까지 후미진 길을 선택했다. 너무도 조용해서인지 또 한 차례 유혹이 찾아왔다. 사령관으로 승진한 놈, 자기를 추방하는 데 앞장섰던 그놈이 지금 요릿집에 있다고 했다. 당장 그놈부터 처벌하면 어떨까.

시청에도 그놈을 앞세우고 간다면 군사들이 쉽게 항복할 것이 아닌가.

'아니다. 나의 우선적 임무는 시청을 탈환해 혁명정부에 넘겨주는 것이다!'

큰길 쪽에서 횃불이 보였다. 정찰이 확인해본 결과 곳곳에 기찰이 서 있다고 했다. 궁전이 가까워서 그럴 것이다.

"소리를 죽여라. 뒷길로 우회한다."

시청 정문 앞에는 횃불 두 개만 걸려 있을 뿐 보초도 없었다. 군장은 믿을 수가 없었다. 놈은 허술한 인간이 아니었다. 영내를 비우고 요릿집에 갔다는 것도 의도된 술수인지 몰랐다.

"뒤로 물러나 진을 쳐라."

군장은 정예 기사단만 이끌고 시청 주위를 돌아보았다. 뒤쪽 부속 건물 앞에 마차가 세워져 있었고 군사들이 자루를 들고 나와 마차에 실었다. 중요한 물건인 듯 호위병도 많았다. 기사장이 말했다.

"저기가 감옥입니다."

감옥에서 자루가 나온다? 자루 운반이 끝나자 마부가 고삐를 잡았고 군사들이 양옆으로 줄지어 설 때 군장이 출격 신호를 보냈다. 어둠 속에서 시민군들이 몰려나왔다. 말이 놀라서 튀어나갔고 호위병들은 마차를 세우는 한편 시민군을 향해 창을 겨누었다.

군장이 말했다.

"스무 명이 우리를 이길 것 같으냐? 무기를 놓아라."

호위병들은 무기를 놓았다. 시민군들이 그들을 묶는 사이 군장이 건물 안으로 들어갔다.

문지기가 급하게 들어와 마차를 탈취당했음을 알려왔다. 벌금과 세금을 걷은 돈 자루를 궁전으로 보낸 직후였다. 책임 장교가 부하들을 무장시킨 뒤 입구로 달려 나가다 우뚝 멈추었다. 적들이 먼저 들어오고 있었다. 앞장을 선 놈은 수괴인 듯한데 무기를 들고 있지 않았다. 책임 장교 머릿속에 놈이 우루카기나일지도 모른다는 생각이 스쳐갔다. 생포를 하면 팔자를 고칠 수 있는 놈이다!

"저자를 생포하라!"

군장이 앞으로 성큼 나서며 되받아 말했다.

"어디 생포해보아라!"

시민군들이 계속 들어와 그의 뒤를 에워싸자 부하들이 먼저 무기를 놓았다. 군장이 장교 앞으로 걸어왔다.

"너는 낯이 익다. 날 모르겠느냐?"

불빛에 드러난 얼굴은 광산으로 추방된 군장이었다. 장교가 대답했다.

"우리는 당신을 상대해야 할 하등의 이유가 없습니다."

"그건 사실이다. 그럼 묻는 말에 대답하라. 사실대로 대답한다면 여기 있는 모두를 살려준다. 첫째, 감옥은 기찰과 관리들이 주관한다고 했다. 한데 지금 보니 군인들뿐이다. 언제부터 군사들이 단독으로 이 업무를 하고 있느냐?"

"한참 되었습니다."

관리들이 세금을 가로챌 뿐 아니라 감옥에서까지 이문을 취하고 있다 하여 하살이 군사를 배치한 것이라고 장교가 대답했다.

"낮 동안에는 그래도 관리들이 일을 봅니다. 우리는 감시를 하고요."

"그럼 자루에 담은 것은 무엇이냐?"

"영수증과 문서, 벌금과 세금으로 받은 돈입니다."

"그걸 군영으로 옮겨 가느냐?"

"궁전으로 가져갑니다."

그때 헨케르가 들어와 의장이 도착했음을 알렸다. 군장은 책임 장교를 묶으라고 지시한 뒤 우루카기나에게 감방 문을 열어주며 말했다.

"들어가보시지요."

죄수들은 바깥 소동에 긴장을 했던지 모두가 겁먹은 얼굴로 꼿꼿이 앉아 있었다. 군장이 그들에게 우루카기나를 소개했다.

"여기 이분이 혁명정부 의장이시다. 첫 번째 소원이 감옥에 있는 사람들을 해방시키는 것이라 해서 모셔왔다."

우루카기나가 나섰다.

"나도 여기 갇혀봐서 압니다. 얼마나 많은 사람들이 날조와 누명을 쓰고 여기로 왔는지, 얼마나 많은 부정과 악폐가 횡횡했는지도 잘 알고 있습니다. 하지만 그런 수모의 시대도 곧 끝이 날 것입니다. 자, 여러분, 어서 가족 품으로 돌아가셔서 해방의 날을 기다리십시오. 이제 여러분은 자유입니다!"

사람들은 믿지 못하는지 서로를 쳐다볼 뿐 움직이려 들지 않았다.

"군사들이 몰려올지 모릅니다. 어서 나가시오."

수감자들이 우르르 일어났다. 그들이 모두 빠져나가도록 지켜본 뒤 우루카기나는 서둘러 정문으로 나갔다. 두바크와 타브루가 상기된 얼굴로 위층을 올려다보며 말했다.

"내일 저기다 새 정부의 현수막을 걸어야 하네."

군장이 뒤로 다가섰다.

"내일은 가능합니다. 하지만 오늘은 안으로 들어가지 마십시오. 군인들이 출동해서 건물을 에워싸면 갇힐 수가 있습니다."

그리고 그는 시민군에게 건물 밖에 진을 치라고 지시했다.

2

 위수병 대장은 사령관이 요릿집에 있다고 방금 전에 보고를 받았다. 시청이 놈들 수하에 넘어갔는데도 주색에 빠져 있는 것이다.
 '이 기회가 전화위복이 되도록 그렇게 대처해야 한다.'
 시청 관리들의 세금 착복이나 부패가 극심하다고 총리대신에게 알려 준 사람은 자신이었다. 그럼에도 그 업무는 사령관에게 맡겼다. 위수병은 궁전을 지켜야 하기 때문이라고 했지만 누가 보아도 자기 권세가 날로 찌그러들고 있는 결과였다.
 '요릿집으로 가서 사령관에게 책임 추달을 해봐?'
 지금은 늦은 밤, 총리께서 부재중이고 위급 사항이라 그렇게 했다고 직고를 하면 월권행위라고 하지는 않을 것이다. 그러나 그런 위급 상황이었다면 왜 위수병들은 출동하지 않았느냐는 추달을 받을 수도 있다. 그는 머리를 흔들었다. 우루카기나와 대적할 때는 반드시 그를 벨 수 있어야 한다.
 지난번 마을에서의 패배 이후 대장은 우루카기나에 대한 생각을 바꾸었다. 그자는 자기 생각처럼 만만한 인간도, 또 혼자 움직이는 것도 아니었다. 든든한 지도부가 있는가 하면 훈련을 받은 민간 군력도 보유하고 있었다. 암살이나 납치가 아니면 도저히 제거할 길이 없는데 놈은 장소를 옮길 때도 대부대와 함께한다고 했다. 대장은 다시 정보원을 불렀다.

"사령관의 부관도 거기 있더냐?"

"휴게실에 있었습니다."

"부관에게 사령관을 모시고 어서 군영으로 돌아가라고 전하라. 오늘 밤은 반드시 군영을 지켜야 한다는 말도 덧붙여라."

"시청 문제도 알려줄까요?"

"그럴 필요 없다."

부관이 위수병 대장이 왔음을 알렸다. 숙취로 머리가 천 근이라 일어날 수가 없는 사령관은 좀 있다 오라고 일렀다.

"급한 일이랍니다."

창밖을 보니 아침이었다. 사령관이 몸을 일으키는데 대장이 들어오며 말했다.

"위급한 상황에 만취하도록 취하십니까?"

나이도 계급도 아래인 것이 상관 같은 말투라니, 사령관은 심히 괘씸했다. 한때는 궁신들도 두려워하던 위수병 대장이었으나 이제는 그런 위치도 아니지 않은가.

"대장, 말본새가 왜 그런가? 내가 누구와 대작을 했는지 알기나 하고 그런 말을 하는가?"

사령관은 총리대신 사위와 함께 술을 마셨다. 사위는 자기가 총사령관이 되도록 장인에게 추천해준 사람이었다. 그는 고위직을 두고 장사를 했으나 자신에겐 작은 농장을 받고 더 큰 것을 주었다. 어제 일도 그랬다. 본인이 직접 영내로 들어와 요릿집에 새 무희가 왔다, 발가벗고 춤추는 이국 여자라면서 함께 가자고 한 것이었다.

대장이 주춤하자 사령관이 되물었다.

"그래 위급한 상황이란 무언가?"

그 말에 대장은 안심했다. 정탐꾼이 다시 갔을 때 사령관은 어느 고관대작과 함께 여자들을 홀딱 벗겨놓고 희롱하더라고 했다. 뒷모습만 봐서 누군지 모른다던 그 고관이 자기가 무시할 수 없는 존재인 것 같아 찔끔했던 것인데 사령관조차 위급한 상황이 뭔지 모른다면 둘 다 아주 고주망태가 되었다는 뜻이다.

"시청이 반란군 수하에 들어갔습니다. 어제의 수입도 다 잃은 것이지요. 총리대신께서는 시청에서 들어오는 수입이 궁정 재정에 많은 도움이 된다고 하셨습니다. 오늘부터라도 정상으로 되돌리자면 어서 출동해서 시청을 찾아야 합니다."

시청이 넘어갔다? 사령관은 술기운이 확 달아났다. 그러나 시청이 그렇게 되도록 위수병들은 무엇을 했단 말인가? 애초 반란군을 건드린 것은 대장이 아니던가.

"그 사실은 언제 알았지?"

"어젯밤입니다."

사령관이 언성을 높였다.

"그랬다면 위수병이라도 당장 출격했어야 하지 않았던가?"

"총리대신께서 저에게 내리신 명령은 궁전을 철통같이 지키라는 것이었습니다. 그런 제가 어떻게 궁전을 비우고 출동합니까?"

"알았네, 가보게."

사령관은 부관을 불러 병사를 집합하라고 시켰다. 시청 관할과 그 업무는 자신에게 시험적으로 주어진 것이었다. 거기에 문제가 생긴다면 강등은 물론 뇌물로 바친 토지도 날아갈 수 있다. 사령관은 갑옷에 투구까지 쓰고 시청으로 나갔다. 고작 반란군을 진압하러 나가면서 웬 갑옷에 투구인가 하고 비웃을 수도 있었지만 그들은 투석기도 가졌다고 했다. 구운 돌에 맞아 한쪽 어깨가 내려앉은 군병도 있지 않은가.

시청 앞에는 반란군이 진을 치고 있었다. 머릿수는 자신이 대동한 1천보다는 적은 것 같으니 선두만 무너뜨리면 간단히 끝낼 수 있었다.

"아니, 저건 또 뭐냐?"

막 출격 명령을 내리는 찰나에 큰 지네 두 마리가 자기들 진영으로 다가왔다. 다시 보니 자기 군사들이 두릅으로 묶인 채 지네처럼 걸어오는 것이었다.

'반란군, 너희들은 바보다. 군사를 살려 보내면 다시 무장한다는 것을 모르는 것이다.'

그는 큰 소리로 명령했다.

"쏴라!"

그 명령이 떨어지자마자 반란군들이 일제히 방패를 들었다. 헌 나무로 만든 것이었으나 크기가 엄청났고 날아가는 화살을 모두 받아냈다. 그들은 허술하지 않았음에도 숙취에 절은 머리가 진압만 재촉했다.

"접근전이다! 모두 짓밟아라!"

이번에는 반란군 쪽에서 표창이 날아왔다. 제법 날렵한 솜씨들이었다. 말을 탄 장교들이 표창을 맞고 쓰러졌다. 그는 위기감을 느꼈음에도 입에서는 계속해서 전진하라는 명령만 할 뿐이었다.

3

닌기르수 신전 주방에서 아낙들이 바쁘게 돌아쳤다. 반죽을 하는 사람, 빵을 만들어 가마솥에 넣거나 불을 때는 사람, 김이 오르는 가마솥에서 빵을 꺼내 바구니에 담는 사람 등 모두가 어젯밤에 페라르가 동원해 온 여인들이었다.

페라르는 마차를 대기시켰다. 많은 빵을 옮겨 가자면 몇 차례 왕복해야 할 것이고 그 사이 나머지 빵도 다 쪄질 것이다. 페라르가 여인들에게 빵 바구니 운반을 지시하고 있을 때 시어머니가 다가왔다. 시어머니는 신전 기사들에게 구출된 뒤 지금껏 닌기르수 신전에서 기거했다.

"아범을 만나면 이것 좀 전해주거라."

"이게 뭣인가요?"

"부적이다. 그 애가 밖에 있을 때 역법 박사께서 가져다주셨다. 살기가 어른거린다고 반드시 지니라 하셨다."

페라르는 울컥 가슴이 치밀었다. 같은 날 밤에 구출된 자기 아버지는 돌아가셨다. 면회를 간 오빠에게 사위와 제자들의 대업에 관한 이야기를 듣고 방해되지 않으려고 체포되기 직전에 석유를 한 초롱이나 마신 것이었다.

마차가 신전 뒷문을 열고 나서는데 시민군들이 밀려가고 있었다. 정부군에게 쫓기는 것이었다. 마부가 마차를 안으로 집어넣고 문을 걸었다.

닌기르수 수호신전은 번화가와 시청 사이에 있었다. 신전 뒤로는 시청으로 가는 큰길이 나 있고 앞쪽은 강을 바라보는 넓은 공터였다. 페라르는 정문으로 나와 강변길을 따라 선착장 쪽으로 내려갔다. 갑자기 길이 사라지고 여관과 요릿집의 정원이 강변을 점령하고 있었다. 남편과 연애할 때는 강을 낀 소롯길이었는데 지금은 그조차 사유지가 된 모양이었다.

페라르는 어느 요릿집 정원으로 들어갔다. 건물 현관을 지나가자 안쪽 도로가 나왔고 거기에 시민군들이 보였다. 요릿집과 여관들, 맞은편에는 보석상과 기름집 등 상점이 즐비했고 그 거리 한가운데서 정부군과 대치하고 있는 중이었다. 페라르가 벽에 붙어서 앞쪽으로 갈 때 정부군 쪽에서 무장해제하고 항복하라는 고함 소리가 들려왔고 시민군들은 야유를 보냈다.

페라르는 걸음을 멈추었다. 시민군 선두는 나무 방패를 들고 있었다. 남편은 그 뒤에서 군장과 머리를 맞대고 작전 이야기를 하는 중이었다. 페라르는 조용히 다가가 남편의 손을 끌어 부적을 쥐여주었다.

"어머니께서 잘 간직하시래요. 당신이 우루크에 있을 때 역법 박사께서 주고 가신 거랍니다."

남편이 부적을 주머니에 넣은 것을 확인하고 페라르는 몸을 돌렸다. 시민군들이 여기에 오래 머문다면 여인들이 빵 바구니를 이고 이쪽으로 와도 되겠다는 생각을 하며 서둘러 신전으로 되돌아갔다.

 몇 시간이나 대치만 하고 있다는 것은 쌍방 모두에게 좋은 일이 아니었다. 대화를 해보자는 제안서를 들고 쌍둥이 형이 정부군 앞으로 갔다. 사령관이 전문을 펼쳐 본 뒤 장소를 정중앙으로 잡았다. 쌍방의 군수뇌가 매우 긴장한 얼굴로 마주 섰다. 사령관이 옛 상관을 알아보고 매우 놀랐다.

 "문둥병으로 죽었다더니, 여기서 졸개들 대장 노릇을 하고 있었습니까?"

 "자네의 시건방진 말을 들어줄 시간이 없네. 먼저 용건부터 말하겠네. 시민군은 단 한 사람이 남을 때까지 싸우겠다고 하네. 시민들 또한 동조하고 있네. 만에 하나 시민군이 패한다면 다음은 시민들이 들고 일어날 걸세. 끝없는 싸움으로 도시와 시민들이 사라질 수도 있네. 시민이 없다면 군영인들 존재할 수 있겠는가? 그러나 그대들이 철수한다면 그런 비극은 막을 수가 있네."

 "지금 꿈을 꾸고 계십니까? 도시와 시민들이 사라지다니요? 나 사령관이 있는 한 절대로 그런 일은 없을 것입니다."

 입에서 술 냄새가 났지만 목소리는 매우 단호했다.

 '승승장구하는 사람은 꿈속에서도 호령을 한다더니만 그것이 얼마나 가나 두고 보자.'

 "루갈란다가 사라져도 말인가?"

 "그런 모독적인 말을 계속하면 내가 칼을 뽑을 것입니다."

 사령관이 칼집으로 손을 가져갔다. 군장은 눈 하나 깜짝하지 않고 말했다.

"루갈란다의 배가 해적들에게 나포되었다는 소문도 있는데, 그건 아는가?"

"그런 무엄한 말을 계속하면…."

사령관이 칼을 뽑아 들자 군장은 기억해두란 말을 남기고 돌아섰다.

군장이 자기 진영에 도착하기도 전에 정부군이 함성을 지르며 달려왔다. 접근전은 최대한 피한다는 것이 시민군의 방침인지라 군장은 후퇴를 명령했고, 선착장을 지나 여인숙 지대까지 달아나자 정부군이 퇴각해 갔다.

그날은 후퇴와 추격만 되풀이했을 뿐 육박전은 없었다. 루갈란다의 배가 해적들에게 나포되었다는 언질이 효과를 보았는지도 몰랐다.

사흘째 되는 날이었다. 정오가 지나자 대치하던 정부군이 갑자기 철수를 했다. 시민군들은 환호성을 지르며 시청으로 달려갔다. 정황을 살피거나 만류할 틈도 없었다. 헨케르와 헌투도 마찬가지였다. 그들은 현수막까지 들고 3층으로 올라가 그것을 창틀에 걸기 시작했다.

"혁명정부 시청을 접수하다!"

잠시 후면 만인이 그것을 보게 될 것이다. 헨케르는 가슴이 벅찼다.

"헌투야, 그쪽부터 묶으렴. 네가 묶으면 내가 팽팽하게 당겨 이쪽에서도 묶으마."

"네 알겠어요, 아저씨."

그들의 들뜬 목소리가 허공으로 풀려나갔다.

"이쪽은 다 묶었어요, 아저씨. 이제 그쪽을 묶으세요."

바람에 현수막이 펄럭거렸다. 헨케르는 그 소리가 심장 박동을 닮았다고 생각했다. 그는 현수막을 팽팽히 당겼다. 이제 만천하가 알게 될 것이다. 오랜 세월 폭정에 시달렸던 사람들이 목숨을 걸고 일어나 이룬 과업을. 그 순간 바람을 가르는 날카로운 소리가 들려왔다. 헨케르가 소리 나는 쪽을 향해 고개를 돌렸을 때 그가 본 것은 한 점의 빛이었다. 헌투가 고함을 쳤다.

"조심하세요, 아저씨!"

헨케르는 무슨 일인지 알 수 없었다. 온몸이 저릿하더니 숨을 쉬기가 곤란했다. 그는 고개를 숙여 가슴팍을 보았다. 화살이었다. 그가 잡고 있던 현수막이 아래로 떨어져 내렸다.

"헨케르 아저씨, 괜찮아요?"

헌투가 달려와 그를 살폈다. 화살이 가슴에 박혔고 헨케르는 숨을 헐떡거렸다. 헌투가 밖으로 뛰어나갔다. 헨케르는 숨 가쁘게 그를 불렀다.

"헌투! 안 돼!"

헌투가 분노에 떨며 계단으로 내려갔을 때 정부군이 시민군을 밀고 내려가는 중이었다. 다시 반격을 시작한 것이었다.

사령관은 짜증이 극에 달했을 때 철수 명령을 내렸다. 장교나 사병들까지도 반란군과 싸우기를 원치 않은 데다 끝도 없이 대치만 한다는 것도 지겨워 일시 철수를 했던 것인데 위수병 대장이 무장을 하고 내려오며 자기들이 퇴치를 하겠다는 것이었다. 사령관은 그 순간 놈의 속셈과 왕이 해적 따위에 납치되었다는 것은 사실이 아님을 동시에 알았다. 그는 당장 대열을 돌리고 시민이라도 방해하면 사살하라는 명령을 내렸다.

한편 시청 앞을 장악했던 시민군은 해일처럼 내려오는 정부군을 보고 경악했다. 한쪽만이 아니었다. 시청 뒤쪽과 광장 저쪽에서까지 삼면에서 조여왔다. 다급해진 시민군들은 뛰지 않을 수가 없었다. 화살이 빗발쳤고 넘어지는 사람이 여럿이었다. 상점 거리까지 피했다고 안심하는 찰나 정부군이 그 골목에서도 꾸역꾸역 밀려 나왔다. 자기 생애의 마지막 순간이 도래했음을 깨달은 시민군들은 눈이 보이는 한 자신이 가진 무기를 최대한으로 활용해야겠다고 결심했다.

쓰러진 시민군들은 지나가는 정부군들의 다리를 닥치는 대로 찔렀다. 피를 철철 흘리면서도, 목숨이 경각에 달해서도 온 힘을 다해 찌르고 또 찔렀다.

4

 벌판에 어둠이 내렸다. 지친 시민군들은 다리를 뻗거나 드러누워 허공을 바라보았다. 하늘에는 눈물꽃처럼 별이 피어났다. 슬픔이나 분노도 조용히 숨을 죽였다. 전사자와 부상자들이 나뉘어 눕혀졌다. 신전 의원을 총동원해 온 세갈라는 그들에게 부상자들을 맡긴 뒤 전사자들 쪽으로 갔다. 평상복을 입은 시신이 일곱 구나 되었다. 담당 시민군이 말했다.

 "퇴각 때 몰이를 당한 민간인들입니다. 멋모르고 나왔다가 당한 것이지요. 정부군이 가정집으로 뛰어든 사람들까지 쫓아가서 죽였다고도 합니다."

 세갈라는 자신에게 물어보았다.

 '영지의 우듬지에서 너무 오래 지체했던 것인가? 좀 더 일찍 내려와 인수와 지수를 지켰더라면 시민들의 죽음을 막을 수 있었을까? 그랬다면 다비나도 무사할 수 있었을까?'

 수습 사제가 물었다.

"가져온 향을 여기에 피울까요?"

"그러게. 모두 피워 억울한 영혼들을 진혼시켜주게."

등 뒤에서 우루카기나가 침통한 목소리로 말했다.

"내 잘못입니다…."

그리고 우루카기나는 등을 돌려 시민군 쪽으로 걸어갔다. 그는 본래 40대의 장정 얼굴에 소년의 미소를 가진 남자였다. 그 미소는 어디로 날려 보내고 늙고 지친 노인처럼 저토록 처참해 보이는가.

"여러분, 주목해주시오."

의장의 목소리가 떨렸다. 시민군들은 그의 마음을 다치게 하지 않으려고 자신들의 비애를 깊숙이 감추고 조용히 귀를 기울였다.

"사제단에서 사령관과 총리대신을 만나 휴전할 것을 당부했습니다."

어제 오후 군부에서 시민군에 동조하는 시민들은 죽음을 면치 못할 것이라고 선포했다. 전투 현장에서 기웃거렸던 시민들을 실제로 창으로 찔렀고 그 소문을 들은 사제들은 더 이상 방관할 수 없어 면담을 신청했던 것이다.

"그들은 그 제안조차 거절했습니다. 시민군이 도심지로 들어서는 순간 한 사람도 남기지 않고 몰살시키겠다, 그 말만 전하라고 했답니다."

의장은 고개를 꺾었다가 다시 쳐들고 비통하게 말했다.

"지금껏 우리는 오직 이런 생각만 해왔습니다. 시민군만 창설되면 정부군을 물리칠 수 있다, 이 도시의 주인은 시민이고 우리가 그들의 지지를 받을 것이며, 정부군도 결국에는 그런 시민의 힘에 굴복하고 말 것이다…. 그러나 우리 생각이 너무 안이했던 것입니다."

"……."

"우리는 2백 명 가까이나 사상자를 냈습니다. 지방에서 온 원군들이 더 많이 희생되었습니다. 뒤처진 부상자들도 확인 사살을 당했고 주변의 주택까지도 색출했다고 합니다. 이 모든 것은 나의 불찰에서 비롯되었고 그 희생의 책임은 나에게 있습니다."

군장은 허공을 바라보며 우루카기나의 말을 되짚었다.

'우리 생각이 잘못되었다고? 루갈란다로부터 도시를 되찾는 일이? 아니면 작전 방법이? 어느 쪽이든 잘못을 인정하기엔 너무 이르지 않은가. 더욱이 아직 끝까지 가본 것도 아니지 않은가.'

군장이 우루카기나의 연설을 막으려고 그쪽으로 향하는데 의장의 아픈 호소가 그의 발길을 막았다.

"나를 용서하든지 처단하든지 그건 차후의 일이고 지금 나는 의장의 이름을 걸고 마지막 명령을 내리겠소. 여러분 해산하시오! 해산해서 생명을 지켜주시오!"

우루카기나의 말이 떨어지자마자 여기저기서 비통한 외침이 쏟아져 나왔다. 시민군들도 군장의 심정과 다를 게 없었다.

"그럴 수는 없습니다! 우리는 끝까지 싸울 것입니다! 그 명령을 거두어주십시오!"

어둠 속에 앉은 한 시민군은 벌떡 일어나 시를 읊듯 독백했다. 모든 사람들이 그의 목소리에 귀를 기울였다.

"당신은 아시는가요, 양조장 집 늙은이를.

당신이 살려준 그 늙은이가 저에게 말했어요.

아들아, 둘째 아들아, 무기를 들어라.

시민군으로 나가거라.

네가 라가시를 위해 목숨을 바치면
수백의 젊은이들이 목숨을 얻는다.
아들아, 둘째 아들아, 무기를 들어라.
시민군이여, 너의 명예를 위해 싸워라!"

시민군들은 눈물을 흘렸다. 그리고 이제는 한목소리로 애원하다시피 말했다.

"그 명령을 거두어주십시오. 우리는 싸울 수 있습니다. 우리는 싸울 것입니다!"

우루카기나가 대답했다.

"우리 지도부에서도 그렇게 생각했소. 시민들은 희망이라는 배를 타고 있다, 우리는 올바른 선장이 되어 그들을 희망의 나라로 이끌어야 한다…."

우루카기나는 감정이 북받쳐 말을 잇기가 어려웠다. 그 시민들을 사지로 몰아갔다는 자괴감이 그를 괴롭혔다. 대체 루갈란다보다 나은 게 무엇이란 말인가. 이제는 루갈란다호에 대한 결과조차 기대할 수가 없었다. 하님돌의 말처럼 그날 우루크 앞을 지나갔다면 지금쯤 도착하고도 남았을 시간이다. 기사들이 실패해서 루갈란다가 무사히 돌아온다면 시민군은 물론 도심지의 시민들까지도 모두 죽이려 들 것이다. 우루카기나는 마음을 가다듬고 다시 시민군에게 호소했다.

"내 말을 들어보시오! 지금은 해산부터 해야 합니다. 우리가 포기하고 돌아가면 그 씨앗을 우리 자식대에 전할 수 있으나 전멸해버리면 씨앗도 함께 사라지고 맙니다. 그렇게 되면 루갈란다는 자기뿐만 아니라 자식과 손자에게까지 마음 놓고 시민들의 피를 빨게 할 것입니다. 이제 집으로 돌아가십시오. 지금 우리에게 가장 중요한 것은 모두 살아남는 것이고, 그것이 곧 씨앗을 남기는 일입니다."

몇 명의 시민군이 떠나려고 몸을 일으켰다. 어떻게 모은 시민군인가. 지금 해산하면 모든 것이 허사가 된다. 쌍둥이 형이 서판을 꺼내 들고 급하게 달려 나갔다.

"여러분, 잠깐 멈추고 제 얘기를 들어보십시오. 제 아버지는 역법 박사였습니다. 루갈란다가 제 아버지를 불러 자기는 왕의 운명을 가졌다, 그걸 역법으로 찾아달라고 했습니다. 그러나 제 아버지는 그런 운명을 찾을 수가 없었고, 그 사실을 말하자 생년월일을 고쳐서라도 반드시 찾아내라고 했답니다. 제 아버지는 운명은 장난하는 것이 아니라고 정중히 거절했던 것인데 루갈란다는 그 소문이 퍼질 것을 우려해 내 아버지를 살해하고 말았습니다. 여기 이 서판이 살해되시기 직전에 쓰신 것이니 들어보고 결정해주시기 바랍니다."

시민군들이 제자리에 도로 앉자 쌍둥이 형이 읽기 시작했다.

"루갈란다는 악의 힘이 너무도 강해 닥치는 대로 주위를 파괴한다. 그가 3년간 지배하면 도시의 곳간이 비고 5년이면 시민의 목숨까지 3천이나 앗아 간다…"

군장이 앞으로 나서서 쌍둥이 형의 말을 이었다.

"들으셨습니까? 3천 명이라고 했습니다. 지금 우리에게 남은 인원은 3백이 좀 넘습니다. 이 숫자를 다 희생한다 해도 미래의 3천을 구할 수 있다면 그야말로 가장 큰 승리가 아니겠습니까?"

그때 정찰이 급하게 달려와 타브루에게 긴급 사항을 알렸고 타브루는 그 내용을 의장에게 전했다.

"의장, 수많은 시민들이 시청으로 몰려가고 있다네."

우루카기나는 침통한 얼굴로 생각에 잠겼다. 그들은 무기도 없는 시민들이다. 군사들은 손쉽게 그들을 전멸시키고야 말 것이다. 죽음을 향해 행진하는 시민들이 그의 머릿속에 떠올랐다. 헛되이 스러져갈 목숨들이 사무쳤다. 더는 지체할 수 없었다. 그는 황급히 말을 타고 시내로 달려갔다. 여인숙 앞에 도착한 그는 횃불을 든 시민들이 길을 가득 메우고 시청 쪽으로 향하는 걸 볼 수 있었다. 라가시에는 보리보다 흔한 게 역청이라지만 언제 이 많은 사람들이 모두 횃대를 만들었던 것일까. 그는 시민들의 자발적인 항거에 감동을 받았다. 하지만 횃불은 칼날 앞에 맥없이 스러지고 말 것이다.

그는 사람들을 헤치고 앞으로 갔다. 시청 앞 광장에서 선두 열의 한 젊은이가 소리치고 있었다.

"지금 여기에는 군인들이 없습니다. 그러나 반드시 올 것입니다. 우리 모두 여기 앉아 시청을 지킵시다."

그 젊은이는 첫 강연 때 농원을 빌려준 헨케르의 친구였다. 노예를 사서 시민군으로 만들게 했던 그가 이제는 친구들과 함께 시민들을 선동하고 있었다. 우루카기나가 그들을 잡고 당부했다.

"제군들, 시민들을 해산시키게. 저들은 일반 시민이라고 봐주지 않네. 닥치는 대로 학살할 것이네. 이미 당한 시민도 많았다네."

지휘를 맡고 있는 제자가 말했다.

"그래서 우리도 나왔습니다. 무장도 하지 않은 시민들을 죽이다니, 용서할 수 없다고 마을마다 연판장이 돌았던 것입니다. 결코 선생님들이나 시민군을 돕자고 나온 게 아니란 말입니다!"

"답답하군. 맨주먹의 시민들이 어떻게 군사들과 대적하겠다는 것인가? 우리는 시민들의 목숨을 함부로 내몰아서는 안 되네. 군인들은 지금 매우 약이 올라 있네. 불상사가 나기 전에 어서 해산시키게."

"저희들이 해산하라고 해서 해산할 사람 여기 아무도 없습니다. 선생님이 당부하신다 해도 이들은 물러나지 않을 것입니다."

시민들이 횃불을 쳐들고 외쳤다.

"궁전으로 가자! 궁전으로!"

우루카기나 자신이 시민들 앞으로 나갔다.

"여러분, 내 말부터 들어보시오! 여러분은 절대로 궁전으로 가지 못하오. 내가 막을 것이오. 그래도 가겠다면 나는 이 칼로 내 목숨을 끊을 것이오. 한 무고한 사람이 죽어도 상관없다면 그때, 내 목숨이 끊어진 뒤에 가도록 하시오!"

우루카기나는 앞으로 달려가 바닥에 주저앉은 뒤 칼을 빼 들었다. 시민들은 삽시에 입을 다물었고 탁한 침묵이 광장을 덮었다. 군장이 도착했다. 그는 시민군을 착석시킨 뒤 우루카기나에게 다가갔다. 그가 어떤 보고를 하자 의장이 손에 든 칼을 내려놓았다.

5

 마차가 세워졌다. 루갈란다는 이곳이 지옥이 아니기를 간절히 빌었다. 그는 근 열흘간이나 배 위에서 묶여 지냈다. 낮에는 용수까지 씌워 배가 어디로 향하는지도 알 수가 없었다. 호위병들은 자기가 보는 앞에서 강에 던져졌고 취사 담당자만 끼니마다 음식을 가져와 먹여줄 뿐이었다. 선장은 어디 갔느냐, 날 좀 풀어달라고 해도 적들의 눈치만 볼 뿐이었다.
 마침내 용수가 벗겨졌다. 시청 앞 광장이었다. 저만치 앞에는 자기 군인들도 서 있었다. 라가시로 돌아온 것이었다. 괴한들이 라가시로 끌고 온 것은 몸값을 요구하기 위해서일 것이다. 그는 자기를 데려온 우두머리를 불렀다.
 "내 몸값을 원하는 거지? 돈은 내가 가지고 있으니 나와 흥정을 하자고."
 노두갈메시가 대답했다.
 "당신 침대 밑에 있던 금궤?"

금궤 네 상자도 벌써 가로챘다는 뜻이다. 루갈란다는 자기 군사 쪽을 향해 발작적으로 외쳤다.

"어서 날 구하지 않고 뭘 하느냐?"

자기 옆쪽에서 한 사내가 다가들었다. 광산으로 쫓아냈던 그 군장이었다. 그가 지옥에서 들려오는 목소리로 말했다.

"당신에게 마지막으로 명령할 권한을 주겠소. 군인들에게 무장해제를 하라고 이르시오!"

라가시가 지옥으로 변해 있었다. 이건 있을 수 없는 일이었다. 뒤를 돌아보니 왕비도 묶여 있었다. 자신에게 태양을 던져준 사람이 아니던가. 천년만년 왕의 자리가 지켜진다고 하지 않았던가.

'그 해몽가가 거짓말을 했던 거야. 저것이 내게 준 것은 검은 해였어. 내게 망조를 준 건 저 여편네야! 저 여자만 벗어나면 다시 제자리로 돌아갈 수 있어!'

루갈란다가 군인들을 향해 다시 소리쳤다.

"어서 날 구하지 않고 뭣들 하느냔 말이다!"

군사들이 사방을 에워싸듯 전진해왔다. 그 순간 군장의 칼날이 허공을 갈랐다. 루갈란다의 귀 한쪽이 본인의 눈앞에 떨어졌고 군장은 칼끝으로 그것을 꿰고 높이 쳐들었다.

"무기를 버려라! 아니면 네 왕의 몸을 이처럼 하나씩 잘라주겠다!"

군사들이 무기를 버리기 시작했다. 루갈란다는 목덜미로 피가 흘러내리는데도 소리를 질렀다.

"누가 무기를 버리라고 했느냐! 어서 날 구하란 말이다!"

루갈란다는 묶인 발을 동동 굴렀다. 그는 자신이 명령을 포기하는 순간 모든 것이 끝난다는 것을 알았고 그래서 계속 외치고 있는데도 머저리 같은 사령관과 장교들은 무기를 버리고 있었다.
 군장은 사령관만 묶게 한 뒤 남은 장교들에게 말했다.
 "너희 장교들은 병졸들을 이끌고 궁전으로 가라. 가서 위수병 대장과 하살과 궁전 거머리들을 한 사람도 빠짐없이 모두 잡아오라. 내 명령을 따르는 자는 군인 신분을 보장하며 그렇지 않은 자는 감옥으로 보낼 것이다!"
 거의 모든 장교들이 다시 무기를 들고 병졸과 함께 궁전으로 향했다. 루갈란다호가 돌아온 것은 어젯밤이었다. 정부군이 횃불을 든 시민들이 시청 앞을 장악했다는 보고를 받고도 코웃음을 날리고 있을 때 군장이 루갈란다호의 귀환 소식을 접한 것이었다.

 궁전에서 체포된 사람들이 오랏줄에 묶여 왔다. 시민들이 벌 떼처럼 일어나며 고함을 질렀다. 그 소리가 어찌나 크던지 잡혀 오는 사람들은 자기들 귀청이 찢기는 것 같았다.
 위수병 대장은 광장을 돌아보았다. 라가시에 그토록 많은 사람들이 살았던가? 어마어마하게 몰려나온 시민들로 시청 광장이 미어터질 지경이었다. 그는 맞은편 마차를 보았다. 봉두난발에 얼굴에 피를 흘리는 사람, 왕이었다. 그는 휘청 꺾이는 허리를 가까스로 되잡았다. 반란군이 분란을 일으켜도 왕께서 수메르 왕권을 가지고 돌아오면 모두 일소될 것으로 믿었다. 그런데 왕비와 함께 묶여 돌아오다니. 그는 성난 시민들을 찬찬히 돌아보았다.
 '저들이 곧 왕을 처단할 것이다. 그 전에 내가 왕의 위신을 살려야

한다.'

팔이 한 짝밖에 없어 허리만 묶인 대장은 자기 옆에 서 있는 소대장을 보았다. 소대장은 자기 공을 인정받으려고 반란군 장교에게 알랑거리고 있었다. 그는 손을 뻗어 소대장의 허리에 꽂힌 칼을 빼내 오랏줄을 자르고 마차를 향해 달려갔다.

'전하 조금만 기다리소서.'

대장이 칼을 들고 마차로 뛰어들었다. 그러고는 루갈란다를 향해 외쳤다.

"전하, 저 더러운 폭도들의 손에 죽느니 차라리 제 손에 죽으소서!"

대장이 칼을 치켜 든 순간 사방에서 화살이 날아왔다. 대장은 피를 토하며 루갈란다의 눈앞에서 쓰러졌다. 루갈란다는 자기를 죽이려고 달려온 대장이 괘씸해서 치를 떨 뿐이었다. 대장의 시신이 치워지자 닌기르수 신전으로부터 행려가 들어왔다. 청년들이 떠받들고 온 판자 위에는 한 구의 시신이 누워 있었다. 헨케르였다. 두바크, 타브루, 퉁가슈는 제자의 시신을 차마 똑바로 볼 수 없어 고개를 돌렸다. 의장이 조사를 시작했다.

"헨케르여! 가슴에는 용기가, 머리에는 지혜가, 눈에는 사랑이 넘치던 아름다운 청년 헨케르여!

저기 시청의 현수막이 보이는가?

'혁명정부 시청을 접수하다!'

그대가 그토록 내걸고 싶어 했던 바로 저 현수막이 보이는가?

오, 헨케르여, 그대는 신전의 성물을 찾아주었고

시민군 확장을 위해 밤낮으로 뛰었으며

혁명정부가 해온 그 모든 일을 함께 했는데
그 영광을 우리만 누리라고 그대 먼저 갔는가.
오오, 혁명의 꽃 헨케르여.
우리는 그대를 시청 뒤뜰에 묻을 것이며
라가시의 역사로 하여금 그대를 기억하게 하리라.
영원토록 기억하게 하리라!"

의장의 말에 대답이라도 하듯 시청에 걸린 현수막이 바람에 펄럭였다. 판자를 멘 헌투가 현수막을 바라보며 울었다. 치료사를 데리고 갔을 때 싸늘한 시신이 되어 있던 헨케르에 관한 기억이 새삼 헌투의 가슴을 찢었다.

6

도시와 시민과 법령이 새로 태어나는 날이었다. 사람들은 새 시민이 되기 위해 아침부터 성안과 밖에서, 강 건너에서 저마다 깨끗한 옷을 입고 광장으로 모여들었다. 그들은 새 지도자에 대한 소문을 부적처럼 간직했다. 움마와의 마지막 전쟁에서 이긴 것은 엔릴 신이 모래 폭풍을 보내주었기 때문이며 그 폭풍을 청한 것은 우루카기나라는 것, 그의 복부에는 태양이 그려져 있는데 그것은 우투 신이 심어준 것이라는 등 헤아릴 수 없이 많았다. 그중에서 가장 마음에 드는 것은 신들이 선택한 위대한 새 지도자께서 오늘 모든 시민에게 새 시민이 되는 세례를 내린다는 것이다.

시민들은 우루카기나를 보려고 까치발을 들었다. 키가 작은 사람이 앞이 보이지 않는다고 불평하자 군인들이 나서서 시민들을 자리에 앉혔다. 그들은 정부군 병사들이었음에도 전과 달리 친절했고 말씨 또한 정중했다.

"앞으로 당겨 앉으세요. 열 사람씩 줄을 짓고 그 옆에는 작은 통로를 만드세요. 모두들 잘 따라 하시는군요. 여러분은 정말 지혜로운 시민이에요."

연단에는 수많은 의자가 놓였고 중앙에는 사제와 원로단과 지도부가, 그리고 양옆으로는 기사단이 서 있었다. 오른쪽은 라가시, 왼쪽은 우루크 기사들이고 시민군은 그들 뒤에서 행사 전체를 관장했다. 대사제가 식순을 열었다. 닌기르수 신전의 사제장이기도 한 그의 목소리는 신에게 제의를 올릴 때처럼 엄숙했다.

"도시에서 가장 소중한 종자는 시민이라고 라가시의 모든 신님들이 말씀하셨소. 자손을 번창시키는 것도, 살림을 사는 것도 시민이다, 그러므로 사제들은 그들을 잘 보살피라 하셨소. 한데 독충 같은 악마가 나타나 사제들을 몰아내고 시민들의 질서와 법률마저 파괴했소. 이 악마가 저지른 온갖 악폐는 일일이 다 헤아릴 수도 없을 정도요. 이 악마의 새끼들은, 하다못해 궁전 하인이나 가신까지도 힘없는 시민들로부터 나귀와 집을 탈취해 갔소. 부자와 감독관, 힘 있는 자는 점점 부유해지고 호화로운 생활을 했으며 시민들은 날로 가난해져 거리로 내몰렸소. 악마들은 시민의 재산을 노렸고 시민이 거절하면 도둑과 살인자로 몰아 감옥에 보냈소. 악마는 신전의 모든 땅을 빼앗았고, 사제들은 빵을 구걸했으며, 수습 사제들은 자기가 구걸한 빵을 연로한 사제들에게 바치면서 늘 허리띠를 졸라맸소. 장인과 견습생들 또한 비참하게 영락해서 음식을 구걸했소. 의회 원로들은 수용소에 가두고 오직 생명을 연장할 수 있을 만큼의 작은 빵만 주었소. 그에 항의하면 살수장에 가두고 고문을 했고 우리의 원로원장도 그렇게 돌아가셨소. 라가시 시민들이 이처럼 오랫동안 학정과 수모에 시달리자 우리의 국조 신 엔릴과 수호신 닌기르수께서 새 지배자 우루카기나를 선택하시고 고통받는 시민들에게 자유와 정의를 돌려주라고 명령하셨소. 우루카기나, 그는 천신이 주신 기품과 엔릴 신이 주신 용기와 닌기르수 신이 주신 지혜와 수메르인의 모든 장점만 물려받았소. 위엄을 갖춘 이 지도자는 신들의 명령을 받들어 우리 시민들에게 자유와 정의를 돌려주기 위해 한 치 흔들림도 없이 투쟁해왔소. 그는 아름다운 벗들과 함께 압제와 폭정, 부패와 불법, 추악한 관료 제도와 온갖 악법을 몰아낼 것을 신들에게 굳게 맹세했고, 그리하여 마침내 잃어버렸던 자유와 정의를 찾아주었소. 그리고 그는 신성한 법을 다시 제정했소. 그 법률은 잠시 후에 선포할 것이며 그 전에 우리는 악마의 처형식을 치를 것이오."

군사들이 사람 키보다 넓고 높은 널판을 세우고 귀에 붕대를 감은 루갈란다를 끌어내 팔을 벌리게 한 뒤 손에 못을 박았다. 그의 머리 위로는 악마라는 붉은 글씨가 커다랗게 쓰여 있었다. 흥분한 시민들은 뛰어나오려고 야단이었고 군사들은 저지하느라 애를 먹었다. 한 남자가 저지선을 뚫고 뛰어나와 루갈란다의 따귀를 갈기자 의식이 멀쩡한 루갈란다는 두고 보자고 악을 썼다.

형틀 준비가 완료되었다. 스무 명의 궁수들이 앞으로 나갔다. 이들은 정부군의 명사수들이었다. 군장이 그들을 뽑은 것은 루갈란다로 하여금 자기 수하에 의해 죽임을 당하게 하려는 상징적인 의미에서였다. 군장이 명령을 내렸다.

"쏴라!"

한 사람이 두 발씩 활을 쐈다. 화살이 가슴에 집중적으로 꽂혔다. 그가 절명하자 시신을 들어내고 그의 아내를 세웠다. 두 사람의 시신은 큰문광장으로 옮겨 살이 다 마를 때까지 전시할 것이다. 대사제가 마지막 순서를 알렸다.

"이제 신들에게 감사를 드릴 차례요. 시민들은 모두 일어나 동서남북 사방을 향해 차례로 절을 올리시오. 신들이 그 절을 받을 것이오."

시민들이 사방에 절을 올리고 나자 원로가 바통을 받아 다음 식순을 열었다.

"지금부터 도시가 새로 태어나는 예식을 치르겠소. 시청을 향해 모두 똑바로 서시오. 우리의 새 지도자께서 그대들에게 새 시민이 되는 세례를 내릴 것이오. 그리고 새로 제정한 신성한 법령을 선포하실 것이오."

원로가 뒤로 물러나고 우루카기나가 앞으로 나섰다. 흰색 도포에 모자를 쓴 그가 팔을 높이 쳐들자 사제와 원로들이 동시에 찬가를 불렀다.

"오늘 시민들이 새로 태어났습니다.

새로 태어났습니다.

하늘과 땅과 강과 숲에 새 시민의 새 탄생을 알리나이다.

알리나이다.

천신은 시민에게 제세이화, 홍익인간이 되라 당부하셨나이다.

당부하셨나이다.

엔릴 신께서는 시민들에게 불패의 힘과 용기를 주겠노라 하셨나이다.

주겠노라 하셨나이다.

수호신은 시민에게 도시를 부흥시키라, 그러면 수호하겠다 하셨나이다.

수호하겠다 하셨나이다.

물의 여신은 항상 수로 가득 물을 채워주시겠다 하셨나이다.

채워주시겠다 하셨나이다.

꿈의 신은 짧은 낮잠에도 아름다운 꿈을 펼쳐주시겠다 하셨나이다.

펼쳐주시겠다 하셨나이다."

시민들이 자리에 앉자 세갈라가 두루마리를 새 지도자에게 바쳤다. 우루카기나는 그것을 읽기 시작했다.

"나 우루카기나는 엔릴과 닌기르수 신의 명령을 받고 이 법령을 선포하노라."

그는 먼저 특별법을 발표했다. 특별법은 라가시의 시정 법이다. 의회나 사제의 역할은 예전과 같고 지도부 4인방에게는 행정의 수뇌부 일을, 군장에게는 군부를, 쌍둥이 형제에게는 선착장을, 헨케르 친구들에게는 시청 서기를 맡기고 그 밖의 인사 문제는 의회에 일임한다고 발표했다. 그리고 일반법을 선포했다.

1. 전임자가 일방적으로 강탈한 나귀와 양 떼, 어장 등은 모두 원주인에게 돌려주라. 불응하면 재판을 받을 것이다.
2. 가난한 사람들로부터 착취를 일삼던 부자들의 부정행위는 심판을 받을 것이다.
3. 부자와 힘센 자들로부터 희생되어온 고아와 미망인들에게 다시는 그런 일이 없도록 잘 보살필 것을 닌기르수 신에게 맹세한다.
4. 수용소에 갇히거나 궁전에 의상을 지어 바치던 가난한 엄마의 정원 여성들에게는 희생 기금으로 금화 세 개씩을 지급한다.
5. 신전에서 빼앗긴 재산은 처음 그대로 모두 환수할 것이며 앞으로 그 누구도 강탈할 수 없음을 영원 법으로 비석에 새겨 시청 앞에

세워둘 것이다.

6. 일반인은 부자나 세력가가 헐값에 당나귀를 팔라고 하면 거절할 수 있다. 그래도 강요하면 당나귀 무게만큼 은화를 달라고 하라.
7. 옆집에 사는 부자나 세력가가 집을 팔라고 하면 집의 부피만큼 보리를 달라고 하라. 그래도 강권을 사용하면 시청의 조정관에게 고발하라.
8. 사망자가 묘지에 묻힐 때 유족은 관리에게 아주 적은 돈의 수수료만 물어도 된다.
9. 이혼하려는 남자는 먼저 사유를 진술한 뒤 그 진술이 진실하면 수수료를 낼 필요가 없다.
10. 향수 제조자는 향수를 만들거나 팔 때 시장이나 관리 혹은 집사에게 아무것도 바칠 필요가 없다.
11. 공예인 조합에는 음식과 마실 것을 정량으로 배급할 것이다.
12. 문맹자와 노동자, 그리고 계절 일꾼에게도 정량의 배급을 지급할 것이다.
13. 선박 조사관, 나귀와 양 조사관, 어장을 탈취한 어장 조사관은 라가시에서 영원히 추방될 것이다.
14. 궁전의 창고를 열어 그 재물은 시민들에게 나누어주고 왕의 땅과 집에 닌기르수 신의 집을 짓고 후궁원에는 여신 니나의 집을 지을 것이다.
15. 수메르의 법정에서는 모든 형벌과 죄를 기록할 것이다.
16. 오늘 발표한 신성한 법은 수모 시대의 수많은 악습과 함께 원주에 기록해 법비와 함께 시청 앞에 세울 것이다.

포고문이 발표되는 내내 숨소리조차 죽이고 있던 사람들 사이에서 환호가 터져 나왔다.

"만세, 만세, 라가시 만세! 만세, 만세, 혁명 만세!"

그들은 서로 껴안으며 기쁨의 눈물을 흘렸다. 그들은 새로운 세상이 눈앞에 펼쳐졌음을 실감했다. 이 모든 것을 스스로의 힘으로 쟁취했다는 사실 또한 기쁘고 자랑스러웠다. 그들은 자신들이 이룩한 영광을 혁명의 지도자와 천신에게 돌려줄 차례라는 걸 깨달았다.

"라가시의 위대한 시민들이여! 우리 모두 함께 우리의 신들과 혁명의 지도자들에게 감사의 인사를 드립시다!"

누군가 이렇게 외치자 모든 시민들이 무릎을 꿇었다.

그날 저녁 시민들에게 빵이 지급되었다. 그 숫자는 3만 6천 개였다.

7

노두갈메시가 기사들과 함께 닌기르수호 앞으로 걸어갔다. 자기들이 타고 온 배가 어느새 그렇게 개명되어 있었다. 라가시 새 도시 정부가 자기들의 귀환을 위해 그 배를 내준 것이다. 노두갈메시는 이대로 떠난다는 것이 매우 아쉬웠다. 밤을 새워가며 이야기할 기회까지는 아니더라도 식사라도 한 끼쯤은 나눌 줄 알았는데 개인적으로 우루카기나를 만나지 못했다. 새 지도자는 너무도 바빠 손님을 만날 시간이 없었다.

기사들이 배에 오르기 시작했다. 그가 통관문 쪽 횃불을 바라보며 혼자 작별 인사를 던질 때 우루카기나가 자기를 부르며 달려왔다. 노두갈메시가 우루카기나의 손을 잡으며 작별 인사를 했다.

"그럼 잘 계시오."

"잘 가시오. 라가시가 안정되면 나도 우루크에 가겠소."

문득 별 박사들의 예언과 그 해석이 떠올랐다. 불타던 남쪽 물고기자리는 라가시를 지칭했고, 처녀와 천칭자리가 강하게 약동하면서 순결한 기운이 사악한 기운을 평정한다던 것은 9, 10월에 그 평정이 완성된다는 뜻이었다.

 배가 출발했다. 노두갈메시가 갑판에 서서 손을 흔들었다. 우루크를 떠나올 때와는 정반대의 위치였다. 우루카기나는 유성 비가 내리던 그 날 밤을 추억하며 말했다.

 "용자리 유성 비가 다시 쏟아질 때 내가 그곳으로 가겠소. 그때도 만약 별 박사들이 환족의 위엄과 기상을 짓밟고 동족을 억압하는 자가 다른 도시에서도 나타난다면 우리 함께 그 도시의 시민들을 힘껏 도웁시다. 수메르의 영광을 위해서 말이오."

 우루카기나는 하늘을 올려다보았다. 용자리가 아래로 내려와 있었다. 큰 유성 비는 한 달 뒤에나 시작되리라.

한민족 대서사시 3
수메르 — 인류 최초의 도시 혁명

초판 1쇄 발행 2010년 12월 9일
초판 2쇄 발행 2011년 1월 11일

지은이 윤정모
펴낸이 김선식
펴낸곳 (주)다산북스
출판등록 2005년 12월 23일 제313-2005-00277호

PD 김현경
DD 조혜상
다산책방 최선혜, 한보라
마케팅본부 모계영, 이주화, 김하늘, 박고운, 권두리, 신문수
콘텐츠저작권팀 이정순, 김미영
커뮤니티팀 서선행, 하미연, 박혜원, 김선준
디자인연구소 최부돈, 황정민, 김태수, 조혜상, 김경민
경영지원팀 김성자, 김미현, 유진희, 김유미, 정연주
신사업 1팀 우재오
신사업 2팀 김성훈

주소 서울시 마포구 서교동 395-27
전화 02-702-1724(기획편집) 02-703-1725(마케팅) 02-704-1724(경영지원)
팩스 02-703-2219
이메일 dasanbooks@hanmail.net
홈페이지 www.dasanbooks.com

필름 출력 스크린그래픽센타
종이 신승지류유통(주)
인쇄 (주)현문
제본 (주)광성문화사

ISBN 978-89-6370-488-3 (04810)
          978-89-6370-485-2 (set)

• 책값은 표지 뒤쪽에 있습니다.
• 파본은 구입하신 서점에서 교환해드립니다.
• 이 책은 저작권법에 의하여 보호를 받는 저작물이므로 무단 전재와 복제를 금합니다.